AM TIEFEN ENDE

Harrisburg Railers #3

RJ SCOTT

V.L. LOCEY

Übersetzung

XENIA MELZER

Love Lane Books

Am tiefen Ende (Harrisburg Railers #3)

Harrisburg Railers #3

Copyright 2017 RJ Scott, Copyright 2017 V. L. Locey

Coverdesign: Meredith Russell

Lektoriert von Rebecca Hill

Veröffentlicht von Love Lane Books Limited

ISBN: 9781785646331

Alle Rechte vorbehalten

Widmung

Für RJ – Für all die Frauen, die, entgegen allen Widerständen, einen neuen Traum oder eine zweite Karriere später im Leben entdecken und sie auch verfolgen. Tut es! ~ V.L. Locey

Für Vicki – Für die Wonder-Twins, Zucc und unseren olympischen Eiskunstläufer. Und immer für meine Familie. ~ RJ Scott

Mit großem Dank an Meredith für ihr wunderschönes Cover, Rebecca dafür, dass sie uns gut aussehen lässt, Rachel, dass sie uns organisiert und unsere Armee an Proofern für ihre harte Arbeit.

Glossar

Da viele LeserInnen wohl keine eingefleischten Hockey-Fans sind, habe ich hier eine kleine Sammlung der Hockey-Begriffe, die in diesem Buch vorkommen. Eventuelle Fehler oder Ungenauigkeiten bitte ich zu entschuldigen.

Original Six: Bezieht sich auf die ersten sechs Teams, die in der NHL gespielt haben.

Expansions-Team: Teams, die während mehrerer *Expansions* (Erweiterungen) der NHL beigetreten sind.

Junior-Liga/Minor: So viel wie die 2. und 3. Liga im Fußball.

Five-Hole: Bereich zwischen den Beinen des Goalies.

Goalie: Torhüter

Saucer: Spezieller Schuss, bei dem sich der Puck wie eine fliegende Untertasse (flying saucer) bewegt.

Toe-drag: Trick, bei dem der Puck mit dem offenen Ende des Schlägers verdeckt und so vom Gegner ferngehalten wird.

Deke: Täuschungsmanöver

Neutrale Zone: Bereich zwischen den beiden Linien, die die Mitte des Eises markieren.

Penalty-Schießen: Vergleichbar dem Elfmeterschießen im Fußball. Findet statt, wenn es nach einer Verlängerung immer noch unentschieden zwischen zwei Mannschaften steht.

Face-off: Eine Art Einwurf des Pucks nach einem Foul oder einer Spielunterbrechung. Findet zwischen zwei Spielern statt. Ist auch der Anstoß zu Beginn des Spiels in der Mitte der Eisfläche.

Lines/Block: Angriffsteams, zu denen ein *Center* und zwei *Flügelspieler/Stürmer* gehören. Sie bilden eine Einheit, die während eines

Spiels untereinander ausgetauscht werden, da das Spiel sehr anstrengend ist. In der Regel ist ein Block eine Minute auf dem Eis.

Expansion Draft: Wird von der Liga durchgeführt, wenn ein neues Team im Zuge einer *Expansion* Mitglied wird. Spieler aus anderen Teams werden dafür rekrutiert.

Forecheck: Defensivspiel in der Offensivzone (also vor dem gegnerischen Tor), mit dem Ziel, Druck auf die gegnerische Mannschaft auszuüben.

Roughing: Zu hartes Vorgehen während des Spiels. Führt zu Penaltys (Strafen).

Tape-to-Tape: Pass von Schläger zu Schläger.

Shutout: Spiel, bei dem ein Goalie ohne Gegentor bleibt. Sehr wichtig, weil dies auch in den Statistiken auftaucht.

AM TIEFEN
Ende

— HARRISBURG RAILERS 3 —

RJ SCOTT &
V.L. LOCEY

Love Lane Books

Kapitel Eins

TRENT

ICH MUSTERTE das Bild von mir bei den Spielen in Sochi. Ich sah so glücklich aus mit dieser Silbermedaille um meinen Hals, stand nur wenige Zentimeter niedriger als Connor O'Day, mein Teamkollege, der Gold gewonnen hatte. Obwohl Connor – der Mistkerl – Gold gewonnen hatte, war ich dennoch glücklich gewesen. Ich erinnerte mich an dieses Gefühl. Glücklich war schön.

„Trent?"

Zwei Silbermedaillen bei den letzten beiden Olympischen Spielen. Die kommenden hätten meine werden sollen. Ich war besser gelaufen als je zuvor. Alle hatten vorausgesehen, dass ich endlich an Connor vorbeiziehen und Gold gewinnen würde. Glücklichsein wäre überall gewesen. Ich wäre in verdammtem *Glücklichsein* ertrunken. Ich hätte Glücklich und dieses Gold um meinen Hals wie einen Kaschmirmantel von Neiman Marcus getragen.

„Trent?"

Gayles Berührung zog mich aus dem

Eifersuchtsland. Ich wandte mich von dem frisch aufgehängten Bild von Trent Hanson an den in weichem Weiß gestrichenen Wänden im Büro meiner neuen Agentin ab. Sie lächelte mich traurig an. Götter. Alle sahen mich jetzt so an. Ich hasste es. Und ich hasste es, dass ich nicht länger glücklich war.

„Es tut mir leid, ich habe nur das Kostüm bewundert. Ist dieses Dunkelblau mit dem Silber nicht einfach wunderschön?" Ich trat um die kleine, dunkelhaarige Frau herum, die sich jetzt um meine Karriere kümmerte. Oder das, was davon noch übrig war.

„Das ist es. Es erstaunt mich immer noch, dass du all deine Kostüme selbst designst. Du bist so ein talentierter junger Mann. Warum setzen wir uns nicht und reden darüber, warum ich dich hergebeten habe?"

Ah, Agenten. Sie waren so wunderbar – wenn sie nicht all dein Geld stahlen und es für Huren, Wodka und eine besonders schlechte Woche in Atlantic City ausgaben. Rat an die Jungen und Unschuldigen – lasst niemals euren Stiefvater euer Geld verwalten, vor allem, wenn er offen zeigt, wie sehr er euren schwulen kleinen Hintern verabscheut. Auf diese Weise werdet ihr nicht am Ende pleite und beschämt sein und versuchen, einen Weg zu finden, zu verhindern, dass eure Mutter und Großmutter aus ihrem Haus vertrieben werden, während euer Stadion kurz vor dem finanziellen Ruin steht. Wohin zur *Hölle* war all mein Glücklichsein verschwunden? Ich wollte es zurück, verdammt!

Ich ging an den Fenstern vorbei, die auf Philadelphia, meine Heimatstadt, hinausschauten. Ich war in der Stadt der Brüderlichen Liebe geboren und aufgewachsen. Ich betete diese Stadt an und sie liebte mich im Gegenzug. Oder hatte es getan. Jetzt war ich nur der affektierte und gut gekleidete Schwule, der nicht einmal zwei Pennys hatte, um sie aneinander zu reiben. Wie schnell Liebe und Bewunderung sich in Kichern und kalte Schultern verwandelten. Ich zog meinen Mantel enger um mich, setzte mich in einen flauschigen, beigen Stuhl und legte ein Bein über das andere, stellte sicher, dass mein Mantel sich ordentlich über meine Oberschenkel legte. Ich hasste Falten. Und Beige. Warum hatten Heterosexuelle solche Angst vor Farben?

Gayle setzte sich hinter ihren Schreibtisch, lächelte mich erneut an und faltete ihre Hände vor sich. Ich hob eine frisch gezupfte Augenbraue. Sie versuchte immer noch, Zugang zu mir zu finden. Tobey & Troy waren die größte Firma in Philly, die Athleten vertrat. Sie kümmerten sich um die meisten der Eagles, Sixers und Flyers, sowie mehrere Tennisspieler. Und jetzt hatten sie mich. Trent Lawrence Hanson. Berühmter schwuler Eiskunstläufer und der nächste in der Schlange, der im echten Leben zu einem Dickens-Charakter werden würde. Bitte, Sir, ich will etwas mehr. Ugh. Als ob ich Schleimsuppe essen würde. Was, wenn ich das tun musste? Der Gedanke war zu schlimm, um ihn zu ertragen.

„Ich denke, jetzt wo die legalen Probleme mit deinem Vater -"

„Stiefvater", erinnerte ich sie schnell.

„Ja, entschuldige, Stiefvater. Nun, jetzt da er verurteilt ist und im Gefängnis sitzt, denke ich, ist der

Moment gekommen, damit anzufangen, dich in einem positiven Licht zu vermarkten." Sie lächelte erneut nervös und richtete hellblaue Augen auf mich. „Wo stehst du in Bezug auf eine Rückkehr zum Wettkampf?"

Ich warf einen Blick aus dem Fenster auf Ben Franklin, der auf der City Hall stand. Ich fing an, meine Hände über den dünnen Baumwollstoff zu streichen, der über meinen Oberschenkeln lag.

„Ich habe kein Geld, mein professioneller Ruf ist im Arsch und sowohl mein Stadion als auch das Haus meiner Mutter sind zwei Monate von der Zwangsräumung entfernt. Denkst du wirklich, ich kann die mentale Klarheit und die Konzentration finden, um wieder aufs Eis zu gehen?" Sobald ich hörte, wie zickig ich klang, legte ich eine Hand über meinen Mund. „Es tut mir leid", murmelte ich in meine Finger.

„Das ist absolut verständlich", gab sie zurück. Sie war viel zu nett, um sich mit einem traurigen Verlierer wie mir herumschlagen zu müssen. Ich wollte weinen, tat es aber nicht. Das würde ich später machen, wenn ich meine Mom und meine *Lola* besuchte. „Möchtest du etwas trinken?"

„Wasser wäre wunderbar", hustete ich in meine Finger. Sie läutete ihrer Empfangsdame. „Es geht mir jetzt besser. Siehst du." Ich senkte meine Hand und lächelte sie strahlend an.

Gayle nickte, aber Melancholie blieb in ihrem Blick haften. Eine winzige Blondine eilte mit einer Flasche Wasser herein und reichte sie mir. Ich wollte sie gerade fragen, ob sie vielleicht eine kalte finden könnte, biss mir aber auf die Zunge. Zicken-Trent war heute schon einmal entkommen.

„Danke."

Sie nickte und verließ den Raum wieder, schloss die Tür hinter ihrem schmalen Rücken. Ihre Schuhe waren grauenvoll. Wer trägt Ende Juni schwarze Ballerinas zu einem aprikotfarbenem Kleid? Ehrlich, Frauen, lernt, wie man sich anzieht. Ich nahm winzige Schlucke des lauwarmen Wassers. Gayle wartete. Ich verschloss die Flasche und balancierte sie in meiner linken Hand, damit mein Mantel keinen Wasserfleck bekam. Ich war jetzt ein Bettler. Ich musste meine Garderobe in gutem Zustand halten. Die Tränen drohten wieder zu fließen.

Gayle unterbrach den sich anbahnenden Zusammenbruch. „Ich verstehe, dass du mental nicht bereit bist, zum Eiskunstlauf zurückzukehren. Um das zu erreichen, müssen wir dir einen Job suchen, der gutes Geld bringt, damit du dein Vermögen wieder auf einen guten Stand bringen kannst."

„Du meinst, mein Stadion und das Haus meiner Mutter aus den schnappenden Kiefern der Zwangsvollstreckung zu ziehen?"

„Nun, ich hätte es nicht ganz so dramatisch formuliert …"

„Das tun wenige." Ich seufzte, als ich wieder damit anfing, die Falten in meinem Mantel glatt zu streichen.

„Genau, ja, ich wurde von GLBTQtv in Bezug auf eine Realityshow angesprochen, in der du der Star sein sollst."

Mein Kinn fiel auf meinen Brustkorb. „Im. Ernst."

„Ich meine es vollkommen ernst", sagte Gayle, ihr

Lächeln verbreitete sich zu einem Grinsen. „Sie winken uns mit einem netten, fetten Vertrag."

„Ich mache es! Moment. Werden in dem Vertrag eine Menge Nullen erwähnt?" Ich war so aufgeregt, dass ich meinen Mantel packte und in meiner rechten Hand knüllte.

„Es sind mehrere Nullen", flüsterte sie, als ihr Grinsen sogar noch breiter wurde.

„Ich mache es!" Bei den Göttern, ich war so eine Hure. Wenn man mit einem Zehner vor mir wedelte, ging ich auf die Knie. Aber Nullen bedeuteten Geld. Geld, das dafür sorgte, dass meine Familie weiter in ihrem Haus wohnen und mein Stadion weiterlaufen konnte. Rainbow Skate war *mein* Stadion. Ich hatte es gekauft und renoviert. Dort trainierte ich. Und dort konnten kleine schwule und heterosexuelle Kinder hinkommen, die einen sicheren Ort zum Eislaufen suchten und sich selbst durch ihre Kunst ausdrücken wollten. Bei Rainbow Skate waren keine hasserfüllten Beleidigungen oder Brutalos erlaubt. Das war meine Regel. Ich hasste Bullies. Ich hatte mit ihnen zu tun, seit ich acht war und herausgefunden hatte, wie hervorragend ich auf Kufen war und wie unglaublich gut ich nähen konnte. Als ich vierzehn wurde und mich offiziell outete, war niemand schockiert. Mein Stiefvater war abgestoßen, aber andererseits war er ein stehlender Arsch.

„Wunderbar! Ich habe mir den Vertrag durchgelesen und er ist ziemlich geradlinig." Ich hüpfte auf meinem Sitz, während Gayle redete. „Sie wollen sechs bis acht

Wochen exklusiven Zugang zu dir und den Railers, während du mit ihnen arbeitest.“

Das Hüpfen wurde langsamer. „Entschuldige …“ Ich tippte gegen mein rechtes Ohr. „Hast du Railers gesagt? Was sind Railers?“

„Sie sind die Hockeymannschaft, die ein deutliches Interesse daran bekundet haben, mit dir an dieser Show zu arbeiten.“

Ich konnte das Lachen nicht zurückhalten, das aus mir hervorbrach. Ich brüllte so lang und herzlich, dass ich kurz vorm Hyperventilieren stand, als das Gelächter langsam verklang. Gayle saß hinter ihrem Schreibtisch, starrte mich an, als ob ich verrückt geworden wäre.

„Mann. Oh, bei den Göttern und Strumpfbändern“, keuchte ich mehrere Minuten später. Als ich sachte unter meinem Auge tupfte, sah ich einen Fleck Schwarz auf meiner Fingerspitze. „Und ich dachte, das wäre wasserdichter Eyeliner. Hast du Taschentücher?“

Sie stand auf, nahm eine Schachtel vom Rand ihres Schreibtischs und reichte sie mir.

„Danke.“ Ich wischte mir den Finger an einem Kleenex ab, fuhr dann vorsichtig mit einer winzigen Ecke über erst mein rechtes und dann mein linkes Auge. „Ich hasse dieses billige Zeug. Ich werde es wegwerfen, sobald ich nach Hause komme. Warum habe ich überhaupt etwas anderes als wasserdicht gekauft?“

„Gibt es bei der Arbeit mit Hockeyspielern für dich ein Problem?“, fragte Gayle, nachdem sie sich wieder gesetzt hatte.

Ich kicherte. „Wie viel Zeit hast du?“, fragte ich.

Sie schaute mich mit großen Augen an.

„Ich mache nichts mit Jocks."

„Aber du bist ein Jock."

„Äh, nein, nein, bin ich nicht. Ich bin ein Künstler. Ich fahre nicht herum und schlage Leuten mit Stöcken ins Gesicht. Nein, es tut mir leid, dieses süße Ding", ich deutete auf mich selbst, „macht nichts mit Hockeyspielern, Footballern, Baseballern, Basketballern oder diesen Männern, die mit Netzen herumlaufen, um darin Bälle zu fangen. Lacrosse! Mit denen mache ich auch nichts. Ich *mache* etwas mit Tennisspielern oder hin und wieder einem anderen Eiskunstläufer, aber sie dürfen nicht in meinem Team sein. Zickenkriege unter Teamkollegen sind so hässlich. Ich mag russische Eiskunstläufer ziemlich gern. Es ist der Akzent. Ich habe es einmal mit einem russischen Eiskunstläufer getrieben. Er war köstlich. Ich habe es meine Boris Godunov Phase genannt."

Ich kicherte über meinen Wortwitz, aber Gayle starrte mich einfach weiter an. Ich war jetzt so glücklich – warum war sie so prüde?

„Was?", fragte ich, als sie nichts sagte.

„Trent, dieser Vertrag kommt nur zustande, wenn du mit den Railers arbeitest."

„Nein, tut mir leid. Ich *mache* nichts mit Hockeyspielern. Habe ich das nicht gerade gesagt? Sie sind unhöfliche Bullies, die nie eine Gelegenheit ausgelassen haben, mich in Spinde zu schubsen, meinen Kopf in Toiletten zu tauchen oder mich vor allen im Eisstadion zu verhöhnen. Nein. Sag ihnen, dass ich nichts mit Hockeyspielern mache."

„Trent, der Vertrag ist sehr spezifisch. Bei den Railers hat sich ein Spieler vor Kurzem geoutet."

Ich wechselte die Wasserflasche von meiner linken zu meiner rechten Hand. „Gut für ihn. Ich wünsche ihm allen Erfolg der Welt. Das betrifft mich inwiefern?"

„Er und sein Coach ..."

„Iih. Sein Coach? Oh, bäh. Hast du Coaches gesehen? Ugh. Das sind normalerweise alte russische Männer mit Nasenhaaren und Atem, der immer nach Kartoffelsuppe und eingelegtem Gemüse riecht."

„Trent, wie der Mann aussieht, ist nicht wichtig ..."

„Vielleicht nicht für dich."

„Sie hätten gerne, dass dieser schwule Spieler und seine Teamkollegen ein paar Wochen mit dir in Rainbow Skate verbringen. Das wird der Welt zeigen, dass schwule Athleten fürsorgliche, wettkampforientierte, normale Menschen sind."

„Wenn die Nematoden da draußen im TV-Land nicht wissen, dass wir normale Menschen sind, dann sollen sie mit einem splitternden Holzlöffel in den Arsch gefickt werden. Ich betone noch einmal, dass ich nichts mit Hockeyspielern mache."

„Dann geht die Show an Connor, der sich vor Kurzem als auf der Suche nach seiner sexuellen Identität geoutet hat."

Ich sprang auf. „Unter *gar keinen* Umständen werde ich von diesem Dummkopf noch einmal übertrumpft. Wie kann er es *wagen* zu versuchen, schwuler als ich zu sein?! Götter im Himmel, ich *hasse* diesen kleinen Scheißkerl. Schön. *Schön!* Sag den Fernsehleuten, dass ich mit den Cro-Magnons auf Kufen arbeiten werde, aber sobald ich eine homophobe Bemerkung höre oder einer von ihnen mich im Bad in die Enge treibt, bin ich raus!"

Ich stellte die Wasserflasche krachend auf ihrem Schreibtisch ab und marschierte zur Tür, mein Mantel bauschte sich um meine ledernen Ankleboots.

„Bevor du gehst, musst du den Vertrag lesen und unterzeichnen", rief Gayle, unterbrach meinen perfekten Diva-Abgang abrupt.

Ich schaute die Tür finster an, drehte mich um und ging nachdrücklich zurück zu meinem Stuhl. Ich schnappte mir den Vertrag von ihr und ließ mich auf den Stuhl fallen. Oh Mann. Da waren so viele Nullen. Ich brauchte Nullen so, so unbedingt. Warum war nichts einfach? Hockeyspieler. Ich schauderte, las und unterschrieb.

„Ich fühle mich so billig und schmutzig", murmelte ich zehn Minuten später, als ich in der Broad Street stand. Ich schloss den Gürtel meines Mantels um meine Taille. Irgendein Idiot ging vorbei und fragte, ob ich wüsste, welchen verdammten Monat wir hätten. „Ja, ich weiß, dass es Juni ist. Das Outfit hat nach einem Mantel verlangt. Lass mich in Ruhe."

Ich winkte einem Taxi. Ich fahre nicht Auto, es sei denn, ich muss. Ich habe einen Roller, aber als ich heute das Haus verlassen hatte, hatte es nach Regen ausgesehen.

„2020 South 16th Street", sagte ich dem Fahrer, nachdem ich eingestiegen war. Er warf das Taxameter an und los ging es zum Haus meiner Mutter.

Ich war hin- und hergerissen. Einerseits war ich so

glücklich wie nie, seit mein Stiefvater mit all meinem Geld stiften gegangen war. Andererseits würde es grauenvoll sein, mit großen, dummen Hockeyspielern zu arbeiten, auch wenn einer von ihnen schwul *war*. Ich verbrachte die Fahrt damit, auf die Stadt und die schmalen Straßen zu starren.

Newbold – oder Point Breeze – war der Ort, an dem ich aufgewachsen war. Es gab dort eine nette asiatische Gemeinschaft, mit vielen Leuten aus Laos, Indonesien, Kambodscha und den Philippinen, woher meine *Lola* stammte. Seit dem Debakel mit meinem Stiefvater hatten Mom und meine Großmutter versucht, sich über Wasser zu halten. Die Steuern auf ihr kleines Ziegelreihenhaus waren überfällig. Ich hatte sie jahrelang bezahlt aber jetzt ... jetzt hatte ich nicht das Geld, um meine eigene Miete zu bezahlen. Dann war da noch die Hypothek auf Rainbow Skate.

„Mein Leben ist beschissen", stöhnte ich, als wir vor dem Haus meiner Mutter anhielten. Das Taxi konnte unmöglich an den Gehsteig fahren. Die Autos standen dort Stoßstange an Stoßstange.

„Willkommen im Leben, Junge."

„Ich bin dreiundzwanzig", erklärte ich Mr. Taxi. Er zuckte mit den Achseln. Jemand hinter uns hupte. Der Fahrer zeigte ihm den Stinkefinger. Ich bezahlte und gab so gut Trinkgeld, wie ich konnte. Ich spürte den dunklen Blick für das magere Trinkgeld, als ich aus dem gelben Taxi sprang und die Zementstufen hinauf zur gesegneten Erlösung von der hässlichen alten Welt eilte.

Lola war in der Küche, als ich hereinstürmte. Sie warf mir einen Blick zu und öffnete ihre Arme. Ich lief zu der kleinen, silberhaarigen Frau und zog sie eng an mich. Sie streichelte meinen Rücken und murmelte etwas auf Filipino. Im Zimmer roch es nach Sojasoße. Vielleicht machte sie Hühnchen Adobo. Ich brauchte wirklich etwas von dem, was sie kochte, aber ich brauchte ihre Umarmungen mehr.

„Wo ist Mom?", fragte ich während der Umarmung.

„Im Laden", flüsterte *Lola*.

Ich verzog das Gesicht, machte dann einen vorsichtigen Schritt zurück. „Ich dachte, sie hätte heute frei", seufzte ich, zog meinen Mantel aus und drapierte ihn über die Rücklehne des ramponierten Stuhls. Ich setzte mich und kurz darauf stand ein Teller mit dem dunklen Oberschenkelmuskelfleisch eines Hühnchens, gekocht in Soja, Knoblauch und Essig, zusammen mit Reis vor mir. „Sie arbeitet zu viel."

„Nicht mehr oder weniger seit dem Tag, als er mit Geld weggelaufen ist."

Ich atmete seufzend aus und nahm etwas Reis mit der Gabel auf. Mom brauchte eine Kur. Aber eine Kur kostete Geld.

„Ich habe ein Angebot für eine TV-Show bekommen. Sie wollen, dass ich mit Hockeyspielern auftrete", erzählte ich meiner Großmutter.

Sie blieb lang genug stehen, um auf das leuchtend orange Oberteil zu zeigen, das sie trug. „Du machst Fernsehen mit Flyers?!" Sie deutete auf das Logo über ihren Brüsten.

„Nein, nicht den Flyers."

„Pah, dann schlechtes Hockey-Team."

„Sie sind aus Harrisburg."

„Beinahe so schlimm wie Pittsburgh!"

Lola liebte ihre Flyers. So wie jeder in der Stadt, mit Ausnahme von mir. Ich machte nichts mit Hockeyspielern. Nie. Nur, dass es jetzt so aussah, als würde ich es doch tun. Mein Stiefvater sollte auf ewig in der Hölle schmoren.

„Sie werden mir eine Menge Geld bezahlen, wenn ich die Show mache, *Lola*. Wir brauchen das Geld. Ich kann das Haus und das Eisstadion bezahlen. Ich kann Mom finanziell helfen, damit sie nicht sieben Tage die Woche Mani-Pedis für ein beschissenes Gehalt und Trinkgeld machen muss."

Sie setzte sich mir gegenüber an den Tisch, der so alt und abgenutzt war wie sie. Zur Hölle, wie es das ganze *Haus* war.

„Du bist guter, süßer Junge. Iss mehr." Sie tätschelte meine Hand.

Versucht einmal, das Gewicht fürs Eiskunstlaufen zu halten, wenn ihr zwei Philippino-Frauen in eurem Leben habt. Es ist beinahe unmöglich. Aber da ich wahrscheinlich nie wieder Eiskunstlaufen würde, warum sollte ich nicht mehr Reis essen? Wen kümmerte es? Es war ja nicht so, als ob einer der Railers sich die herrliche Rundung meines Hinterns ansehen würde. Scheiße, es war Ewigkeiten her, seit irgendjemand die herrliche Rundung meines Hinterns angesehen, einen Kommentar darüber abgegeben oder sie getätschelt hatte.

„Kann ich noch etwas Reis haben?"

Kapitel Zwei

DIETER

ICH KANN MICH NICHT ERINNERN, wann ich mich das letzte Mal so gefühlt hatte. Als ob ich Bäume ausreißen könnte.

Mein Agent Bob Stiller saß neben mir, einen Stift in der Hand und Papiere auf seinem Schoß, während er den nächsten Teil meiner sich langsam bewegenden Karriere aushandelte. Stiller war mein Agent, seit ich siebzehn war und er hatte mich bis jetzt gut vertreten. Tatsächlich war dies das Ende meines zweigeteilten Vertrags, bei dem ich die meiste Zeit mit dem Carlisle Rush verbracht hatte, dem AHL Aufbauteam, das Spieler für die in der NHL spielenden Railers stellte. Es war nicht mein Traum, in der AHL festzustecken, während die Chance, mit den großen Jungs zu spielen, sich gerade außer Reichweite befand, aber es war ein regelmäßiges Einkommen und ich stand *so kurz* vor dem Durchbruch.

Ich hatte tatsächlich den Rest der Saison bei den Railers gespielt, war für verletzte Spieler eingesprungen und ich hatte sogar bei ein paar der Play-off-Spiele mitgespielt, ehe wir in der zweiten Runde rausfielen.

Ich, der für die Chance spielte, alles zu gewinnen. Mein Name auf dem Stanley Cup. Nach all der Zeit.

Wir waren nicht weit gekommen, aber zur Hölle, die Railers waren ein neues Team und niemand hatte erwartet, dass sie es überhaupt in die Play-offs schafften, ganz zu schweigen über die erste Runde hinaus.

Aber ich hatte meinen Teil dazu beigetragen, dass sie dorthin gekommen waren. Hatte es gut gemacht. Sogar großartig – mit einem Tor und fünf Assists in zehn Spielen, hatte ich mir einen Namen gemacht. Die Presse sagte, dass die Railers mich voll unter Vertrag nehmen sollten, redeten über Zahlen im Millionenbereich. Ich war der hart arbeitende Typ, der sich einen Weg in ein Team erkämpft hatte und ich war verdammt stolz auf mich selbst.

„Wie geht es dir so?", fragte Dawson Brown, der Manager der Railers, faltete seine Hände und tippte sein Kinn an. Diese vertraute Geste nutzte Brown, wenn er über ernste Dinge nachdachte. Wie, ob ich es verdiente, weiter für die Railers zu spielen. „Carlisle Rush lobt dich in den höchsten Tönen."

„Danke, Sir. Ich habe meine Zeit bei Rush geliebt." Und das hatte ich, ich log nicht. Es waren gute Jungs. Einige von ihnen würden nie weiterkommen, ganz sicher nicht in die NHL, aber sie waren ein solides Team und ich hatte dort glänzen können.

Ich hatte ordentliche Zahlen in meiner Rolle als Linksaußen im ersten Block für Rush – dieses letzte Jahr hatte ich sieben solide Tore und vierunddreißig Assists gehabt. Ich war der Spielmacher des Teams und ich liebte es.

„Ich werde dich nicht hinhalten", fing Brown an und legte seine Hände auf den Tisch, direkt über die beige Mappe, auf der mein Name stand. „Unser Gehaltsdeckel ist niedrig. Es ist allgemein bekannt, dass es uns ziemlich viel gekostet hat, Tennant Rowe von Dallas zu bekommen. Da Hurleigh für die nächsten fünf Jahre unterzeichnet hat und Addisons Vertrag neu verhandelt wird, sind wir sehr knapp bei Kasse."

„Rowe war eine gute Entscheidung", sagte ich, als er für einen Moment innehielt. Als ob ich eine Art Einwurf machen müsste. Rowe war, was einige Leute als generationenübergreifenden Spieler bezeichneten – einer von denen, die gut genug waren, um ein Team zu tragen, wenn es nötig war.

„Bei den Railers sind wir stolz auf faire und gleiche Bedingungen, aber nicht einmal wir können etwas dagegen tun, dass der Gehaltsdeckel dieses Jahr nur um zwei Millionen angehoben wurde und du nur einer von fünf freien Spielern bist, die wir behalten wollen."

Das nehme ich, dachte ich. Ich nehme zwei Millionen. *Zur Hölle, im Moment würde ich zwei Dollar nehmen, weil ich etwas verdammte Stabilität brauche.*

Und dann wurde mir klar, was er gerade gesagt hatte. Er hatte ausdrücklich gesagt, dass ich einer der Jungs war, die er behalten wollte. Nichts darüber, mit einem zweiteiligen Vertrag zurückgeschickt zu werden, meine Zeit aufgeteilt voll für Rush zu spielen und bei den Railers einzuspringen, wenn sie mich brauchten.

„Wenn es also um Angebote geht, die wir für ein paar Spieler haben …"

Er breitete die Mappen aus und ich zählte fünf. Ich wusste genau, wer in diesen Akten stand und ich würde mich jederzeit gegen die anderen vier stellen. Das war kein übertriebener Mut oder Arroganz; das war Selbstsicherheit, unterfüttert mit einer kleinen Dosis chemisch verstärkten Stolzes über das, was ich erreicht hatte. Brown plapperte weiter, über Überlegenheit und Standards und die Zukunft und ich konnte nur denken, *Komm endlich zur Sache.*

„Wir würden dir gerne ein Angebot machen, ein Jahr, achthundert."

Ich hätte deswegen überglücklich sein sollen – ein weiteres Jahr bei den Railers war genau das, wonach ich mich gesehnt hatte – aber ich wusste es besser, als auch nur einen Ton zu sagen. Stiller würde sich um das Geld kümmern.

„Wir könnten das dem Schiedsgericht vortragen", sagte Stiller. Weil er das sagen musste – als mein Agent musste er glauben, dass ich mehr wert war. Aber was, wenn die Railers sich umentschieden und mir erklärten, dass ich gehen sollte, dass sie mich nicht wollten, wenn ich kämpfte?

Ich wollte, dass Stiller aufhörte zu reden. Das tat er nicht, aber das war sein Job.

Ich hörte zu, während Stiller Fragen stellte, auch über Schiedsverfahren, Respekt und viele andere Schlagworte, denen ich kaum zuhörte. Mehr an meiner Zukunft interessiert zu sein, war für mich keine finanzielle Sache – es war das Team, und das Hockey und das war es im Großen und Ganzen.

„Wir nehmen das mit", sagte Stiller und stand auf. Ich tat es ihm nach. Er streckte seine Hand aus, um die von Brown zu schütteln, was ich ebenfalls machte und dann standen wir im Flur.

Wir sagten nichts, bis wir die East River Arena verlassen hatten und unten auf dem Parkplatz waren. Mein praktischer Toyota stand neben seinem Auto und sah neben dem glänzenden Lack seines BMWs ein wenig heruntergekommen aus.

„Wie denkst du, ist es gelaufen?", fragte ich.

„Wie denkst *du*, ist es gelaufen?", gab er zurück.

Großartig, ich hasste es, wenn die Leute Fragen mit Gegenfragen beantworteten.

„Nun, ich denke, achthundert sind gutes Geld. Ich weiß, dass es nur ein Jahr ist, aber ich kann mich beweisen und dann könnten wir diese Saison mit einem Mehrjahresvertrag abschließen."

Er nickte und drückte die Akte mit meinem Namen darauf an seinen Brustkorb. „Es ist ein gutes Angebot", sagte er. „Ich stimme zu, dass du dadurch ein festes Jahr an einem Ort bekommst – keine Reisen mehr zwischen hier und Carlisle, keine gesplitterten Saisons mehr. Ich weiß nur nicht, was ich sagen soll."

Ich schaute auf meine Füße hinunter, dann hinauf in den Himmel, lehnte mich an mein Auto. Was versuchte er, mir zu sagen? „Denkst du, ich bin mehr wert? Dass ich um mehr kämpfen sollte?", fragte ich, aber ich wollte nicht wirklich hören, was er sagen würde. Das Letzte, was Bob Stiller machte, war, Spielern Honig um den Mund zu schmieren. Er war so geradlinig, wie es nur ging und man wusste, dass er das Beste aus dem machte, was er hatte.

„Ja und nein", zögerte er, was ihm gar nicht ähnlich sah und ich schaute ihn überrascht an. Ich hatte ein uneingeschränktes Ja erwartet, weil es in meinem Kopf so war, dass wenn ich es wert war, dass die Railers mich für ein Jahr nahmen, warum sollte er dem widersprechen und wofür zur Hölle war das Nein?

„Wie meinst du das, Ja und Nein?" Ich musste nachbohren und er trat näher und senkte seine Stimme.

„Natürlich bist du dieses Jahr mit den Railers wert – wenn du den Kopf unten behältst, an deiner Geschicklichkeit arbeitest, besser wirst, indem du den Veteranen zusiehst, fitter wirst, könntest du um diese Zeit nächstes Jahr ein Angebot für mehrere Jahre bekommen."

„Du weißt, dass ich all das kann. Ich arbeite hart und meine Fitness ist gut."

Er sah mich an und machte dieses Gesicht, das, das bedeutete, dass er mir eine Frage stellen wollte, aber nicht wusste, wie er sie formulieren sollte. Ich stählte mich für das Unvermeidliche.

„Ja, das ist alles gut, ich habe die Zahlen gesehen … es ist nur nicht hervorragend."

„Was?" Ich hatte gedacht, meine Zahlen wären mehr als nur *gut*. Schließlich waren die Railers willens, mich zu nehmen. Ich würde in der NHL sein, Baby. Ich war angekommen.

„Wie läuft es sonst so?"

„Wie läuft was?" Ich war ein Meister darin, das Unvermeidliche hinauszuzögern.

Er hob als Antwort eine einzelne Augenbraue.

„Es geht mit gut", log ich, nutzte meine Standardantwort.

Bob seufzte dramatisch, öffnete die Tür seines Autos und warf die Mappe hinein. Dann wandte er sich wieder mir zu und ich wusste, dass er etwas Schlimmes sagen würde – ich konnte es an seinem Gesichtsausdruck sehen.

„Das ist das letzte Jahr, in dem ich dich vertreten kann, der letzte Vertrag, den ich für dich aushandele. Ich werde das hier nicht zum Schiedsverfahren bringen. Wir werden die achthundert unterschreiben und dann wirst du dir einen anderen Agenten suchen müssen."

„Was zur Hölle, Bob -"

„Ich meine es ernst, Junge." Er stoppte meine rechtschaffene Wut mit seinem leisen, warnenden Ton, ehe sie Fahrt aufnehmen konnte. „Du musst dein Leben auf die Reihe bekommen. Ich halte hier für dich meinen Kopf hin und mir gefällt nicht, wie mich das kompromittiert. Du musst dich in Ordnung bringen, dir Hilfe besorgen."

„Ich weiß nicht, wovon du sprichst", sagte ich so schnell, dass er zusammenzuckte.

„Jesus, Dieter, du leugnest es, aber ich habe dich gesehen. Ich weiß, dass du so viele verdammte Tabletten geschluckt hast -"

„Sei, verdammt noch mal, leiser", knurrte ich und trat in seinen persönlichen Raum, in einer klassischen Einschüchterungsgeste. Wir wussten nicht, wer zur

Hölle hinter den Autos stand und sich diesen Scheiß anhörte. „Ich bin clean und das weißt du."

„Du warst es", sagte er scharfsinnig und starrte mich direkt an, forderte mich heraus, etwas dagegen zu sagen.

„Ich habe eine legitime, verdammte Verletzung von den Play-offs", sagte ich, immer noch mit leiser Stimme, immer noch direkt vor ihm, nutzte meine fünfzehn Zentimeter Größenunterschied und mein Gewicht, um ihn einzuschüchtern.

„Du warst auf einem so guten Weg, Junge."

Wut durchfuhr mich. „Ich bin kein verdammter Junge."

„Ich habe den Railers dein Problem nicht verraten. Lass mich das nicht bereuen."

„Ich habe kein Problem", sagte ich. Wieder die Standardantwort, dieselbe, die ich sogar mir selbst gab.

Ich war in der Mitte des letzten Spiels, dass die Railers in den Play-offs gespielt hatten, hart gegen die Bande gecheckt worden. Es hatte wehgetan. Mein Knie tat weh. Ich brauchte Medikamente, um meinem Körper zu helfen, sich zu heilen. Es war nicht so, als ob ich wieder zwanzig pro Tag nehmen würde. Ich war verantwortungsbewusst.

Dieses Mal kam Bobs Seufzen aus tiefstem Herzen. „Jesus", fing er an und schüttelte seinen Kopf. „Du bist ein guter Junge, Dieter, aber ich muss mich ausklinken. Das verstehst du, oder? Es ist nicht persönlich gemeint."

Bob war seit dem ersten Tag an meiner Seite gewesen und jetzt ging er? Hier in diesem verdammten Parkhaus erzählte er mir, dass er mit mir fertig war? Was für eine Art Agent war er, der einen Spieler verließ, dem gerade sein erster richtiger NHL-Vertrag angeboten worden war?

„Fick dich, Bob", schnappte ich, weil er ein Arschloch war und ich schubste ihn ein wenig, weil ich, zur Hölle, außer mir war wegen seines Verrats.

Bob schüttelte seinen Kopf und war in seinem Auto und weg, lange ehe der Druck in meinem Brustkorb sich löste. Für wen hielt er sich?

„Alles in Ordnung?", fragte jemand hinter mir und ich drehte mich zu einem ernst aussehenden Tennant Rowe um, den Spieler mit dem glänzenden, neuen, millionenschweren Vertrag und den dämlichen, herunterhängenden Haaren.

Er ist aus einem Grund im zweiten Block, zweitklassig in der NHL und er wurde nur wegen seines Namens eingekauft. Ich könnte er sein. Ich hätte in der Auswahl sein sollen und das wäre ich gewesen, wenn ich zwei Brüder hätte, die für die großen Teams spielen. Verdammtes Arschloch Tennant Rowe mit seinen verdammten Brüdern.

Ich lehnte mich wieder an mein Auto, mein Atem gestohlen von dem korrodierenden Hass, der durch diese Gedanken lief. Ten war nicht wegen seines Familiennamens hier. Er war ganz sicher zukünftige Erstaufstellung, wahrscheinlich würde er eines Tage Kapitän werden – er hatte ein Können und eine Geschwindigkeit, die manchmal entgegen allen Erwartungen waren und er war wahrscheinlich sogar ein zukünftiges Mitglied der Hall of Fame.

Woher war all der Hass in meinem Kopf gekommen?

„D?", fragte Ten nach und kam mit so viel Sorge in

seiner Miene vor mir zum Stehen, dass ich sie ihm aus dem Gesicht schlagen, ihn in den Boden trampeln wollte. Da war er wieder – ein wilder Hass, der durch mich floss. Ich beugte mich nach vorne und legte meine Hände auf meine Knie.

Ten hörte nicht auf. „Scheiße, Mann, waren es schlechte Nachrichten?"

Die Buschtrommel informierte jeden, wer wann Meetings hatte und es war kein Geheimnis, dass ich einer der fünf Jungs war, die die Railers unter Vertrag nehmen wollten. Ten zeigte nur Mitgefühl.

„Nein, ich habe einen Vertrag über ein Jahr", sagte ich, immer noch vornübergebeugt. „Schlechtes chinesisches Essen." Das war das Einzige, was mir einfiel, was erklären konnte, sollte ich grau oder außer Atem sein oder nach unten gebeugt wie gerade jetzt. Ich bemühte mich, gerade zu stehen, langsam, um den unvermeidlichen Schwindel zu vermeiden, und fand mich von Angesicht zu Angesicht mit Ten, der immer noch besorgt aussah.

„Soll ich jemanden anrufen?", fragte er.

„Nein, alles gut."

Ten streckte mir seine Hand hin, die ich nahm. „Glückwunsch zum Vertrag."

„Danke, Mann."

„Ich nehme an, sie werden dich wegen dieser Konditionierungssache diesen Sommer fragen. Es ist Teil einer Realityshow, bei der ein Eiskunstläufer uns bei unserer Schnelligkeit hilft. Ich habe mich angemeldet, weil ich wirklich denke, dass wir etwas von Eiskunstläufern lernen können, weißt du …"

Ich hörte zu und nickte an den richtigen Stellen, aber vor allem wollte ich eine Flasche Wasser. Ich entschuldigte mich, wahrscheinlich mitten im Satz, so wie Ten mich mit offenem Mund anschaute und fuhr vom Parkplatz. Erst als ich das Stadion hinter mir gelassen hatte, fuhr ich rechts ran. Die halb geleerte Flasche Wasser im Auto war lauwarm, aber das spielte keine Rolle, weil es die Tabletten hinunterspülte und das war sein einziger Zweck.

Mein Knie pulsierte und ich brauchte die Hilfe.

Ich saß gute fünf Minuten da, spannte meine Finger um das Lenkrad herum an und schaute auf die Uhr. Placebo-Effekt oder nicht, meine Muskeln fingen nach fünf Minuten an, sich zu lockern, und ich fuhr endlich zurück zu meinem Apartment. Die Tür zu schließen war, als würde man die Welt aussperren, aber auf meinem Anrufbeantworter befanden sich zwei Nachrichten. Eine von Layton Foxx, dem Experten, den die Railers angeheuert hatten, um sich um das große, schwule Coming-out von Ten und seinem festen Freund Jared zu kümmern. Er wusste nicht alles, was bei mir los war, aber er wusste von dem Sex-Video und er kümmerte sich um die Situation.

„… darum denke ich, dass es ein Fall sein könnte, bei dem wir proaktiv sein müssen, Dieter. Ruf mich an, wenn du zurück bist und wir können Strategien besprechen.“

Bei Layton ging es immer um Taktik – wie man große, lebensverändernde Dinge auf eine Weise regeln konnte, dass Fans das Stadion nicht dutzendweise verließen. Er plapperte weiter über Zeiten und mögliche

Termine und etwas über Sommerprojekte für Schnelligkeit und Fitness. Ich höre nach einer Weile auf, zuzuhören, so wie ich es bei Ten getan hatte. Ich hatte keine Zeit, Leuten zuzuhören – ich hatte Dinge in meinem Kopf, die organisiert werden mussten.

Mariannas Nachricht war viel kürzer.

„Twitter sagt, dass du neuen Vertrag hast. Mein Preis ist gestiegen. Ruf mich an."

Das war alles, was sie sagte, in ihrem sanften französischen Akzent, aber die Watte in meinen Gedanken filterte das zu einem bedeutungslosen Nichts, das mir keine Sorgen machen konnte. Sie sollte das verdammte Video veröffentlichen und vielleicht würde ich dadurch berühmt werden. Ich holte mir zwei Bier aus dem Kühlschrank und setzte mich auf das Sofa, sah mir die Wiederholung einer Gameshow aus den Achtzigern an, verstand nicht ganz, warum ich das alles so verdammt lustig fand, liebte aber die Fröhlichkeit, die durch meine Adern strömte.

Ich hatte einen Vertrag, ich fühlte mich gut, mein Knie tat nicht weh, und ich hatte ein Bier in meiner Hand.

Gott wusste, was Bob sich dachte, dass er mich nicht mehr vertreten wollte. Es gab hunderte Agenten da draußen, die mehr machen konnten als er. Einige von ihnen würden ein Sexvideo so verdrehen, dass ich nach dem Scheiß nach Rosen riechen und eine Legion an Fans – beiderlei Geschlechts – haben würde, die alle etwas von mir wollten.

Aber je länger ich so dalag, als die herrliche Weichheit in meinen Gedanken sich zurück in diesen harten Ort verwandelte, an den ich in meinem Kopf gewöhnt war, umso mehr hing mein Gehirn an einer Sache fest.

Wie konnte es sein, dass es mir nichts ausmachte, wenn die Welt mich vollkommen nackt in einem Dreier sah, wie ich irgendeinen Typen fickte, aber ich nicht wollte, dass die Leute wussten, dass ich nicht tapfer genug war, ohne Tabletten mit Schmerzen fertig zu werden?

Aber die Antwort war einfach.

Es war leichter, Sex zuzugeben als zu gestehen, dass ich Tabletten brauchte, um bei Verstand zu bleiben. Niemand durfte das je erfahren.

DIE EMAIL, die am nächsten Morgen kam, als ich einen Kater hatte und mit Mariannas Nachricht immer noch auf meinem Anrufbeantworter, war kurz und auf den Punkt und nicht wirklich willkommen.

Ich klammerte mich an die Tatsache, dass mein Anwalt verlangt hatte, dass wir ihr ein Kontaktverbot auferlegten, nachdem sie mich nicht in Ruhe lassen wollte. Stalking war eine unschöne Sache, aber es war das Einzige, was sie mir angedroht hatte, bis das verdammte Video auftauchte.

Ich konnte jetzt nicht an Marianna denken. Ich musste mich auf das Team konzentrieren.

Eine Einladung wurde allen Teammitglieder angeboten, die noch keine festen Pläne hatten, an einem Konditionierungs- und Geschwindigkeits-Camp teilzunehmen und ich erinnerte mich an Laytons

Nachricht – nun, an den Teil, den ich mir angehört hatte. Er hatte etwas von einer guten Idee gesagt und ich konnte nur an Teambuilding denken und etwas während des langen Sommers, der sich vor mir erstreckte zu tun zu haben.

Ich nahm zwei der kleinen weißen Tabletten und ließ sie ihre Magie wirken, ehe ich mich anmeldete. Mein Knie schmerzte ein wenig und ich brauchte sie.

Wie es aussah, würde ich ein Trainings-Camp mit einem glitzernden Eiskunstläufer absolvieren und ich hatte keine Ahnung, warum ich zustimmte. Ich fand die Wikipedia-Seite über diesen Trent Hanson Typen, aber ich musste nicht wirklich nachsehen, um zu wissen, wer das war. Die Railers mochten große, böse Hockey-Jungs sein, aber Eis war Eis. Ich wusste, wer Trent war, hatte ihn mit seinen Medaillen und seinen Erfolgen in den Nachrichten gesehen, erinnerte mich vage daran, dass sein Manager ihn betrogen hatte.

„Willkommen im Club", sagte ich und salutierte dem leeren Zimmer mit meinem ersten Bier des Tages.

Und dann filterte die vertraute Wärme in mein Gehirn und ich legte mich auf mein Sofa, schaute hinauf an die Decke.

Sich in einem Camp zu verstecken war im Moment wahrscheinlich eine gute Sache.

Und zur Hölle, mit einem Eiskunstläufer zu arbeiten, würde lustiger Scheiß sein.

Genau wie damals, als ich im College die Nummer 69 auf meinem Jersey getragen hatte, nachdem man mit mir gewettet hatte.

Zum Brüllen komisch.

Kapitel Drei

TRENT

WIR KONNTEN SIE REDEN HÖREN. Ich linste um die Ecke und sah sie alle im Flur versammelt. Elf oder zwölf von ihnen. Dreizehn, wenn man einen schlankeren Mann mit dunklen Haaren zählte, der nicht so aussah, als würde er zu der Gruppe gehören. Ein Bäckerdutzend von ihnen, das auf meine Ankunft wartete, damit die Folter beginnen konnte. Warum war die Woche vor diesem Termin so schnell vergangen? Ich hatte versucht, sie in die Länge zu ziehen, aber sie war, ohne sich um Trent zu scheren, weitermarschiert. Zeit war ein Miststück.

Ich zog mich von der Ecke zurück und schaute direkt meine Agentin an. Ihre Nase war rosa von der Kälte im Eisstadion. Ich liebte ihre kleine, seegrüne Jacke und machte mir eine mentale Notiz, sie später zu fragen, woher sie sie hatte.

„Sind wir uns sicher, dass wir nicht Jane Goodall in der Hauptrolle für diese Show haben wollen?"

Gayle warf mir einen vernichtenden Blick zu. Sie

perfektionierte diesen Gesichtsausdruck immer mehr. Er
würde ihr gute Dienste leisten. Verdammt. Ich hätte
eine meiner Tiaras tragen sollen, nur um auf ein paar
Zehen zu treten. Nicht, dass das, was ich angezogen
hatte, die Dinge nicht ins Rollen bringen würde, sobald
die Affenartigen mich sahen. Hatte Trent sich gekleidet,
um Stimmung in die Bude zu bringen? Oh, ja, das hatte
Trent. Für diesen Tag hatte ich mich für den Anime-
Look entschieden. Gefärbte und gestylte Haare,
nachgezogene Augenkonturen – was nicht zählte, weil
ich das jeden Tag machte – hautenge, saphirblaue
Leggins unter einem kurzen, gerüschten Kilt in Grün,
Blau und Weiß, dazu einen engen blau-weißen Sweater.
Oh, und leuchtend blaue Wanderschuhe und ein paar
Dutzend Armreifen an jedem Handgelenk.

„Sie sehen wie sehr nette junge Männer aus", gab
Gayle ruhig zurück. Ich verdrehte meine Augen, schaute
dann zu meiner Großmutter. Es sah aus, als wäre ein
wütender Kürbis an meiner Seite. *Lola* war in einen
Flyers-Sweater mit der Nummer 17 gewickelt, über
einer Flyers Kapuzenjacke. Sie hatte die Kapuze über
ihre silbernen Haare gezogen und alles, was man sehen
konnte, waren zwei dunkle, unglückliche Augen.
Wahrscheinlich steckten ihre winzigen Füße in Flyers-
Socken.

„Was denkst du?", flüsterte ich meiner Großmutter
zu.

„Mir gefällt nicht." Sie verschränkte ihre Arme über
ihren Brüsten. „Sie sind alle Amateure."

„Siehst du, *Lola* stimmt mir zu. Amateure." Ich
knickte in der Hüfte ein und wedelte mit einer

behandschuhten Hand in die allgemeine Richtung der Railers.

„Amateure oder nicht, die Verträge wurden unterzeichnet und das Kamerateam wird morgen hier sein. Warum sagst du nicht Hallo? Ich bin mir sicher, dass diese Gentlemen nichts mit den unreifen Jungs gemein haben, mit denen du auf die High-School gegangen bist."

Ich wagte einen weiteren Blick. Das stimmte. Die Jungs in dieser Gruppe waren sogar noch *größer* als die Teenager-Spieler, die jeden Gang zum Eisstadion zu einem Spießrutenlauf gemacht hatten. Zugegeben, sie waren attraktiv, auf diese „Grunz-Fick" Art. Große, kräftige Männer – abgesehen von dem vorhin erwähnten Nonkonformisten – die jede Menge Platz und Luft einnahmen. Es gab einen, der sogar noch grunziger und fickiger wirkte als die anderen, wenn das überhaupt möglich war.

Er wirkte abgehoben, stand bei der Gruppe, distanzierte sich aber von ihr. Groß, Schultern so breit wie der Baum eines Segelschiffes, die Taille verschlankte sich von diesen monströsen Schultern nach unten, die Beine lang und dick von Jahren auf dem Eis. Der Mann hatte wirklich unglaubliche Oberschenkel, aber die hatte ich auch, wenn auch proportional deutlich kleiner. Gott sei gedankt für Jeans und Männer, die wussten, dass eng anliegende Hosen die *einzigen* waren, die man tragen sollte. Die Farbe seiner Augen war aus dieser Entfernung ein Geheimnis, aber seine atemberaubende Kieferlinie stach hervor, ebenso wie der dunkle Backenbart, der zu seinen zerzausten Haaren passte.

Sein Verhalten war seltsam. Die anderen redeten und lachten, aber er hielt sich zurück, seine Hände in seinen Vordertaschen, die Augen auf seine Sneaker gerichtet. Abweisend und heiß. Wenn man jetzt noch mindestens einen größeren Charakterfehler und eine Abneigung gegen Männer, die Eyeliner trugen wie andere Männer Flanell, dazugab, dann hatte man das Basisrezept für jeden Gorilla, der einen Puck schubste.

„Nein, nein. Ich kann das nicht", sagte ich.

Der Mann, der nicht zu der Gruppe passte, schaute in meine Richtung und lächelte. Ich riss meinen Kopf zurück und versuchte, mich hinter dem finster dreinschauenden Kürbis mit den limettengrünen Muk Luk Stiefeln zu verstecken.

„Verdammt! Ich wurde entdeckt. Scheiße."

Gayle wollte mir gerade sagen, dass ich aufhören sollte, so eine immergrün-getönte Pussy zu sein, als die Affen um die Ecke kamen, angeführt von ihrem Aufseher oder etwas Ähnlichem.

„Trent, es ist großartig, dich endlich kennenzulernen. Layton Foxx – ich bin bei den Railers für die Sozialen Medien zuständig und ein großer Fan. Adler und ich haben deine Show gesehen, als du in Harrisburg warst. Ich habe mit deiner Agentin ein paar Mal am Telefon gesprochen und wir sind glücklich, dass wir in der Lage waren, das hier in die Wege zu leiten."

Ich ließ zu, dass er meine Hand packte und sie pumpte, während mein Blick dem von Mr. Abgehoben begegnete und ihn festhielt. Er hatte hübsche, aber umwölkte graue Augen. Ich beobachtete, wie sie sich ein wenig weiteten, als er den Eyeliner und die kobaltblauen

Reflexe sah, die ich mir am Abend zuvor in die Haare gewaschen hatte.

„Erfreut", murmelte ich, versuchte, meinen Blick von dem Mann zu lösen, der sich im hinteren Teil der Herde oder Truppe oder wie auch immer man eine Ansammlung Stöcke schwingender Affen nannte, aufhielt.

„Ich will dir die Jungs vorstellen. Sie freuen sich alle darauf, hier dabei zu sein."

Mr. Foxx – und ja, das war er – führte mich an der Hand zu den Railers. Sie waren alle so verdammt groß. Ich versuchte, nicht zu dem Mann im Hintergrund zu schauen, aber etwas an ihm verleitete mich immer wieder dazu, ihm einen Blick zuzuwerfen. In seinen Augen standen Traurigkeit und Neid, als unsere Blicke sich kurz trafen, während ich Tennant Rowe vorgestellt wurde, dem tapferen Mann, der seine Beziehung zu seinem Coach, Jared Madsen, öffentlich gemacht hatte. Jared widerlegte übrigens eindrucksvoll meine Theorie, dass alle Coaches hässliche alte russische Männer waren, deren Ohrhaare lang genug waren, um sie zu flechten und mit Glitzerspangen zu dekorieren. Tennant und Jared waren ein atemberaubendes Paar und ihre Liebe zueinander schwebte in der kalten Luft wie der Geruch von Magnolien in einer Sommernacht.

Trent, Süßer, hör auf, Poesie über die Gorillas zu machen. Sie sehen gut aus, klar, aber sie werden dich mit Scheiße bewerfen, genau wie all die anderen schmutzigen Affen.

Ich schüttelte ihnen allen die Hand, Namen wie Adler und Arvy verschmolzen alle miteinander, je näher ich Mr. Abgehoben mit den seelenvollen Augen kam. Er streckte die Hand nach mir aus, ehe Layton uns richtig vorstellen konnte. Sogar mit meinen dünnen blauen Handschuhen entflammte seine Berührung meine Haut. Die Hitze seiner Hand und ihre Stärke drangen durch die reine Baumwolle, die meine Handfläche bedeckte. Wärme breitete sich über meine Finger aus und raste an meinem Arm zu meinem Gesicht. Oder fantasierte ich nur? Das mache ich manchmal, behaupten andere.

„Trent, das ist Dieter Lehmann. Er hat gerade einen Einjahresvertrag bei den Railers als linker Flügelspieler unterzeichnet."

„Wie aufregend." Ich schaute zu Gayle. Sie nickte ein wenig zu heftig in Richtung des Mannes, der meine Finger festhielt. „Also, uh, Dieter, was denkst du, kannst du von mir lernen?"

„Was ich von *dir* lernen kann?", fragte er zurück. Ich nickte und bereitete mich darauf vor, dass der erste hasserfüllte Kommentar sich seinen Weg bahnen würde. „Geschwindigkeit, wie ich die Kanten besser nutzen kann, lernen, wie ich mich schneller auf dem Eis drehen kann."

Oh. Das stimmte alles. Scheiße. Und nicht einmal ein abfälliges Schnauben. Seltsam, um es milde auszudrücken.

„Und du hast kein Problem damit, dass ein herumstolzierender Hauch von einem Eiskunstläufer derjenige ist, der das Sagen hat?"

„Überhaupt nicht", gab er zurück und ich war mir nicht ganz sicher, ob wir immer noch über Fähigkeiten auf dem Eis redeten.

„*Trent*", hörte ich Gayle keuchen. Mr. Meine-Augen-

Könnten-Ein-Robert-John-Song-Sein   starrte   mich
weiter an.

„Ihr seid beschissen", hörte ich *Lola* sagen.

Das durchbrach die Intensität von Dieter und Trent.
Meine Aufmerksamkeit richtete sich auf meine geliebte,
nette Großmutter, die Tennant Rowe in den Brustkorb
pikte. Ihr Oberkopf reichte *vielleicht* bis zur Mitte seines
Brustkorbs.

„Entschuldigt den schnippischen Kürbis, der auch
als meine Großmutter bekannt ist", sagte ich laut und
wirbelte von Lehmann und seinen mysteriösen Augen
weg. „Sie ist kein Fan."

„Ja, ich kann sehen, wo ihre Loyalitäten liegen", gab
Rowe mit einem ansteckenden Lächeln zurück. „Sie
haben hier in Philly ein großartiges Team, Mrs.
Hanson."

„Absolut richtig!", tönte *Lola*, grinste dann die
gigantischen Männer an, die auf sie herablächelten.

„Warum führen wir die Railers nicht im Stadion
herum und dann können wir bei Pat's zu Mittag essen
und darüber sprechen, was der Sender von dieser
Realityshow erwartet?", schlug Gayle wie eine trainierte
Gameshow-Moderatorin vor, ging sogar so weit,
anmutig in Richtung des Eises zu winken.

Die Tour war schnell und auf den Punkt, zeigte den
Railers zügig, wo alles passierte. Als wir an der Bande
standen, erklärte ich jenen, die sich um mich
versammelt hatten, was ich mir als Ziel erhoffte.

„Dieses Stadion ist mein Leben. Mein Traum." Ich
klopfte mir sacht auf den Brustkorb. „Dieses Stadion ist
ein sicherer Ort für LGBT Kinder und Jugendliche, die

von Freunden, Familie und Gesellschaft gemobbt, heruntergemacht und verfolgt wurden. Wie wir alle wissen, ist toxische Maskulinität im Sport weit verbreitet. Ich habe jahrelang institutionalisierte Homophobie beim Eiskunstlauf bekämpft. Hass trifft Kinder früh und es verkrüppelt sie emotional und auf kreativer Ebene. Ich mache diese Show, um Rainbow Skate zu retten."

Ich würde über meine persönlichen Gründe nicht diskutieren, auch wenn die Welt wusste, dass ich schlicht pleite war. Ich hatte mir noch etwas Stolz bewahrt.

„Ich denke, dass wir etwas Gutes bewirken können, das tue ich wirklich. Vielleicht können wir den Fanatikern, die dort draußen zusehen, zeigen, dass schwule Athleten und heterosexuelle Athleten gar nicht so verschieden sind. Vielleicht wird sie ein verängstigter zukünftiger Eiskunstläufer oder Railer sehen und Kraft daraus ziehen. Während ihr also neue Fähigkeiten lernt, die ich euch beibringen werden, wird auch die Welt insgesamt davon profitieren."

„Und was wirst du mitnehmen?", fragte Dieter, seine Stimme erhob sich über das zustimmende Murmeln aus dem Team, von meiner Agentin und meiner Großmutter, die ihren Hass für die Railers zu überwinden schien. Sie hatte sich während der ganzen Tour an den Ellbogen von Jared Madsen gehängt, ihn vollgequatscht mit allem von Hockey über die Popularität von Eiskunstlauf in ihrer Heimat bis hin dazu, dass er bis jetzt ein benachteiligtes Leben geführt hatte, weil er noch nie *lumpia* gegessen hatte, eine Art mit Fleisch gefüllte Frühlingsrolle, die auf den Philippinen konsumiert wird. Einhundert Dollar sagten, dass wenn sie am nächsten Tag ins Stadion kam, sie Pfannen voller *lumpia* für die Railers haben würde.

„Ich?"

Hervorragende Antwort, Trent.

„Ja, du. Was hoffst du, von uns zu lernen?", blieb Dieter hartnäckig.

„Nun, es wird ganz sicher *kein* Sinn für Mode sein." Ich musterte sie alle kritisch.

Die Mehrheit kicherte. Nur Dieter nicht. Er schien aus irgendeinem Grund unglaublich auf mich fokussiert zu sein. Ich fühlte mich deswegen eigenartig und nervös. Es war die Intensität seiner Aufmerksamkeit, glaubte ich. Was auch immer an dem Mann war, es machte mich unruhig, ähnlich wie ich mich fühlte, wenn ich nach einem Lauf in der Kiss-and-Cry Ecke saß.

„Ich bin mir nicht sicher, wie es euch geht, aber mein Magen sagt mir, dass wir spät zum Mittagessen dran sind. Sollen wir zu Pat's gehen?" Mr. Foxx unterbrach den peinlichen Moment.

Mein Blick war immer noch mit dem von Dieter verbunden, bis die Gruppe sich umwandte und auf den Ausgang zumarschierte. Sogar als er wegging, waren meine Augen auf seinen breiten Rücken gerichtet.

Was hoffte ich, aus dieser Erfahrung zu lernen? Ich hatte keine verdammte Ahnung. Im Ernst, was konnten eislaufende Paviane *mir* beibringen? Für Trent Hanson ging es nur ums Geld. Ich wusste jedoch, dass in Dieter Lehmanns atemberaubenden Augen eine Million Geheimnisse lagen und ich war von Natur aus ein neugieriges Wesen.

DAS MITTAGESSEN in dem berühmten Käsesteak-Restaurant war, als würde man zusehen, wie die Hyänen im Philadelphia Zoo gefüttert wurden. Hatten sie Hyänen im Zoo? Ich war schon seit Jahren nicht mehr dort gewesen. Nicht wichtig. Die Railers aßen wie ausgehungerte Raubtiere. Das war das wichtige Bild. Ich setzte mich früh von dem Fressgelage ab, gab als dünne Entschuldigung an, dass meine Großmutter ein Nickerchen halten musste.

Mom war von der Arbeit zu Hause, als wir ankamen. Sie fragte, ob wir gegessen hatten.

Lola und ich hatten uns ein einfaches Käsesteak geteilt, jeder von uns die Hälfte. Ich mochte ja im Moment keine Wettbewerbe bestreiten, aber ich wollte *nicht* über siebzig Kilo kommen, wenn es irgendwie möglich war. Meine Kleidung würde zu eng sein und ich würde schnippisch und hässlich werden. Ein Mann meiner Größe – ein Meter achtzig – sollte niemals über siebzig Kilo wiegen und erwarten, in eng anliegenden Wettkampfklamotten umwerfend auszusehen. Außerdem wollte ich vielleicht eines Tages, wenn meine Geldsorgen sich erledigt hatten, wieder anfangen. Ich wollte immer noch eine Goldmedaille. Aber das war ein großes Vielleicht.

Konzentrier dich auf die Gegenwart, Trent. Konzentrier dich darauf, wie dieser Dieter Typ seine Mahlzeit gegessen hat, ohne einmal den Blick von dir zu wenden. Er ist entweder heiß auf deinen perfekten Hintern oder er plant, wie er dich allein auf der

Herrentoilette erwischen und deinen Kopf in eine Kloschüssel tauchen kann.

„Ich hoffe, er ist heiß", murmelte ich, während mein Verstand etwas Entsetzliches über mich und einen − KEUCH! - Hockeyspieler ersann.

„Du hoffst, es ist heiß?", fragte meine Mutter.

Ich schüttelte die schreckliche Fantasie ab. Offensichtlich war es zu lang her, seit mir einer geblasen worden war. Vielleicht würde ich heute Abend in die Clubs gehen. Philly hatte jede Menge davon. Es ist eine stolze und lebhafte schwule Gemeinschaft hier. Aber in die Clubs zu gehen, kostete Geld. Vielleicht sollte ich eine alte Flamme anrufen? Nein, sie waren alle wütend auf mich, darum waren sie ja *alte* Flammen. Jesus. Sich einen herunterzuholen wurde langweilig.

„Trent. Hast du den Gehstock deiner Großmutter hereingebracht?"

„Tut mir leid, ich habe gerade an … den Schneemann aus *Frozen* gedacht."

Der Blick war zum Brüllen. Mom konnte das mit den großen Augen so gut wie jede Dragqueen, woher ich es offensichtlich hatte. Ihr frecher Blick war jedoch nicht so gut. Die dunklen Ringe unter ihren tiefbraunen Augen sagten alles. Sie sagten mir, dass ich als Sohn und Geschäftsmann ein Versager war, weil ich zugelassen hatte, dass der Bastard, dessen Namen wir nicht erwähnen würden, mich auf diese Weise ausnutzte.

„Sie hatte ihn, als wir reingekommen sind. Hat ihn wahrscheinlich in den Schirmständer an der Haustür gesteckt, wie sie es immer macht."

Mom seufzte. Das tat sie oft, wenn es um meine *Lola* ging. Und mich auch, da war ich mir sicher.

„Mom, warum nimmst du dir morgen nicht frei? Komm ins Stadion und schau zu, wie sie eine Sendung über deinen Sohn machen?"

„Trent, Baby, ich muss morgen arbeiten. Mein Kalender ist voll."

Sie hob die Hand, um mein Gesicht zu tätscheln, machte sich dann wieder daran, etwas Dosenhühnersuppe für ihr Abendessen zu erwärmen, weil *Lola* und ich uns weit nach Mittag an Käsesteaks sattgegessen hatten. Mom war nicht viel größer als meine Großmutter und ich war nicht viel größer als meine Mutter. Ein Winzling. Ugh. Sehen Sie? Den ganzen Tag mit wandelnden Mammutbäumen zu verbringen, gab mir das Gefühl, winzig und ungesehen zu sein.

„Dann soll eine der anderen sie übernehmen. Ich bezahle dich für den Tag. Komm einfach ins Stadion. Bitte? Ich will, dass du Teil der Show bist."

Sie winkte mir mit einem unwohlen Lachen ab. „Niemand will mich sehen. Sie haben mein dummes Gesicht das letzte Jahr über genug gesehen. Sie wollen dich sehen, nicht die dämliche Kuh, die einen Mann geheiratet hat, der das Geld ihres kleinen Jungen gestohlen und es für andere Frauen, Hunderennen und Blackjack ausgegeben hat."

„Das stimmt *überhaupt* nicht." Ich schlang meine Arme um sie und zog sie an mich. Ich hörte, wie sie zitternd einatmete. „Mom, wir alle schätzen Leute falsch ein. Schau dir meinen Ex an, Gunther. Ich dachte, er wäre ein menschliches Wesen. Wie sich herausstellte, war er ein Geschwür."

Sie schnaubte. „Aber du hast ihn nicht geheiratet."

Ich küsste ihre weichen schwarzen Haare. Nein, das hatte ich nicht, aber ich hatte darüber nachgedacht. Dann hatte er angefangen, wegen meiner vielen Reisen zu zicken und dem mangelnden Sex und war losgezogen und hatte mich mit Alexander Kruglov betrogen, meinem Erzfeind bei den russischen Eiskunstläufern. Verdammter Gunther. Der Pickel.

„Was vergangen ist, ist vergangen. Bitte, komm ins Stadion."

„Vielleicht an einem anderen Tag, Trent. Ich arbeite gerne. Es hält mich davon ab, darüber nachzudenken, was ich dir angetan habe. Ich hätte Witwe bleiben sollen."

„Mom, du hast gedacht, dass du etwas Gutes tust, indem du mir einen Vater findest."

Sie stieß sich von mir ab, ihre Wut war greifbar. „Und was für einen Vater ich gefunden habe. Er hat alles an dir gehasst, sobald du angefangen hast, dich selbst zu entdecken."

„Nun, er hat eine Sache an mir gefunden, die ihm gefallen hat. Mein Geld."

Sie runzelte die Stirn über der Dose Wasser in ihrer Hand.

„Es tut mir leid. Das war nicht nett von mir. Aber Mom, das ist nicht deine Schuld. Wenn überhaupt hätte ich mehr auf mein Geld achten müssen. Aber *nein*, solange ich Mittel zum Reisen, für Kleidung und Jungs hatte, war ich glücklich, im Dunkeln zu sein."

„Ich vermisse deinen Vater so sehr."

Ich wusste, dass sie das tat. Ich hatte ihn nie gekannt. Er war bei einem Autounfall ums Leben gekommen, als ich ein Baby war. Ich glaube, ich vermisste, was ich für einen guten Vater *hielt*. Ich vermisste den Mann, von dem sie mir erzählt hatte. Einen normalen Mann, der in einer Werkstatt importierte Autos repariert und das Leben geliebt hatte. Sie hatten sich jung kennengelernt, sich verliebt und mich gemacht, als sie gerade fünfzehn war. *Lola* war *nicht* glücklich gewesen, aber die Kinder hatten geheiratet, darum hatte sie sich schließlich beruhigt. Dad war achtzehn gewesen, als er sechs Monate, nachdem ich geboren worden war, gestorben war. Mom sah älter aus, als sie war, nur wenige Monate vor ihrem vierzigsten Geburtstag. Das Leben war für Donna Hanson Gallo schwer gewesen. Es zeigte sich in ihren Augen und den herabhängenden schmalen Schultern.

„Er wäre stolz auf uns. Wir geben nicht auf." Ich tappte zu ihr und nahm ihre Hand in meine, damit wir das Wasser zusammen in den Topf gießen konnten.

Sie lächelte schwach zu mir auf. „Er wäre so stolz. Er hat immer gesagt, dass du Großes leisten würdest."

„Du wirst also irgendwann kommen und dir ansehen, wie die Show aufgenommen wird?"

„Ja, irgendwann, Trent. Nur nicht morgen." Sie rührte die konzentrierte Suppe in das Wasser und stellte den Topf auf den Herd.

Ich verweilte neben dem alten Kühlschrank, meine Aufmerksamkeit wurde von der blauen Gasflamme angezogen, die unter dem verbeulten Topf tanzte. Ich wollte sie wirklich am ersten Tag im Stadion haben. Meine Eingeweide fingen bereits an, sich zu verknoten. Was, wenn die Show ein Flop war und nach der ersten Folge abgesetzt wurde? Wo würden wir dann sein? Im Armenhaus. Trent und seine Familie und all seine farbenprächtigen Klamotten würden im Armenhaus sein und darüber singen, als Taschendiebe zu arbeiten.

„In Ordnung, Mom, du kannst demnächst einmal kommen."

Ich wollte *wirklich* unser Glücklichsein zurück.

Kapitel Vier

DIETER

Sɪᴄʜ ᴇɪɴ Aᴜᴛᴏ ᴢᴜ teilen hatte wie eine gute Idee geklungen, nur am Ende mit Stan und Arvy im selben Auto zu sitzen war so früh am Morgen furchtbar laut.

Arvy versuchte, Stan etwas Englisch beizubringen, und der arme Russe schien zu denken, dass je lauter er ein Wort sagte, es umso besser wäre. Es half nicht, dass Arvy fuhr und ich auf dem Beifahrersitz saß, während Stan seinen Kopf zwischen uns steckte, wodurch sein Brüllen direkt in mein Ohr drang.

„Ich habe ein Tor gemacht", ermunterte Arvy.

„Ich. Habe. Tor. Gemacht!", brüllte Stan und hob seine Hände triumphierend über den Kopf. „Ist gut gelernt."

„Das ist eine gute Sache zu lernen", korrigierte Arvy.

„Ist gut, sage ich", meinte Stan und hob erneut seine Hände. „Tor!"

Als wir am Rainbow Skate Stadion mit seinem bunt gestrichenen Willkommensschild ankamen, waren meine Kopfschmerzen exponentiell gestiegen, aber ich schluckte ein paar Tabletten und hoffte, dass sie vorbei sein würden, bevor ich Trent wiedersah.

Trent mit seiner Art, seinem Lächeln, seinen dunklen Augen und dem Make-up. Ich hatte ihn ein paar Mal erwischt, wie er mich anstarrte, aber nur, weil ich ihn auch angestarrt hatte. Er war das absolute Gegenteil von mir, das war alles, was ich denken konnte. Er war gute fünfzehn Zentimeter kleiner als ich, er war Farbe und Leben wo ich Jeans und eine Railers-Kapuzenjacke war, er war ein Lächeln und ich eine gerunzelte Stirn. Ich hatte mir angehört, was er hoffte, uns beibringen zu können, aber ich hatte mich verpflichtet gefühlt, ihn zu fragen, was er von uns lernen würde. Was konnte eine Gruppe lauter, unkonzentrierter Hockeyspieler außerhalb der Saison dem winzigen Tänzer beibringen?

„Denkst du, er wird uns beibringen, wie man Pirouetten macht?", fragte Arvy ganz ernst, während er seine Schlittschuhe schnürte.

„Pin ooh ret?", sagte Stan, suchte sich das eine Wort heraus, das von allen am schwierigsten war.

„Pi-roo-ette", korrigierte Arvy.

„Pi-roo-naett", wiederholte Stan.

„Pirouette" war so ein niedliches Wort, um von unserem Goalie so schrecklich verunstaltet zu werden, dass ich lachen musste.

„Lach nicht aus", sagte Stan mit gerunzelter Stirn und pikte mich in den Oberschenkel. Was wehtat, denn Scheiße, Stan war stark.

Ich hob beide Hände hoch, um meine Unschuld zu

beweisen. „Ich habe nicht über dich gelacht, es ist nur ein wirklich seltsames Wort", fing ich an zu erklären, sah aber Stans verwirrten Blick bei meinen Worten. „Egal."

Die Schlittschuhe geschnürt, zog ich meine Schutzkleidung an, zurrte die Tapes gut fest, schlüpfte dann in meinen Jersey. Normalerweise würden wir für so etwas unser Trainings-Jerseys tragen, aber die Kameras wollten unsere Namen und Nummern sehen, um den Wiedererkennungswert der Marke zu steigern. Als ich mich in dem Raum umsah, einen Blick auf den großen Stan warf, auf unseren sehr großen Kapitän Hurleigh, auf den schlanken, aber muskulösen Ten, konnte ich sehen, dass wir alle anders waren, es aber vielleicht einen roten Faden gab. Vielleicht sahen wir uns alle zu ähnlich, als dass Leute, die keine Hockey-Fans waren, uns unterscheiden konnten.

Ich hob den Blick, als die Tür sich öffnete und Trent hereinkam, dieses Mal ohne seine in Orange gekleidete Großmutter an seiner Seite. Auf gar keinen Fall würde irgendjemand nicht wissen, wer er war. Er trug das, was ich als seine Version eines Trainings-Jerseys vermutete – eng anliegende schwarze Hose und ein dunkelgraues Oberteil, das wie angegossen saß und einen Hauch Diamant am V-Ausschnitt zeigte. Seine Haare waren heute dunkler, aber sein Make-up auffälliger, sein Lipgloss tiefrot, seine Augen dunkel umrandet. Kameras folgten ihm und er lächelte uns an.

Fiel irgendjemandem im Raum auf, dass sein Lächeln seine Augen nicht ganz erreichte? Ich wanderte mit meinem Blick an seinem Körper nach unten, hielt kurz bei seinem Gemächt inne. Ich tat so, als würde ich nachsehen, ob er einen Schutz trug, aber eigentlich wusste ich genau, was ich machte. Ich fuhr damit fort, ihn komplett zu mustern, von seinen starken Oberschenkeln über die Muskeln, die seine Hose betonte, bis hinunter zu seinen Schlittschuhen.

Keine Eiskunstlaufschlittschuhe.

Hockeyschlittschuhe.

„Du trägst unsere Ausrüstung", platzte ich heraus, denn zur Hölle, wenn ich irgendeine Kontrolle über meinen dämlichen Mund hatte.

Der Kameramann bewegte sich und hielt auf mein Gesicht und ich versuchte mein Bestes, neutral auszusehen.

Trent warf mir einen Blick zu, ging dann rechtzeitig in Pose, damit die Kamera sich auf ihn richten konnte. „Ich muss spüren, was ihr spürt, wenn ich das hier richtig machen soll", antwortete er und endet mit einem Nicken und einem sehr schönen Schmollmund, geformt von seinen weichen Lippen. Er hatte das Fabelhafte perfektioniert.

„Ich will nicht, dass du fällst", sagte ich.

Warum hatte ich das gesagt? Warum akzeptierte ich nicht einfach seine Antwort und machte weiter? Denn das, was als Nächstes passierte, war allein meine Schuld.

Er streckte die Hand aus. „Komm mit."

Ich hatte nicht wirklich eine Wahl, weil alle Augen auf mich gerichtet waren und der Kameramann wieder voll auf mein idiotisches Gesicht hielt.

Darum nahm ich seine Hand und er führte mich aus der Umkleide und durch einen schmalen Gang hinauf auf das Eis. Das hier war offensichtlich mein erstes Mal auf dem Eis in diesem Stadion, aber das spielte keine Rolle – sobald meine Kufen auf das harte, kalte Zeug trafen, war ich zu Hause. Es gab hier die Markierungen für Hockey, aber kein Plexiglas, nur das Oval.

Und ich hielt immer noch seine Hand, die er fest packte. Er fing zu gleiten an und ich folgte seinem Vorbild und schon bald fuhren wir geschmeidig Achten auf dem Eis. Er trug dünne Handschuhe, darum konnte ich die Wärme seiner Haut nicht direkt spüren, aber sein Griff war fest und sicher und er hatte anscheinend keine Angst, dass ich auf meinen schweren Hintern fiel und ihn mit mir riss.

„Denk nicht einmal daran, mich hochzuheben", murmelte ich, als wir am Scheitelpunkt der Acht waren, am weitesten von der Kamera entfernt.

Er warf mir einen Seitenblick zu. „Du auch nicht", sagte er und da war der Hauch eines Lächelns und dieses Mal erreichte es seine Augen. „Nimm bei den Wechseln Geschwindigkeit auf und mach dann einen abrupten Stopp in der Mitte."

„Im Mittelkreis?", bat ich um Bestätigung.

Er nickte und ließ meine Hand los und ich nahm die Geschwindigkeit auf, von der ich wusste, dass ich sie hatte, machte ein paar sehr akkurate Wechsel, kratzte dann mit dem flachen Teil meiner Kufe über das Eis und kam direkt im mittleren Kreis unter aufstiebendem Schnee zum Stehen.

Ich bemerkte, dass die Kamera sich auf Trent gerichtet hatte, der wiederholte, was ich gerade gemacht hatte. Komplizierte Schritte in der Ecke und dann machte er diese Sache mit seinem Körper – eine Art

Drehung mit einem Sprung – und dann landete er und kam spritzend zum Stehen, seine Kufen verloren ihre Vorwärtsbewegung wortwörtlich zwei Zentimeter vor meinen. Er hatte gerade dasselbe gemacht wie ich, nur hatte er dabei *getanzt* und er war ohne seine Spitzen, die er normalerweise an seinen Schlittschuhen hatte, nicht auf den Hintern gefallen.

„Ich sehe, du wirst nicht umfallen", sagte ich knochentrocken.

Er legte seine Hände auf seine schmalen Hüften und sah zu mir auf. „Das werde ich wahrscheinlich schon", gab er zurück. „Aber ich werde es mit Stil tun."

„Du wirst also nicht in die Bande knallen", sagte ich.

Ich wollte nicht, dass das Gespräch endete, aber mittlerweile hatte der Rest des Teams sich zu uns gesellt und Trent wechselte von selbstbewusstem Alleswisser mit einem spöttischen Lächeln in den Profi-Modus. Er wartete, bis alle sich um ihn versammelt hatten, seine einzige Reaktion, als wir uns alle hinknieten, ein leichtes Anheben seiner Braue. Ich konnte sehen, dass er etwas sagen wollte – wahrscheinlich einen unangebrachten Kommentar über Männer auf ihren Knien – aber er tat es nicht. Ich dachte daran, etwas zu sagen, um eine Reaktion zu bekommen, aber ich war nicht derjenige, der in diesem Team unangemessenen Scheiß von sich gab – das war Adler Lockhart, mit seiner Fähigkeit, seinen Mund ohne Richtung loslaufen zu lassen.

Jedenfalls tat mein Knie weh.

„Wir kehren zu den Basics zurück", verkündete Trent. „Ich will euch alle bei Drills filmen. Gleichgewicht, Gleiten, Sprünge, Sprints, lange

Bewegungen, Wechsel, damit ich etwas für die Bereiche vorbereiten kann, bei denen ihr Hilfe braucht."

Ich sah, wie einige der Spieler Blicke tauschten. Ich hatte das wahnwitzige Bedürfnis, sie anzustupsen, damit sie ihm zuhörten, aber ich hielt mich zurück. Ein brennender Blick des Kapitäns und sie hörten damit auf, mit den Augen zu rollen, aber ich konnte die Nervosität bei Trents Publikum spüren. Ich nahm an, keiner von uns hatte erwartet, dass wir zurück in den Anfänger-Modus gehen würden.

„Wer will anfangen?"

Ten hob seine Hand und ließ sie sofort wieder sinken, als seine Teamkollegen, ich eingeschlossen, Dinge wie „Schleimer!" und „Wir sind hier nicht in der Schule!" riefen. Ich hatte gewusst, dass es Ten sein würde, der anfing. Der Mann war so verdammt begierig darauf, die ganze Zeit über zu lernen und besser zu werden.

Und er muss besser werden. Er ist nur wegen seines Namens hier. Er ist kein verdammter Superstar.

Ich blinzelte meine Gedanken fort und fuhr zum Tor, um mich anzustellen. Ich war nicht vorne, ich war nicht hinten. Ich war bequem in der Mitte, direkt hinter Stan. Da er Goalie war, war Stan nicht der beste Schlittschuhfahrer, aber er konnte sich gut bewegen und wir hatten ihn einmal erwischt, als er vor einem der Play-off Spiele im Gang ein Rad gemacht hatte. Er war ganz sicher beweglich.

Ten machte alles, was von ihm verlangt wurde, stieß sich ab, fuhr die Acht, zunächst exakt, dann mit reiner Geschwindigkeit. Er glitt, sprang, bremste, das ganze

Programm. Dann fuhr er ans Ende der Schlange wie ein Kind, das gerade die Wasserrutsche hinuntergerutscht war und unbedingt noch einmal wollte. Verdammter Pfadfinder.

Als Stan an die Reihe kam, war er um einiges weniger anmutig als Ten, aber Mann, war er stark, eine enorme Präsenz auf dem Eis. Nur hielt er nicht ganz so gut an, wie er das hätte tun sollen und ich sah das Unvermeidliche kommen, noch bevor es passierte.

Kontakt zwischen ihm und Trent, der kleiner Mann ruderte ein wenig mit den Armen, ehe Stan ihn fing und dann vom Boden hob, wie Scarlett in *Vom Winde verweht.*

Stan sah hoffnungslos entschuldigend aus und Trent, klein in seinen riesigen Armen, wirkte ein wenig panisch, ehe er den Schock durch ein falsches Lachen ersetzte.

„Wir machen noch einen Eiskunstläufer aus dir", sagte Trent für die Kameras. Ein perfektes Zitat.

Stan setzte ihn ab und grinste. „Ich helfe", verkündete er und nickte, als wäre das lebenswichtig. Angeber.

Ich kam als Nächster an die Reihe, tat genau das, was alle anderen gemacht hatten, mit meinem üblichen Flair bei den Wechseln, Selbstbewusstsein bei den kleinen Sprüngen, baute Geschwindigkeit auf und hielt direkt zwei Zentimeter vor Trents Schlittschuhen an. Er zuckte nicht zusammen und ich entschuldigte mich nicht und irgendetwas ging zwischen uns vor. Ein Aufflackern von etwas – Anziehung, Trotz, Erregung? Nur der Teufel wusste, was es war, aber dieser Mann ging mir unter die Haut und ich konnte den Blick nicht von seinen Lippen wenden.

Ich sollte ihn hochheben, wie Stan es getan hatte. Ich könnte das, er war so leicht wie Luft und ich stemmte wahrscheinlich sein Gewicht. Und er würde auf alle möglichen Arten hübsch in meinen Armen aussehen.

Und in meinem Bett, ausgebreitet auf der Decke, während er darauf wartete, dass ich –

„Erde an Dieter … Geh aus dem Weg, Mann, ich bin dran." Arvy schubste mich, aber ich starrte, meine Finger zuckten, Trent hochzuheben.

Dann durchbrach das Schubsen den seltsamen Moment und ich stellte mich wieder hinten an, wartete darauf, dass ich wieder an die Reihe kam.

Immer wieder schaute Trent zu mir. Heimliche, vorsichtige Blicke, wenn er mit dem Rücken zur Kamera stand. Aber ich konnte ihn sehen und ich wandte den Blick nicht ab.

Er wusste, dass ich ihn hochheben wollte. Er musste wissen, dass ich ihn im Bett wollte, sein Make-up verschmiert, sein Gloss auf meinem Schwanz verteilt.

Die Einheit ging zu Ende und ich war nicht erschöpft oder hatte Schmerzen von zu viel Arbeit. Ich war gerade aufgewärmt und trotz meines schmerzenden Knies fühlte ich mich, als ob wir einen gemütlichen Familienlauf absolviert hätten anstatt eines Work-outs. Die Kamera war wieder mit uns in der Umkleide und ein Teil von mir hoffte, dass Trent bei uns sein würde. Aber nein – heute ging es nur um die Einzelgespräche mit den Spielern vor der Kamera, darüber, was sie sich von dem Training erwarteten und es gab keine Spur von Trent.

Ich massierte mein Knie, während ich redete.

„Ich will an meiner Geschwindigkeit arbeiten", verkündete ich. „Ich habe gesehen, wie andere Spieler mit Jungs wie Trent arbeiten und ich habe erlebt, wie ihre Körperhaltung sie schneller werden lässt."

Nicht schnell genug wandten sie sich Stan zu, der versuchte, seinen Enthusiasmus zu kommunizieren und sich am Ende auf einen nach oben gereckten Daumen verließ. Das konnte er wenigstens nicht verunstalten.

Ich entschuldigte mich und verließ die Umkleide in meiner Straßenkleidung. Ich suchte nicht nach Trent. Ich wollte Trent nicht sehen. Ich hatte ihm nichts zu sagen. Das redete ich mir zumindest ein.

Ich fand ihn aber. In einem Büro am Ende eines langen Gangs, nachdem ich der Beschilderung für den Manager gefolgt war. Ich klopfte an der offenen Tür und er sah überrascht auf. Sein Make-up war noch immer makellos, aber er hatte sich dieses locker sitzende, fließend T-Shirt angezogen, das nicht half, den schlanken, gut gebauten Mann darunter zu verbergen.

Für eine Sekunde wurden seine Augen groß, dann lehnte er sich in seinem Stuhl zurück.

„Kann ich helfen?", fragte er. „Brauchst du etwas?"

Dich, dachte ich bei mir, sprach es aber nicht aus.

„Gibst du Privatstunden?", fragte ich in einem panischen Moment von Was-zur-Hölle-soll-ich-sagen.

Er stand von seinem Schreibtisch auf, trat um ihn herum und setzte sich auf den Rand.

„Ich habe einen Vertrag. Ich darf niemanden, der bei der Show dabei ist, privat trainieren."

Verdammt. Das wäre meine Art gewesen, etwas Zeit allein mit sexy Trent zu bekommen. Ich trat näher zu seinem Schreibtisch, nahm das Foto von ihm bei den Spielen in Sochi auf.

„Silber", fasste ich zusammen und stellte das Bild zurück.

„Du wurdest nie in die Nationalmannschaft von … Deutschland berufen?"

„Ich kann mir nicht vorstellen, dass das passiert", sagte ich mit einer riesigen Dosis Selbstironie. Ich hatte die doppelte Staatsbürgerschaft, Deutsch/Kanadisch, neigte aber schwer zu Kanada. Dennoch war es Deutschland, für das ich spielen wollen würde.

Wenn ich so darüber nachdachte, war die deutsche Nationalmannschaft meine wahrscheinlichste Option. Kanada war ziemlich voll.

„Also", fing Trent an. Ich erwartete, dass er etwas im Sinne von „Das ist peinlich", anfügen würde oder etwas anderes, das die Leere im Gespräch füllen würde. Dann machte er sich auf und schockierte mich zu Tode. „Ich habe dich angestarrt und ich würde mich gerne so fühlen, als ob ich dir genug vertrauen kann, um dich zu küssen, aber das tue ich nicht. Tut mir leid."

Ich blinzelte ihn an, wusste nicht, was ich sagen sollte. „Was?"

Er neigte seinen Kopf und schaute mich nachdenklich an. „Du bist schwul, richtig? Oder bi? Oder habe ich mich geirrt?" Er spannte sich ein wenig an, als ob er erwartete, dass ich ihn wegen dieser Frage verprügeln würde.

„Bi", gab ich zurück und erwiderte sein Starren.

„Ich wusste, dass du – ich merke es, wenn ein Mann die Größe meines Schwanzes einschätzt."

„Deines Hinterns", korrigierte ich ihn. „Ich habe deinen Hintern abgecheckt."

Trent tätschelte sich aufs Hinterteil. „Es ist ein guter Hintern", kommentierte er, als ob dies ein alltägliches Gespräch wäre.

„Du hast eine hohe Meinung von dir selbst", sagte ich, nicht auf gemeine Weise, eher um ihn aufzuziehen.

Traurigkeit huschte über sein Gesicht. „Jemand muss sie haben", sagte er.

Wir hatten einen Patt. Ich wusste nicht, was ich sagen sollte und er sah so aus, als wäre er eine Million Kilometer entfernt, verloren in Gedanken, zu denen ich keinen Zugang hatte.

Was der Grund war, warum ich, als er die Hand hob und seine Finger durch meine Haare kämmte, auf die Zehenspitzen ging und mich sanft küsste, in einen seltsamen Schock verfiel. Ich wich nicht entsetzt zurück. Ich vertiefte den Kuss aber auch nicht, und wir trennten uns, wobei Trent nachdenklich zu mir aufschaute.

„Das haben wir also gemacht", murmelte er.

„Das haben wir", war alles, was mir einfiel.

„Es ist erledigt. Es war in Ordnung. Nichts mit Funken oder so."

Er klang so, als würde er den Kuss benoten, im Zehnersystem oder im Sechsersystem, oder wie auch immer die Punktevergabe im Eiskunstlauf funktionierte.

Volle Punktzahl für Selbstbewusstsein, nur halb so viele für den Kuss.

Mit einer kräftigen, entschlossenen Bewegung zog ich ihn an mich und küsste ihn ernsthaft. Lippen, Zungen und die Unfähigkeit zu atmen. Als wir uns trennten, hatte er große Augen, sein Lipgloss war verschmiert und seine Hände hingen locker an seinen Seiten.

„Das …", fing er an, hielt dann aber inne.

Ich wischte das Klebrige des Gloss von meinen Lippen und machte einen Schritt zurück. Dann kam mein eigenes Selbstbewusstsein zum Vorschein.

„Ja", sagte ich. „Das war gut."

Und dann drehte ich mich um und ging, ehe jemand herkam und sah, wie ich Trent über den Schreibtisch gebeugt fickte.

Denn Scheiße, das war ein explosiver Kuss gewesen.

Kapitel Fünf

TRENT

VIER TAGE später und dieser Kuss verfolgte mich noch immer. Es war dumm gewesen. Das hatte ich gewusst, als ich die Hand nach Dieter ausgestreckt und die Dinge in Gang gebracht hatte und doch hatte es sich gleichzeitig so richtig angefühlt. Richtig, aber dumm. Das könnte der Titel meiner Autobiografie sein. *Richtig, aber dumm: Die Trent Hanson Story* – zu erwerben, wo Bücher über fehlgeleitete Deppen verkauft werden.

Das Seufzen, das mir entkam, war legendär. Ich beendete die Aufnahme von Tennant Rowes Eislaufkünsten. Ich war seit über einer Stunde im Büro des Managers meines Stadions, versuchte, mich zu konzentrieren und zu bestimmen, wo ich dachte, dass die Railers sich verbessern konnten. Ich hatte mich in diesem muffigen kleinen Würfel versteckt, um etwas Zeit fern der Kameras zu bekommen. Götter, aber ich hatte sie bereits über. Es kam mir so vor, als ob ich nicht einmal pissen konnte, ohne dass eine Kamera oder ein Make-up Beutel neben mir erschienen.

Dieser Morgen war besonders schlimm gewesen. Ich war mit einem granitharten Ständer aufgewacht und hatte mir zu einer verruchten Fantasie, in der mein Schwanz in Dieter Lehmanns Hintern eine Rolle spielte, einen heruntergeholt. Zu wissen, dass der Mann mir so tief unter die Haut ging, ärgerte und erregte mich. Vielleicht war meine Wut auf mich selbst, weil ich einen solchen Affen so in meine Fantasien einließ, der Grund, warum der Orgasmus so intensiv war. Ja. Das würden wir als den Grund angeben.

Dann der Anruf meiner Mom um „wirklich, Mutter?" am Morgen, bei dem sie mich informiert hatte, dass mein Stiefvater, alias Voldemort, angerufen und sie angefleht hatte, ihn zu besuchen und zu reden. Die Tatsache, dass sie mich anrufen musste, um zu hören, was ich von der Idee hielt, hatte mich losgehen lassen wie einen Feuerwerkskörper am vierten Juli. Ich hatte sie natürlich nicht angeschrien, ich hatte lediglich alles versucht, ihr auszureden, ihn zu besuchen. Nachdem das Telefonat damit endete, dass sie immer noch zwischen Ja und Nein schwankte, war ich wie ein Derwisch über mein armes Haus hergefallen. Ich hatte mein Nähzimmer verwüstet. *Es verwüstet.* Jetzt würde ich mit einer dämlichen Kamera im Nacken nach Hause gehen und den Bereich, in dem ich meine Kostüme kreierte, in Ordnung bringen müssen.

„Warum sind die Menschen solche Ärsche?", fragte ich das Büro. Die Klimaanlage summte als Antwort.

Ich widmete mich dem nächsten Video und stöhnte. Jetzt war Dieter auf meinem Bildschirm. Seine Kraft auf diesen Schlittschuhen war unleugbar, aber er konnte etwas Feinschliff vertragen. Und meine Hände auf seinen Oberschenkeln … wie ich sie teilte, damit ich zwischen sie rutschen und was ganz sicher ein fetter, langer Schwanz war, in meinen Mund nehmen und ihm so heftig einen blasen konnte, dass er vor Lust ohnmächtig wurde.

Stimmen drangen in die Pornosequenz in meinem Kopf. Ich riss meine Hand von meinem Gemächt, entsetzt, weil ich so einen schwachen Willen hatte, und neigte leicht meinen Kopf. Sang da jemand „Fox on the Run", während jemand anderes fauchte, dass er still sein sollte? Die nächsten dreißig Minuten sollte noch niemand hier sein.

Ich hievte mich aus dem harten Stuhl, auf dem ich den Kopf hatte hängen lassen und mich meinen Tagträumen hingegeben hatte und warf einen Blick um die Bürotür meines Stadionmanagers. Da, im Flur, allein, standen Layton Foxx und Adler Lockhart.

Adler war der Sänger, wenn man dieses Gejaule denn so nennen mochte. Layton wedelte mit der Hand vor dem Hockeyspieler, als ob er versuchen würde, den Mann zum Schweigen zu bringen. Dann lehnte sich Lockhart gegen Foxx, drückte ihn sanft an die Wand und küsste ihn, als ob er seit Tagen nichts gegessen hätte.

Oho. Es sah so aus, als ob Tennant, Jared und Dieter nicht die *einzigen* im Team waren, die unter der Regenbogenflagge marschierten.

Ich lehnte mich an den Türrahmen und beobachtete den leidenschaftlichen Moment. Als sie sich trennten, streichelte Foxx Lockharts Gesicht so liebevoll, dass es mich schmerzte. Und weil ich eine missgünstige kleine Queen war, räusperte ich mich. Adler sprang rückwärts, als ob er gerade auf schmerzhafte Weise eine Hornisse in seinem Tiefschutz entdeckt hätte. Foxx wirbelte herum, sah mich an. Ich wackelte mit zwei Fingern in Richtung der Liebenden.

„Ihr solltet eure Treffen vielleicht an einem ruhigeren Ort abhalten. Dürfte ich dieses Büro vorschlagen?" Ich wedelte mit einer behandschuhten Hand auf den Raum hinter mir.

„Schau, es war nicht das, was du denkst, dass es war", stammelte Adler.

Ich hob eine dünne Braue.

„In Ordnung, es war, was du denkst, dass es war, aber bitte oute uns nicht."

„Oh, meine Götter. Sehe ich aus wie der Typ Mann, der andere Männer outet? Bitte." Ich ging zu der Stelle, wo sie wie zwei versteinerte Bäume standen. „Seid nur vorsichtig, wenn ihr diese Beziehung geheim haltet. Ich meine wegen der Kameras. Sie sind mir nach Hause gefolgt und haben gefilmt, wie ich auf dem Sofa sitze und fernschaue. Sie haben sogar gefragt, ob sie filmen dürften, wie ich mit meiner Mutter über den Skandal rede. Vielleicht ist es klug von ihr, sich von diesem ganzen Fiasko fernzuhalten."

„Jesus", murmelte Foxx.

Ich nickte.

„Danke, dass du so …"

„Schwul und verständnisvoll bist? Liebend gern. Jetzt geht und seid irgendwo anders glückliche

Liebende. Die Kinder werden bald da sein, genau wie die verdammten Kameras."

Adler schlug mir so hart auf die Schulter, dass ich wimmerte. „Du bist ein guter Kerl, auch wenn du Lippenstift in derselben Farbe trägst wie meine Mom."

Layton stöhnte und zerrte seinen umgänglichen Kusspartner an der Hand mit sich, wobei der Mund des Medienmannes Überstunden machte.

Wie wunderbar es wäre, jemandem zu haben, den man wegen eines dummen kleinen sozialen Fauxpas schelten konnte. Ich schlüpfte zurück in das winzige Büro, schloss die Tür und verbrachte die nächsten vierzig Minuten damit, Dieter auf dem Eis anzuschauen. Als die Kinder für mich bereit waren, war ich ein einziges Durcheinander, aber ich legte mein Make-up auf und mein Show-Lächeln und stolzierte aufs Eis hinaus wie der verdammte Star, der ich war. Meine Läufer – die Kinder im Alter von sechs bis sechzehn – applaudierten alle und versammelten sich um mich herum.

„Seht euch alle an", sprudelte ich, umarmte so viele, wie ich konnte. Einige, wie Scotty, das zehnjährige Transgender-Mädchen, waren mir besonders wichtig, aber ich betete sie alle an. „Werdet ihr für die Fernsehkameras heute euer Bestes geben?", fragte ich, bewegte mich durch die bewundernden Fans, um in letzter Minute noch einmal mein Kostüm und das Make-up prüfen zu lassen. Sie alle schrien ja. Sie machten mich so stolz.

Es war entschieden worden, dass ich eines meiner Kurzprogramme von Sochi laufen und dann mit den

Kindern arbeiten, die Railers dazunehmen würde, um zu zeigen, wie harmonisch wir alle waren und wie inklusiv der Eissport jetzt war. Was ein riesiger Haufen dampfender Scheiße war. Ich erinnerte mich nur zu gut an die abschätzigen Bemerkungen, die Fernsehkommentatoren während meiner Silbermedaillen-Vorstellung über mich abgegeben hatten – die selbst Eiskunstläufer in Rente waren. Ich war viele schreckliche Dinge geheißen worden, seit ich mich in jungen Jahren geoutet hatte, aber was diese Kommentatoren darüber gesagt hatten, dass ich zu feminin und zu seltsam wäre, um Umgang mit Jungen zu haben, drehte mir immer noch den Magen um. Damals hatte es mich zum Weinen gebracht und das würde es heute auch, so wie ich mental im Moment drauf war, wenn ich es zulassen würde. Aber ich weigerte mich, beschissenen Leuten wie diesen die Freude zu machen, meine Tränen zu sehen. Außerdem brauchten es meine Läufer, dass Trent sich selbst treu blieb. Und darum war ich für sie in der Öffentlichkeit immer tapfer und weinte, wenn ich allein war.

„Wir müssen diese Jacke ein wenig weiter nach oben bringen", erklärte ich Gayle. Sie zog eine Schachtel Stecknadeln aus ihrer Handtasche – sie lernte schnell, was man als Agentin eines Eiskunstläufers brauchte – und begann, den Saum der kurzen weißen Jacke zu kürzen. „Wenn sie zu tief ist, versteckt sie die Kurve meines Hinterns."

„Halt still, sonst steche ich dich." Sie arbeitete schnell.

Ich lächelte die Kinder an, entdeckte dann die

Hockeyspieler, die auf der anderen Seite der Bande aufgereiht waren. Ich konnte Dieter spüren, ehe ich ihn sah. Ich wusste, dass seine Augen auf meinem Hintern ruhten, was der Grund war, warum ich sicherstellen musste, dass er gut zu sehen war.

„Fühlst du dich besser?", fragte Gayle.

„Ja", log ich. „Danke, dass du heute Morgen gekommen bist und mit mir geredet hast. Du bist eine engelhafte Agentin", flüsterte ich, während ein großer Mann mit einem Dutt und Knoblauchatem meinen Eyeliner und Gloss nachzog. Als ob das nötig wäre. Ich wusste, wie man sich schminkte, vielen Dank auch.

„Erinnere dich daran, wenn die Produzenten der Show dich um ein Date bitten." Sie lächelte mich an, zog dann einmal fest an meiner glitzernden weißen Jacke. „Da. Alles befestigt und hoch genug, um diesen knackigen Hintern zu betonen. Jetzt geh und zeig den Leuten zu Hause, warum du diese Silbermedaille gewonnen hast."

Wir rieben unsere Wangen aneinander, dann fuhr ich in die Mitte des Eises, atmete tief ein, hob anmutig meine Hände über meinen Kopf, grub meine Spitzen ins Eis und wartete auf die Musik. Es war eines meiner Lieblingsprogramme, gefahren zu „Carmen" und es zeigte mein Flair und meine Stärken. Sobald die Musik einsetzte, richtete mein Verstand sich auf das Programm – die Sprünge, der Vorwitz, der signalisierte, dass Trent Hanson diesen Lauf zeigte. Während der Salchows und Lutze, der Toeloops und Axel, fühlte ich mich heiß, hatte beständig Blicke auf mir. Zu wissen, dass Dieter hier war, nahm mein Können und meinen Körper gefangen, seine hungrigen Blicke auf mir zu spüren, während ich meine Magie wirkte, machte mich schwindlig und trunken vor Glück. In Kombination mit der reinen Freude von Eis und Musik, als ich mit einem improvisierten Johnny Weir Slide abschloss, hob die Dunkelheit des Morgens sich.

Die Kinder stürmten auf das Eis wie Ameisen aus einem Hügel. Die Railers folgten ihnen, mein Blick begegnete dem von Dieter und der Rest des Rummels schmolz dahin wie Frühlingsschnee. Er wollte mich. Auf der Stelle. Ich konnte es in seinen Augen sehen. Ich wollte ihn genauso sehr. Dieser Kuss und all die sexuellen Versprechungen, die er beinhaltet hatte, vermischt mit den mahlenden Gefühlen in mir, versetzte mich in einen Zustand erhöhter Quirligkeit.

Die nächste Stunde war bemerkenswert und Folter. Ich liebte meine Kinder und mein Stadion und ich fing an, die Affen auf Kufen ebenfalls zu mögen. Die Railers waren wunderbar mit den Kindern, lachten und zeigten ihnen, dass sie ebenfalls gut auf den Kufen waren. Adler und ein paar andere hoben die kleineren Eiskunstläufer hoch und rasten mit ihnen über das Eis. Es gab so viel Lachen und Glück, dass ich wusste, ich würde schäumen wie eine frisch geköpfte Flasche Champagner, sobald ich das Eis verließ.

Und das tat ich. Seht, wie gut ich mich kenne.

„Lasst uns alle zusammen essen gehen. Das Studio wird dafür bezahlen!", verkündete ich mit meiner fröhlichsten Stimme. Die Produzenten der Show fingen an zu zögern, aber die Chance, dass wir alle uns draußen zeigten und die Reaktion der Öffentlichkeit zu bekommen war einfach zu verlockend für sie, um sie auszuschlagen. „Ich husche nur schnell in die Umkleide und ziehe mich um. Kann jemand zu Dans Büro laufen – er ist der Manager des Stadions – und meine Straßenklamotten von dem Stuhl in der Ecke holen?"

Und einfach so fand ich mich in der Männerumkleide, wo ich darauf wartete, dass Dieter Lehmann mit meiner Stadtkleidung zu mir kam. Ich zog die weißen Schlittschuhe aus und stellte sie ordentlich neben meine Füße, faltete meine Hände in meinem Schoß und wartete. Er erschien keine zwei Minuten später, füllte die Tür aus und dann die verdammte Umkleide mit seinen breiten Schultern und dem anziehenden, schmollenden Verhalten.

„Bring sie mir", sagte ich flach, meine Hände lagen immer noch in meinem Schoß.

Er schien in einer Art innerem Kampf gefangen zu sein. Vielleicht war er nicht daran gewöhnt, dass ein Mann, der so viel kleiner als er war, sich so forsch und dominant verhielt. Wenn er mich besser kennen würde, wüsste er, dass ich *immer* forsch und dominant bin. Ebenso wie einige andere, weit weniger schmeichelnde Bezeichnungen.

Endlich lösten seine großen Füße sich und er brachte mir meine Kleidung. Ich blieb sitzen, aber meine Augen wanderten an seinem Körper nach oben. Er sah zum Anbeißen aus in diesem blauen Jersey und der Jeans. Seine Augen hielten flammende grüne und goldene Funken, die sich nicht von meinem Gesicht lösten.

Lustig, dass ich nicht meine Hose, das Hemd und

die glatte blaue Weste nahm. Vielleicht war es auch gar nicht lustig, dass ich nach seinem Gürtel griff und ihn zu mir zog. Vielleicht war das Kapitel Zwei in meinem dämlichen Buch. Wahrscheinlich. Aber oh, wie sehr mein Körper vor Begierde summte, je näher er kam. Ich strich mit meiner Nase über seinen Jersey und atmete tief ein. Er roch wie dunkles Sandelholz und Mysterium, mit einer Prise Sex. Genau mein Typ. Wenn man jetzt noch etwas gebrochenes Herz hinzufügte, hatte man all meine ehemaligen Liebhaber. Aber wen kümmerte es? Ein schneller Blowjob in der Umkleide würde niemandem wehtun. Darum glitt ich von der Bank, war so heiß darauf, dass er in meiner Kehle kam, dass das Wissen, dass ich die weißen Knie meiner Eislaufhose ruinierte, mich nicht störte. So schlimm stand es um mich.

„Was machst du da?", fragte er, seine Stimme tief und verraucht.

Ich zog seinen Reißverschluss nach unten und schob meine Hand in seine Unterwäsche. Die Rückseite meiner Finger strich über einen nassen Fleck auf der kühlen Baumwolle. Jemand war eine lange Zeit erregt gewesen. Dieses Wissen brachte meinen Schwanz dazu, im Gleichklang mit meinem rasenden Herzschlag zu pulsieren. Sein Schwanz kam heraus. Ich hatte recht gehabt. Er war fett und lang. Auch hart und glitschig von Liebestropfen.

„Weißt du das wirklich nicht?", fragte ich, ehe ich die runde Eichel seines Schwanzes sauberleckte. Er holte scharf Luft, meine Kleidung hatte er immer noch in der Hand.

Er stöhnte. „Beeil dich. Ich bin wegen dir seit Stunden hart."

„Nur Stunden?" Ich rollte meine Zunge um ihn herum, presste gegen den Knoten aus Nerven unter der Eichel. Meine Finger hielten die Basis seines Schwanzes fest. Ich spürte den Schauder, der durch all diese mächtigen Muskeln ging.

„Tage. Seit diesem Kuss. Scheiße, Trent, hör auf, mich zu stimulieren, und blas mir einen, bevor jemand hereinkommt." Er stieß seine Hüften vorwärts, sein Schwanz glitt von meinen Lippen über meine Wange. „Ich habe davon geträumt, deinen Gloss auf meinen Schwanz geschmiert zu sehen."

Ich drehte meinen Kopf, um ihn zu schlucken, eifrig und hungrig, nahm ich ihn so tief auf, wie ich konnte.

„Verdaaaammt."

Es war keine Zeit für Finesse. Das wussten wir beide. Er warf meine Kleidung zur Seite und fuhr mit seinen Händen in meine Haare.

„Gel. Du bist ziemlich aufwendig, oder nicht? Ich wette, das bist du. Ich glaube, ich könnte mich dafür erwärmen."

Ich hatte zu viel Schwanz in meinem Mund, um zu antworten. Er schien nicht wirklich nach einer Antwort zu suchen. Er fing einfach an zu pumpen und ich begann, so heftig zu saugen, wie ich konnte, meine Hände auf seinen Hüften drängten ihn, meinen Mund zu ficken.

Sein letzter Stoß brachte meine Augen zum Tränen. Ich schluckte gierig, zog mich, so gut es ging, zurück, um sicherzustellen, dass all diese Wichse nicht meine Kehle hinunterfloss. Ich wollte etwas davon auf meiner Zunge. Ich musste den Geschmack des Mannes genießen. Er ließ meinen Kopf los und sah zu, wie ich seinen Schwanz losließ und ihn dann sauberleckte, meine Hand immer noch um ihn geschlungen.

Ich machte ihn so sauber, wie ich konnte, setzte mich dann auf meine Fersen, warf einen Blick nach oben und benutzte die Spitze meines Zeigefingers, um an meine Mundwinkel zu tupfen.

Dieter starrte nur auf mich hinunter, sein Brustkorb hob und senkte sich immer noch heftig und seine Augen waren glasig vor Lust. Ich wollte den Mann immer noch. Der Blowjob, den ich ihm gerade gegeben hatte, war nur eine Vorspeise gewesen.

„Bist du schockiert?", fragte ich, schob dann seinen immer noch feuchten Schwanz zurück in seine Jeans und schloss vorsichtig den Reißverschluss.

„Ich war noch nie mit einem Mann wie dir zusammen." Er bot mir seine Hand an.

Ich nahm sie und er zog, hob mich schnell von meinen Knien. „Es *gibt* keine anderen Männer wie mich."

Er lächelte. Es war so, als hätte jemand die Vorhänge in einem Raum voller Trauernder zurückgezogen und es dem Leben gestattet, wieder einzutreten. Es traf mich ins Mark und löste ungefähr vierhundert Alarme aus. Ein so atemberaubender Mann mit so vielen dunklen Ecken war schlechte Nachrichten. Schlechte, schlechte, schlechte Nachrichten.

„Ja, das glaube ich", antwortete er und trat vor, um sich einen Kuss zu holen, der mit mir flach an der Wand und seinen Händen in der Vorderseite meiner Leggins endete. „Ich will dich jetzt. Ist das für dich in Ordnung?"

„Gott, ja", keuchte ich, knabberte dann an seiner Unterlippe. Wir hätten uns wie wilde Tiere aneinander gerieben, wenn in diesem Moment nicht sein Handy geklingelt hätte. „Ignorier es. Ich brauche deinen Mund auf mir." Ich packte eine Faust voller Haare und zog seinen Mund zurück an meinen. Das verdammte Handy klingelte weiter. Er lehnte sich an mich, presste den ganzen festen Hockeyspieler an meinen Brustkorb. Ich hatte Probleme zu atmen. Und ich liebte es.

„Yo, Deet, Mann, kommst du endlich?"

Der Klang seines Namens, ausgesprochen von einem seiner Teamkollegen, löschte das Feuer. Dieter tanzte von mir fort, sein Gesicht gerötet und seine Pupillen so groß, dass es schwierig war, irgendeine Farbe zu sehen.

Ich wirbelte herum und versuchte, etwas mit dem steifen Schwanz zu tun, der meine Hose ausbeulte, aber ich konnte nichts unternehmen. Der Tanzgürtel, den ich unter meiner Eislaufhose trug, versteckte Erektionen nicht sonderlich gut. Vielleicht brauchte ich einen, der besser gepolstert war …

„Ja, ich warte nur auf Trent", rief er, joggte dann zur Tür, um denjenigen zu blockieren, der gekommen war, um nach ihm zu sehen. „Er duscht."

„Oh. In Ordnung." Ich rannte in Richtung der Duschen und verstecke mich hinter einer kühlen gefliesten Wand. „Wir treffen uns im Restaurant. Es ist ein brasilianisches Steakhaus in der Chestnut Street, von dem Trents Agentin sagt, dass es der heiße neue Ort ist, an dem man gesehen werden will, darum ist die Show ganz wild darauf, uns dort hinzubringen."

„Gut, in Ordnung. Wir finden es auf Google Maps. Bis gleich, Arvy."

„Geht es dir gut? Du klingst abwesend."

„Mir geht es gut."

Das Gespräch endete. Ich schloss meine Augen und lehnte meine Brauen an die Fliesen. Dann hörte ich, wie er um die Ecke kam. Ich hob den Kopf und öffnete meine Augen. Er hielt mir meine Kleidung hin.

„Ich will dich immer noch", informierte er mich.

Ich nahm die Sachen und befeuchtete meine Lippen. Sein Blick ruhte auf meinem Mund. „Ich will immer noch, dass du mich willst."

Mit diesen Worten schlüpfte ich um ihn herum, zerknautschtes Outfit in den Händen und ließ ihn auf meinen Hintern starren. Der Ball – oder wohl eher der Puck – lag in seinem Feld. An seinem Ende des Eises. Wie auch immer. Ich bin beschissen darin, sportliche Vergleiche zu ziehen, aber ich bin hervorragend, wenn es darum geht, Männer dazu zu bringen, mehr zu wollen. Ich wagte einen Blick über die Schulter, nur um sicherzugehen, und sah, dass sein Blick an meinem Hintern klebte. Mm-hmm. Wie ich es mir gedacht hatte. Sein Blick kam nach oben, um meinen gefangen zu nehmen. Das hier würde zu *viel* mehr werden als nur einem schnellen Blowjob in der Umkleide. Ich konnte spüren, wie es sich in der Luft ankündigte wie eine Reihe Sommergewitter.

Kapitel Sechs

DIETER

Was ich genau in diesem *verdammten Moment* wirklich wollte, war, Trent in die Dusche zu folgen, aber das wäre ein zu großes Risiko gewesen. Was, wenn einer meiner Teamkollegen uns erwischte?

Nicht, dass es mich kümmerte, was die Leute davon hielten, mit wem ich entschied, Sex zu haben, aber die ganze „Sex unter der Teamdusche" Sache war nicht wirklich fair.

Darum saß ich da und wartete und zwanzig Minuten, nachdem er hineingegangen war, erschien Trent an der Tür zu den Duschen, voll gekleidet – zu meinem großen Bedauern – und strich sich feuchte Haare aus dem Gesicht. Er hatte seine Augen wieder mit diesem Schwarz umrandet, aber es gab keinen Lipgloss. Das enttäuschte mich auf tiefster Ebene. Sein Gloss hatte nach Erdbeeren geschmeckt und unsere Küsse geschmeidig gemacht und die Tatsache, dass er auf meinem Schwanz verschmiert war, war ein Bild und ein Gefühl, das ich als Highlight mit ins Grab nehmen würde.

Jesus, der Mann war eine Versuchung in seiner engen Hose.

„Komm her", sagte er und ging zu den Spiegeln mit den Föhnen. Wie ein Welpe tat ich, was mir gesagt wurde – alles, um ihm nahe zu kommen. Er schaltete den ersten Föhn an, zielte damit auf seine Haare, seine Hände bewegte sich in einem Rhythmus, durch den er gleichzeitig stylte und grob trocknete. „Küss mich", formte er über dem Lärm des Föhns mit seinen Lippen.

Ich sagte nicht Nein. Sein Gesicht umfassend, küsste ich ihn, während er sich föhnte und es spielte keine Rolle, was er tat – er konnte eindeutig mehrere Dinge gleichzeitig erledigen, weil der Kuss heiß war.

Und dann trennten wir uns und er drehte sich zum Spiegel. Ein paar Bewegungen seiner Finger und seine Haare waren perfekt. Er zog vor seinem Spiegelbild einen Schmollmund, verteilte Gloss auf seinen Lippen, strich mit der Spitze seines Zeigefingers über das Schwarz, um es um seine Augen zu verbreitern, dann wandte er sich mir zu.

„Denkst du, ich bin bereit für meine Nahaufnahme?"

Ich wusste nicht, was ich sagen sollte. Wie hatte ich fünfundzwanzig Jahre leben können, ohne etwas so perfektes wie Trent zu haben? Wie hatte ich für mindestens zehn dieser Jahre auf Männer stehen können und nie einen Mann wie ihn küssen wollen, mit seiner farbigen Fabelhaftigkeit und seiner dominanten Persönlichkeit? Ich war hart, so verdammt hart und ich umfasste meinen Schwanz in einer sehr offensichtlichen Geste. Trent grinste nur, der Arsch.

Ich folgte ihm aus der Umkleide. Ein kurzer Blick auf Trent in einer engen Jeans brachte mich dazu, ohne nachzudenken, nach ihm zu greifen. Dann hielt ich inne. Hier waren Kameras und wir mussten diese Promo-Sache machen.

Wir fanden das Restaurant, keine zehn Minuten zu Fuß vom Stadion entfernt und den ganzen Weg ging ich rechts und leicht hinter Trent. Ich war sein Bodyguard und ich sah die zweiten Blicke, die er bekam. Es konnte sein, weil er berühmt war oder weil er ein fließendes rotes Hemd trug, durch das man das enge T-Shirt darunter sehen konnte. Wer wusste es? Er schien niemanden zu bemerken, aber ich kann garantieren, dass sie alle mich hinter ihm sahen, wie ich jeden Einzelnen finster anstarrte.

Er öffnete die Tür für mich, etwas, woran ich nicht gewöhnt war, aber ich widersprach nicht, trat einfach ein und ging direkt zu dem Tisch, an dem die anderen Railers saßen. Neben Arvy war Platz frei und ich setzte mich, war mir bewusst, dass der einzige andere freie Platz neben Stan war. Dadurch befand sich die Länge eines ganzen Tisches zwischen uns, was wahrscheinlich das Sicherste war. Die Kameras bewegten sich um den Tisch und ich bekam ein Gefühl dafür, wonach sie suchten. Vor allem Trent, der strahlend zu dem riesigen, muskulösen Stan hinauf lachte, der beinahe zwei Stühle brauchte. Trent war winzig neben ihm und ich konnte von einigen der Winkel, die die Kameramänner nutzten, ablesen, dass sie sich auf diesen Unterschied konzentrierten.

„Ich hoffe, Stan fällt nicht vom Stuhl und zerquetscht den Jungen", sagte Arvy an meiner Seite, lehnte sich in seinem Stuhl zurück und tätschelte seinen Bauch. Er hatte es irgendwie geschafft, das größte Steak, das hier serviert wurde, zu verputzen, während ich nur zur Hälfte mit meinem Abendessen fertig war.

Ich wusste warum. Ich war aufgekratzt und hin und weg und begierig und so etwas brachte natürlich den Appetit eines Mannes durcheinander.

„Er ist kein Junge", sagte ich und schob mir ein weiteres Stück Steak in den Mund. Es war im Mund zerschmelzend köstlich, als ob ich nicht kauen müsste, obwohl ich das doch tat, damit ich normal aussah.

Arvy lehnte sich an mich. „Er sieht wie ein Kind am Erwachsenentisch aus", sagte er leise.

Ich warf ihm einen Seitenblick zu und hoffte inständig, dass die Kameras weder diesen Kommentar noch meine Reaktion eingefangen hatten. „Er sitzt an einem Tisch mit Riesen", gab ich zurück.

Arvy schnitt eine Grimasse und rieb sich wieder seinen Bauch. „Ich muss morgen früh ins Fitnessstudio – kommst du mit?"

Ich wollte in diesem Moment viele Dinge, aber zu irgendeiner unheiligen Stunde im Fitnessstudio zu ackern, stand nicht auf der Liste.

„Erde an Deets, Deets, kommen."

„Was?", fragte ich, wandte meine Aufmerksamkeit wieder Arvy zu und ab von Trent, der etwas unglaublich

Niedliches und schrecklich Attraktives mit seinem
Steakmesser anstellte.

„Ich habe gesagt Studio, sechs, ich klopfe an deine
Tür?"

Wir waren alle im Philadelphia Club Hotel an der
Chestnut Street, in ziemlich normalen Räumen, aber
das Hotel hatte ein großes Fitnessstudio und einen Pool.

„Ja", sagte ich und konzentrierte mich wieder auf
mein Steak.

Ich hoffte irgendwie, dass Trent mir ein subtiles
Zeichen geben würde, das vorschlug, wir sollten zu
seinem Haus gehen, wo immer das war und wie die
Karnickel ficken, aber wenn er das tat, entging es mir.
Als er kurz nach zehn aufbrach, nachdem er einen
Löffel von Stans Nachtisch gestohlen und alle zum
Lachen gebracht hatte, als Stan ganz grummelig wurde
und Trent ihn aufziehen musste, damit er wieder
fröhlich wurde, war ich tieftraurig.

Nein, nicht tieftraurig – vielleicht enttäuscht. Ich
musste mich nur an Trents Mund auf mir erinnern und
ich war verloren. Ich wollte wirklich mehr.

Der nächste Tag war nicht besser. Das Fitnessstudio
war brutal, weil es mir so vorkam, als würde jeder
meiner Körperteile schmerzen. Ich nahm zwei
Tabletten gegen die Schmerzen im Knie, aber danach
hörte ich auf. Ich wollte für Trent anwesend sein, um
ihn an einen ruhigen Ort zu locken und seiner Stimme
zu lauschen, während er mir erzählte, was er wollte.
Unglücklicherweise bekam ich keine Gelegenheit, allein
mit ihm zu reden.

In der Einheit an diesem Morgen ging es um Winkel

und Gleichgewicht und Trent, von Kopf bis Fuß in Saphirblau gekleidet, wählte Stan als Beispiel.

Er redete in die Kameras, während er um den großen Russen herumfuhr.

„Stan ist der Goalie und hat eine beeindruckende Dehnung und Reichweite, er kann sich auf einem Nickel drehen, aber sein Lauf wird von der Ausrüstung, die er tragen muss, beeinträchtigt."

„Was kannst du für ihn tun?", fragte der Interviewer Trent, schaute von Stan zu Trent, während er redete.

„Er hat erwähnt, dass er mehr explosive Kraft in seinen Beinen haben möchte, die Art, die wir als Eiskunstläufer haben, wenn wir in Drehungen springen und heute möchte ich einfach daran arbeiten."

Er ließ uns alle im wahrsten Sinne des Wortes wie Ballerinas springen, was einige der Jungs, ich eingeschlossen, absolut lustig fanden. Zweien war es zu peinlich, es zu versuchen, was dem Interviewer gefiel. Es gab ein paar eingehende Fragen, warum es ihnen peinlich war – ich glaube, sie hofften, dass einer der Jungs sagte, dass sie keine Mädchensprünge machen würden. Arvy erklärte einfach, dass er Angst hatte, er würde vor laufender Kamera auf seinen Hintern fallen. Stan schaute nachdrücklich auf seine Ausrüstung und hob eine Braue, um zu erklären, warum er nicht so hoch springen wollte, wie Trent es von ihm verlangte.

Natürlich hatten beide Männer am Ende der Einheit ihren inneren Baryshnikov gefunden und sprangen wie Profis. Jeder meiner Muskeln tat weh und Schmerztabletten herauszufischen war reines Muskelgedächtnis, weil mein Knie schmerzte. Ich musste ein paar Physiotherapiestunden ausmachen und ich sollte mit dem Team über jemanden reden, der hier ansässig war. Ich nahm vier, weil zwei nicht länger wirkten und ich versuchte nicht zu denken, dass ich mich selbst belog, aber lasst uns ehrlich sein, mein sehr kluges und trickreiches Gehirn hatte entschieden, dass ich so viel brauchte, wie ich nehmen konnte und dass ich es jetzt tun musste.

Das Wohlgefühl kam schön schnell und meine Kniemuskeln entspannten sich. Bei der nächsten Einheit würde ich das verdammte Ding tapen. Wenn ich das getan hätte, hätte ich jetzt keine Schmerzen.

„Du bist mit dem Einzelinterview dran", sagte Adler, schaute auf sein Klemmbrett. Er machte das ständig – strich aus, hakte ab und kontrollierte im Großen und Ganzen seine Läufer, wie er uns gerne nannte.

„Ich? Wirklich? Ist nicht Arvy dran?" Ich war nicht in der Stimmung und Trent hatte vorhin meinen Blick aufgefangen und mir zugezwinkert. Ich wollte wirklich ein Stück von dem, womit auch immer er mich lockte.

Ich musste so geklungen haben, als ob ich wüsste, wovon ich redete, weil Adler mit gerunzelter Stirn auf seine Liste schaute. Ich spürte die Vorfreude darauf, früh zu gehen und Trent zu suchen. Dann schaute Adler mich über sein Klemmbrett an.

„Nein. Du bist dran. Arvy ist morgen an der Reihe und nein, ich werde euch nicht tauschen. Geh und sei nett."

Ich fluchte leise und sah, wie Trents Lippen zuckten. Arschloch.

Das Interview war Standard. Was ich zu lernen

hoffte, was ich bereits gelernt hatte und wie das Training mich als Hockeyspieler beeinflusste? Ich beantwortete alles klar, jedenfalls so gut ich das konnte, als mein Kopf bei der Hälfte begann, sich so anzufühlen, als wäre er mit Baumwolle ausgestopft. Ich musste es ganz gut gemacht haben, weil sie ziemlich schnell zum Ende kamen und als ich zurück in die Umkleide ging, um meine Tasche zu holen, waren die meisten Leute weg.

„Bier im Hotel", verkündete Arvy, als er verschwand.

Ich nickte, die Watte wurde etwas anderes – eine schwindelige Übelkeit, die mich zwang, mich an dem Spind, den ich zugewiesen bekommen hatte, hinzusetzen. Ich lehnte mich an die Wand, nachdem alle gegangen waren, schaute an die Decke und versuchte, den Raum dazu zu bringen aufzuhören sich zu drehen. Mein Kopf fühlte sich zu groß für meinen Körper an und ich hatte das Gefühl, als ob Feuerameisen unter meiner Haut krochen. Ich kratzte jede Stelle, meine Hände rutschten in etwas Feuchtem. Ich schaute auf die Stelle, wo ich die Ameisen gekratzt hatte, die ich nicht sehen konnte und ich sah Rot. Blut auf meiner Haut. Woher war das gekommen?

Ich schloss meine Augen, meine Finger pressten sich auf jeden juckenden Teil.

„Was zur Hölle?"

Ich versuchte, meine Augen zu öffnen, aber mein Gehirn sagte mir, dass ich Trent nicht ansehen sollte, der wahrscheinlich dastand und mich anstarrte, als wäre ich ein Idiot. Wer zur Hölle kratzte sich die Haut auf? Wer würde hier sitzen, mit Ameisen unter der Haut und einem Kopf, der sich drehte wie ein Feuerrad?

„Dieter?", sagte Trent und er hatte sich bewegt. Er kniete zwischen meinen Beinen. „Was hast du genommen? Rede mit mir, Dieter. Muss ich die 911 rufen?"

Das brachte mich dazu, meine Augen zu öffnen und nach ein paar Sekunden konnte ich sie auf Trents Gesicht fokussieren. Seine Haare waren feucht, er hatte kein Make-up aufgetragen und er sah so jung aus. Ich wollte ihn berühren, aber meine Hände bewegten sich nicht.

„Kein 911, mir geht es gut", betonte ich. Normal zu reden, während ich etwas genommen hatte, war ein besonderes Talent von mir, dachte ich jedenfalls gerne.

„Dieter, was ist es? Was hast du genommen?"

Ich schüttelte meinen Kopf oder mein Kopf schüttelte mich oder … ich wusste nicht, was zur Hölle los war. Das hier war nicht richtig. Die Tabletten machten mich glücklich, entspannten meine schmerzenden Muskeln – sie sorgten nicht dafür, dass ich mich fühlte, als würde ich von innen nach außen gekehrt.

„Waren es die hier?", fragte Trent und wedelte mit etwas vor meinem Gesicht. „Wie viele? Zwei? Vier? Mehr?"

„Sechs", schaffte ich zu sagen. Das stimmte – zwei davor, dann zwei weitere, dann noch zwei … oder waren es mehr? Nein, es waren sechs, warum also fühlte ich mich so?

„In Ordnung", hörte ich Trent mit einem lauten Seufzen sagen. „Wir stehen das hier durch."

Er setzte sich neben mich. Ich wusste, dass er da war,

ich spürte seine Hand auf meinem Bein und ich wollte seine Hand halten, aber meine Instinkte sagten mir, dass ich das nicht tun sollte.

Ich weiß nicht, wie lang es dauerte oder wie lang wir dort saßen. Ich hörte Stimmen, Trent, der erklärte, dass ich mich schlecht fühlte und wir auf ein Taxi warteten, eine weitere Stimme, die etwas über Lichter sagte. Ich folgte all dem, konzentrierte mich nur auf Trent.

Endlich hörte der Schwindel auf, das feurige Jucken ließ nach und ich konnte mich auf das kalte Handtuch konzentrieren, dass er offensichtlich über meine schlimmsten Kratzer gelegt hatte und die Tatsache, dass ich neben Trent saß. Er hatte seine Hand von meinem Bein genommen und schaute auf sein Handy.

Ich konnte sehen, was er sich anschaute und es erfüllte mich mit Furcht. Schlagzeilen über Abhängigkeit, Schmerztabletten, Hockey. Ich konnte sie sehen, als er durch die Google-Suche scrollte.

„Hey", sagte ich leise, weil ich nicht wirklich wollte, dass er mit mir redete.

Er schaute mich an, eindeutig überrascht, seine braunen Augen geweitet. Er war mir offensichtlich nicht von der Seite gewichen, seine ehemals feuchten Haare waren trocken und lagen in sanften Wellen um sein Gesicht. Sein Gesichtsausdruck war eine seltsame Mischung aus besorgt und wütend.

„Sag mir, dass du nicht wusstest, welche Dosierung du nimmst", verlangte er ohne eine Erklärung.

Großartig, wir stürzen uns direkt in meine beschissene Angewohnheit.

„Sie sind für mein Knie", sagte ich.

„*Dein* Knie?", hakte er nach, als ob er Zweifel an mir hätte.

„Ja."

„Dein Name ist also nicht Dieter, sondern eigentlich Alain Poulin." Er schüttelte die Flasche vor mir. „Denn wenn dein Name Dieter ist, dann sind das hier nicht deine Tabletten."

Ich saß in der Falle. Wie sollte ich das erklären? Alain war ein Teamkollege in der AHL gewesen und das Percocet war von einer Operation an seinem Bandscheibenvorfall übrig geblieben. Ich hatte sie bezahlt. Tabletten für die Nachsorge nach Operationen waren leicht zu bekommen, wenn man das Geld und die Verbindungen hatte.

Ich schnappte mir die Tabletten von Trent, wofür ich zwei Versuche brauchte, weil meine Koordination immer noch beschissen war.

„Sie gehören mir", verkündete ich und stopfte sie in meine Tasche, das feuchte Handtuch rutschte von meinem Arm und entblößte die roten Kratzer.

„Wie Ameisen, die unter deiner Haut kriechen", sagte Trent. „Das weiß ich, weil sich mit Tabletten vollzupumpen nicht nur ein Hockey-Ding ist, weißt du."

Ein Keim der Hoffnung kam in meinem Brustkorb auf. War es möglich, dass ich mich nicht verteidigen musste, dass Trent vielleicht dasselbe erlebt hatte wie ich? Er trug diesen Gedanken mit seinen nächsten Worten zu Grabe.

„Ich hatte einen Partner, der sich das Knie ruiniert hat, als er einen Dreifachen versucht hat. Er hat es am Ende geschafft, die Sucht zu besiegen."

Er schaute mich anklagend an, als wäre ich als Person weniger wert, weil ich mich auf diese verdammten Tabletten verließ.

„Ich bin nicht süchtig", verteidigte ich mich sofort. „Ich habe Schmerzen und ich muss zu viele genommen haben."

„Acht. Du hast mir gesagt, es waren acht und das ist das starke Zeug."

„Sechs", korrigierte ich. Ich war mir sicher, dass ich nur bis sechs gekommen war.

Trent stand auf, klopfte sich seine Hose ab. „Gut, pass auf dich auf", sagte er, seine Stimme klang ein wenig seltsam.

„Was?" Ich stand ebenfalls auf, nutzte die Wand, um mich zu halten.

„Wir sehen uns morgen", fügte er hinzu und ging.

„Trent!", rief ich, als er die Tür erreichte.

„Was?", fragte er, drehte sich aber nicht um.

„Wir sollten reden."

Da drehte er sich zu mir um, aber der ernste Gesichtsausdruck war fort und an seiner Stelle war die Maske, die er für die Presse benutzte. Dieses freundliche Lächeln, das so viel verbarg.

„Ein anderes Mal, Liebling", gurrte er und verließ den Raum.

„Dann fick dich", schrie ich ihm hinterher, ehe ich mich abrupt setzte. Warum zur Hölle hatte ich das gerufen?

Ich zog die Plastikflasche mit den Tabletten aus der Tasche, schaute mir zum ersten Mal das Etikett an. Ich hatte einfach angenommen, dass es der Standard-Scheiß war, aber die hier waren extra stark - kein Wunder, dass ich mich beschissen gefühlt hatte.

Nun, ich hatte mich beschissen gefühlt, *nach* dem unglaublichen Gefühl, in der Lage zu sein, alles tun zu können.

Ich packte die Flasche und ging in den Duschbereich und zu den Waschbecken. Für eine lange Zeit hielt ich die Flasche über das Becken, stellte mir vor, wie die Tabletten im Abfluss verschwanden. Dann erinnerte ich mich daran, wie gut es sich angefühlt hatte, sie zu nehmen, ehe Trents Gesichtsausdruck sich einen Logenplatz in meinen Gedanken erzwang. Warum Trents Meinung wichtig war, wusste ich nicht, aber eines wusste ich.

Ich bin nicht süchtig.

„Ich bin widerwärtig", schnappte ich und ließ jede einzelne in das Waschbecken fallen, zwang sie den Abfluss hinunter, zerdrückte sie mit meiner Schlüsselkarte für das Hotelzimmer, machte das blöde Ding wahrscheinlich dabei kaputt.

Was für ein verdammtes Recht hatte Trent, mich so anzusehen?

Ich bin nicht süchtig.

Nicht mehr.

Kapitel Sieben

TRENT

BEI DEN GÖTTERN, es war wie damals bei Jonah.

Ich flog an dem Kameramann vorbei, der in der Nähe der Umkleiden herumlümmelte. Ich wusste, dass er mir an diesem Nachmittag hätte folgen sollen. Ich hatte einen Termin in meinem Lieblings-Spa, was ich mir wirklich nicht leisten konnte, aber, Show-Business … um meinen üblichen Rasenschnitt unterhalb des Gürtels zu bekommen, sowie eine Gesichtsbehandlung und eine Mani-Pedi. Das würde jetzt nicht passieren. Auf gar keinen Fall konnte ich in dieser Stimmung herumstolzieren und meine Sonnenstrahlen verbreiten. Ich war außer mir und nervös und stand kurz vor einem Zusammenbruch biblischen Ausmaßes.

„Hey, warte", sagte Chet. War sein Name Chet? Rhett? Gomez? Wen zur Hölle kümmerte es? Ich fing an, die Kameras und die Menschen, die ich mit ihnen in Verbindung brachte, zu verabscheuen. „Ich soll mit dir kommen. Ginger hat gesagt, dass wir in ein Spa gehen und dann sollst du zu dieser Wohltätigkeitsveranstaltung für Schwule drüben im Rittenhouse Manor Hotel."

Ich wirbelte herum und hob einen Finger in die Höhe. Nur einen. Verdammt, ich brauchte wirklich eine Maniküre. „Folge mir nicht. Ich meine es ernst, Gomez."

„Chet", murmelte der untersetzte Mann mit dem Flyers-Käppi.

„Wie. Auch. Immer. Folge mir nicht. Ich bin nicht gut gelaunt."

„Aber die Show …"

„Zur Hölle mit der Show."

Damit wirbelte ich herum und stürmte aus meinem Stadion, der weiche blaue Schal, den ich mir kunstvoll um den Hals gebunden hatte, wehte hinter mir her. Mein Abgang hätte Cher stolz gemacht, hätte mein Schal sich nicht in der verdammten Tür verfangen. Der Ruck, als ich ans Ende kam, erwürgte mich beinahe. Chet stand auf der anderen Seite der Glastüren, die Kamera in der Hand, trug sein orangefarbenes Käppi, während die Tür und ich um meinen Schal kämpften.

„Du bist ein trauriges, schweinsgesichtiges Miststück!", schrie ich die Tür an, während ich zog und zerrte.

Chet streckte zögernd die Hand aus und stieß die Tür auf. Ich riss meinen Schal frei, wirbelte auf meinem gewagten Stiefel mit Absatz herum und marschierte davon. Tränen bildeten sich und machten meinen Abgang verschwommen. Ich konnte die Form meines gelben Yamaha-Rollers durch den Schleier ungeweinter Tränen ausmachen.

„Zur Hölle damit", hustete ich, holte dann meinen Helm heraus und rammte ihn auf meinen Kopf.

Ich sollte in diesem mentalen Zustand wahrscheinlich nicht fahren, aber ich musste weg von Dieter und den Tabletten und der ganzen Sache mit der Sucht. Das konnte ich einfach nicht noch einmal durchstehen. Die Tränen wegwischend, während ich mich durch den Stadtverkehr schlängelte, blockierte ich absichtlich alle Erinnerungen an Jonah, seinen Kampf gegen verschreibungspflichtige Tabletten und die Agonie, Teil dieses Teufelskreises zu sein.

„Ich kenne den Mann kaum", sagte ich mir, als ich zu Liberty Nails & Manicures fuhr, dem Laden, in dem meine Mutter arbeitete.

Sie und *Lola* wussten alles über Jonah. Sie hatten das mit mir durchgestanden. Sie hatten den Schmerz gesehen, hatten mehrmals Anrufe bei 911 mitgemacht. Sie hatten mit den Anrufen gelebt und dem Betteln, den Auseinandersetzungen, dem Weinen, den Versprechungen, clean zu werden und den gebrochenen Schwüren, die immer gefolgt waren.

Ich musste sie so unbedingt sehen und mit ihr reden, dass ich nicht einmal meinen gelben Helm abnahm, um meine Haare aufzulockern. Gina, die Besitzerin, sah von den einweichenden Fingern einer Kundin auf, als ich den vollen Laden betrat. Ich sah mich kurz um und konnte meine Mutter nicht entdecken.

„Hallo Trent", rief sie. Alle Frauen in dem Laden begrüßten mich. „Wenn du nach deiner Mutter suchst, sie ist heute nicht gekommen."

Ich eilte zu der kleinen Blondine und ging in die Hocke. Ihre Kundin lächelte warm.

„Wie meinst du das, sie ist heute nicht gekommen?"

„Sie ist nach Mercer gefahren, um Clay zu treffen."

Ich war immer noch in der Hocke, blinzelte wie ein Idiot.

„Danke, Gina."

Ich drückte mich schließlich ab, stand auf und verließ den Laden voller neugieriger Frauen. Mein Kopf war ein vollkommenes Desaster. Ich setzte mich auf meinen Roller, der am Gehsteig geparkt war und starrte auf die Straße. Schimmernde Hitzewellen erhoben sich bereits vom Asphalt. Sie besuchte ihn. Hatte sich einen Tag freigenommen, um einen Mann zu besuchen, der uns alle betrogen hatte. Warum? Warum sollte sie das tun? Warum sollte sie sich freinehmen, um Clay zu sehen – das Arschloch – aber keinen Tag, um in meiner Show aufzutreten? Warum? Es ergab keinen Sinn. Wir hassten Clay. Mein Stiefvater war ein beschissener Mann, der uns ruiniert hatte. Warum besuchte sie ihn?

Ich startete meinen Roller und fuhr nach Hause. Nicht mein Haus. Zu *Lola*. Als meine Großmutter mich sah, die Haare platt gedrückt, Eyeliner über meine Wangen verschmiert und mit Schluckauf, weil ich versuchte, nicht zu weinen, zog sie mich in eine feste Umarmung. Und da standen wir, in dieser winzigen Küche mit den Gerüchen nach Soja, Knoblauch und Curry in der Luft. Ich weinte wie ein winzig kleiner Junge und sie flüsterte tröstende Worte in Filipino.

„Komm, setz dich, Babes", murmelte *Lola*, führte mich zu einem Stuhl, der knarzte, als ich mich darauf fallen ließ. Sie tippelte in der Küche herum, während ich in meine Hände weinte. „Ruhig, ruhig. Hör auf zu weinen. Was hat dich so schlimm aufgebracht?"

Sie hob mein Gesicht an, drückte dann ein nasses, kaltes Geschirrtuch an meine Wange.

„Alles. Einfach – alles."

Ich schnappte mir das Tuch und drückte mein Gesicht hinein. Die Kühle fühlte sich gut auf meiner Wange an. Sie half mir, mich ein wenig zu beruhigen. Sie saß mir gegenüber, als ich aus dem nassen Geschirrtuch auftauchte. Vor mir stand eine große Tasse Ingwertee.

„*Lola*, ich bin nicht krank. Ich brauche keinen *salabat* Tee", hustete ich, schaute sie dabei an.

„Du bist krank in Herz. Trink Tee." Sie verschränkte ihre Arme über ihrem Flyers T-Shirt. Anderer Tag, anderes Flyers-Oberteil. Auf diesem hier stand die 16 und der Name CLARKE auf dem Rücken. Sie hatte seit Mitte der Siebziger so eines.

Der Ingwertee war so stark, dass ich würgte, aber der Geschmack bewirkte, dass ich mich etwas besser fühlte, auch wenn er mich langsam umbrachte. Es erinnerte mich an einfachere Tage, wenn ich als Kind krank war. Jedes Mal, wenn ich nieste, bekam ich *salabat* Tee.

„Ich fühle mich, als ob mein ganzes Leben auf dem Kopf steht", schniefte ich in meinen Tee. Die Tasse war warm und tröstlich zwischen meinen Handflächen.

„Was macht es Kopf steht? Männer-Ärger?"

Lola schob einen Teller gekaufter Kekse in meine Richtung. Ich schüttelte den Kopf, nahm aber trotzdem einen. Was für einen Unterschied machte es, wenn ich zunahm? Es war ja nicht so, als würde ich je wieder Eiskunstlaufen. Diese letzte Show in Harrisburg war das Finale meiner vertraglichen Auftritte gewesen. Ich nahm an, dieser Traum, eine extravagante Achtzigerjahre Eis-Show zu machen, würde zusammen mit all meinen anderen Hoffnungen und Träumen sterben.

„Ich kenne den Mann kaum. Ich meine, wir hatten einen Blow- intimen Moment und ein paar Küsse. Warum sollte ich mir das wieder antun?"

„Was antun?"

„Die Hölle eines süchtigen festen Freundes."

Ich tauchte den Keks in den Tee, schob ihn mir dann ganz in den Mund. Der Zucker schmeckte hervorragend. Darum schnappte ich mir einen weiteren Keks und machte dasselbe. Er schmolz auf meiner Zunge. Heiß, ja, aber so unglaublich gut und *so* viele Jahre verboten, dass es mir egal war, wenn ich all meine Geschmacksnerven verbrannte.

„Du hast neuen festen Freund?" Sie schmollte.

Ich beeilte mich zu erklären – oder ich versuchte zu erklären – bevor ihr Herz entzweibrach. „Nein, das sind wir nicht. Überhaupt nicht. Wir fühlen uns zueinander hingezogen und wir haben uns ein- oder zweimal geküsst."

„Und habt Blowjobs gemacht."

„*Lola!*"

„Was? Denkst du, ich weiß nicht, dass zwei schwule Jungs Schwänze lutschen?"

Ich nahm mir zwei weitere Kekse und aß sie, während meine Großmutter geduldig wartete.

„Nein, ich weiß, dass du weißt, was schwule Jungs machen. Es ist nur ..." Ich seufzte und erzählte ihr die Geschichte von Dieter und mir, ließ, abgesehen von den sexuellen, keine Einzelheiten aus. „Und dann bin ich gegangen. Nein, bitte, schau mich nicht böse an."

„Du verlässt Mann, der Hilfe braucht? Es ist in Ordnung für dich, seinen Schwanz zu lutschen, aber nicht sein Freund zu sein, wenn er dich braucht?" Ihre silbernen Augenbrauen berührten sich. Ich senkte meinen Kopf, aß dann einen weiteren Keks. „Trenton, wir erziehen dich besser."

„Ich weiß, aber ich kann das nicht noch einmal machen. Ich kann nicht mit einem weiteren Süchtigen leiden. Jonah hätte mich beinahe umgebracht."

„Jonah hätte sich beinahe selbst umgebracht. Viermal, ich weiß."

Ich linste durch meine platten Strähnen. Sie zeigte mir vier Finger.

„Du läufst weg von Dieter, weil er dir Angst macht? Seit wann läufst du, wenn du Angst hast?"

„Seit meine Welt in Scherben liegt. Ich glaube nicht, dass ich noch kämpfen kann, *Lola*." Ich aß einen weiteren Keks.

„Scheißbälle. Du kämpfst, seit du acht bist und Clay dir sagt, dass nur weichliche Jungen Eislaufkleider nähen." Sie beugte sich über den Tisch, ihre beeindruckenden Brüste ruhten auf ihren mit Altersflecken bedeckten Unterarmen. Ich begegnete ihrem Blick. „Du erinnerst dich, was du Arschloch Clay sagst, als er dir sagt, dass Jungen nicht nähen?"

Ich erinnerte mich an diesen Moment. Ich wollte

nur nicht zugeben, dass ich das tat. Ich schüttelte meinen Kopf.

„Du sagst Clay, dass Jungen nähen können, wenn sie wollen. Du hast dich gegen ihn gewehrt und hast seitdem gegen fanatische Leute gekämpft. Willst du Eislaufkinder sagen, sie nicht kämpfen?"

„*Lola*, das ist etwas anderes", jammerte ich. Und aß einen weiteren Keks.

Sie lehnte sich auf ihrem Stuhl zurück, ihr Mund war fest zusammengepresst. Verdammt. Jetzt war sie von mir enttäuscht. Ich kannte dieses Gesicht.

„Ich nie gedacht ich sehe den Tag, an dem mein berühmter schwuler Enkel aufhört zu kämpfen. All die Kinder werden traurig sein." Sie schüttelte ihren Kopf und Scham wusch über mich hinweg.

„Es macht mir Angst", flüsterte ich. „Ich sehe diesen Mann an und ich denke, dass er mir etwas bedeuten könnte. Leute, denen andere etwas bedeuten, machen dumme Dinge. Sieh dir Mom an!" Ich wedelte mit dem Finger vor ihr. „Sie hat Clay besucht. Hast du das gewusst?"

„Ich weiß. Ich sage ihr Nein, aber sie liebt ihn."

„Wie? Wie kann sie einen Mann lieben, der ihr das angetan hat? Wie kann sie einen Mann besuchen, der uns beraubt und an den Rand des finanziellen Ruins gebracht hat? Es ergibt keinen Sinn!" Ich aß zwei weitere Kekse, kaute wütend.

Lola zuckte mit den Schultern. „Verliebte Menschen machen dumme Dinge." Sie nahm einen Schluck von ihrem Ingwertee und seufzte, als wäre sie selig. Ihr Blick begegnete meinem über der Tasse. „Liebst du diesen Mann?"

„Nein, nein, es ist noch nicht so weit gediehen." Ich griff nach einem Keks und stellte schockiert fest, dass der Teller leer war. Oh, zur Hölle. *Die* würden alle direkt auf meinen Hintern wandern. „Es könnte jedoch etwas werden. Ich fühle mich sehr zu ihm hingezogen. Wir sind einfach nur irgendwie Freunde. Ja, Freunde. Wir sind nur Freunde. Größtenteils. Er hat wunderbare Augen, *Lola*. Grün mit Spuren von Bernstein um die Pupillen. So ein atemberaubender Mann." Ich konnte Dieter vor meinem inneren Auge sehen, mit einem Lächeln auf seinem normalerweise brütenden Gesicht. Ein Schauder von etwas Ursprünglichem und Mächtigem durchfuhr mich. Es könnte etwas werden. Oh, ja. „Aber da sind die Tabletten …"

„Vielleicht er braucht Hilfe von Freund, der Blowjobs gibt."

„Vielleicht", gab ich zu, während meine Wangen sich ein wenig röteten. „Was ist mit Mom? Was unternehmen wir wegen ihr?"

„Wir werden sie ihre eigenen Fehler machen lassen, Babes. So wie wir es bei dir machen. Willst du mehr Kekse?"

„Bleibst du bei mir sitzen und redest mit mir, während ich sie esse?"

Sie lächelte so breit, dass ihre gerunzelten Wangen beinahe ihre tiefbraunen Augen versteckten. „Du weißt, *Lola* ist immer da für meine Babes."

„Ja, ich weiß." Ich griff über den leeren Keksteller und verflocht meine Finger mit ihren. „Ich weiß."

ICH FAND ihn in seinem Hotel. Es war leicht. Ich rief einfach Adler Lockhart an, den Mann, den ich Layton Foxx hatte küssen sehen. Er erzählte mir gerne, in welchem Zimmer Dieter war, sowie eine Geschichte über eine Ziege, gefolgt von einem Witz über eine Limabohne, die zur Beichte ging. Das hier würde der erste Stopp der Harte Gespräche Tour sein. Sobald ich Dieter auf Spur gebracht hatte, würde ich nach Hause zurückgehen und auf meine Mutter warten, um sie ebenfalls zu konfrontieren. Ja. Seht zu, wie Trent sich wehrt.

Vor zwei Stunden, angetrieben von *Lolas* Tee, Keksen und einem motivierenden Gespräch, war mir das wie eine *großartige* Idee vorgekommen. Sich mit Dieter mit Essen in der Hand treffen – das war *Lolas* Idee – und ihm sagen, dass ich ihm helfen würde, so gut ich konnte, aber dass ich *nichts* mit ihm anfangen konnte. Freunde. Wir würden nur Freunde sein. Vielleicht mit ein paar Vorzügen. Ihm den Schwanz zu lutschen war unglaublich gewesen. Ich wollte wetten, dass er sowohl als Bottom als auch als Top lebhaft sein würde. Ich war mit beidem glücklich.

Stell dir vor, wie dieser lange, fette Schwanz, langsam in –

„Trent, bei der Liebe aller Götter, hör auf", zischte ich mich selbst an und klopfte laut an die Tür von Zimmer 22-B.

Freunde. Nur Freunde. Kein Schwanzlutschen. Kein Küssen. Auf gar keinen Fall Schwänze in irgendjemandes Hintern. Nein. Einfach nein. Nichts davon. Freunde. Ein Mann, der einem Mann half, der Probleme hatte. Ich, wie ich eine gute Seele war. Jemand soll mir einen *verdammten* Orden verleihen.

Die Tür öffnete sich. Ich hob den Blick und sah, wie Dieters Gesichtsausdruck sich innerhalb eines Herzschlags von mürrisch zu ekstatisch wandelte. Da war wieder dieses Lächeln. Das, bei dem man ein kleines Grübchen auf seiner rechten Wange sehen konnte. Das, das durch den dunklen Nebel der Furcht und Nervosität schnitt wie das Licht eines Leuchtturms. Das Lächeln, das mich zum Stammeln brachte und dumm aussehen ließ.

„Essen." Ich hob die isolierte Tasche, die *Lola* mit selbst gekochten Leckereien gefüllt hatte und hielt sie ihm hin. „Ich meine damit, dass meine Großmutter uns Essen gemacht hat. Für ein Picknick. Drinnen. Wo niemand uns reden sehen kann. Wir müssen reden."

„Oh, wow, das ist großartig." Er riss die Tür auf.

Ich holte tief Luft, roch Dieter und dunkles Sandelholz und wusste, dass mein Boot auf felsige Ufer zusteuerte, um bei dem Leuchtturm/maritim Motiv zu bleiben, in dem mein Verstand feststeckte.

„Ich bin wirklich froh, dich zu sehen."

Ich drehte mich, hatte die lila Tasche aus dem örtlichen Supermarkt in der Hand, als die Tür sich schloss. „Ich war dir gegenüber unhöflich und muss mich entschuldigen."

Dieter schüttelte den Kopf. „Nein, das musst du nicht. Ich hätte dir das nicht alles aufbürden sollen."

„Nein", widersprach ich. „Ich muss mich setzen und erklären, warum ich mich so verhalten habe. Ich will dir auch meine Freundschaft anbieten, um dir zu helfen, dein Problem mit den Tabletten in den Griff zu bekommen."

„Es ist alles in Ordnung." Er lächelte breit.

Mein Achtern traf auf die Felsen. Achtern. War das die Vorderseite eines Bootes? Wer wusste das schon? Seeleute, wollte ich wetten. Zu schade, dass ich noch nie ein Boot gesteuert hatte. Was erklärte, warum meines bereits voll Wasser lief.

„Ich habe sie alle in den Ausguss gekippt. Ich bin fertig damit. Ich bin clean."

Ich hörte, was er das sagte, ich konnte mich nur nicht überzeugen zu glauben, dass ich es hörte. Ich sah mich um, fand die Kommode und stellte die Tasche vorsichtig darauf ab. Dann nahm ich meinen Schal ab – den, den ich bei meiner Auseinandersetzung mit den Türen meines Eisstadions ein wenig zerrissen hatte – und warf ihn neben die Tasche.

„Dieter, Honey, du kannst nicht einfach Cold Turkey gehen. Das weißt du, oder?"

„Nein, das kann ich. Ich habe es schon einmal überwunden. Und dieses Mal? Habe ich früh genug aufgehört. Also ist es in Ordnung."

Süßer Herr im Himmel, er glaubte wirklich, was er sagte. Oh, Mann …

„Warum setzen wir uns nicht an diesen kleinen Tisch auf dem Balkon und reden?"

„Sicher, ja, das wäre großartig." Er eilte um das Bett zu der gläsernen Schiebetür. Dann riss er sie so eifrig auf, dass sie gefährlich klapperte, als sie das Ende der Gleitschiene erreichte. Der Sound von Philadelphia wehte herein. „Ich bin so froh, dich zu sehen, Trent. Ich mag dich."

„Ich mag dich auch", gab ich zu.

Ich nahm die Tasche wieder auf und ging an ihm vorbei auf den engen Balkon. Die Stadt lag unter uns ausgebreitet, die Wolkenkratzer ragten in die Höhe, um die untergehende Sonne zu berühren. Der Tisch und die Stühle waren staubig. Dieter lief nach drinnen, als ich meine Nase rümpfte und kehrte mit einem T-Shirt zurück, mit dem er die Sitze und den Tisch abwischte. Dann zog er meinen Stuhl heraus, als wäre ich eine Herzogin, die ihren Platz bei einem großen Ball einnahm.

„Danke", murmelte ich, während ich mich setzte.

Er warf das dreckige T-Shirt in sein Zimmer und setzte sich dann mir gegenüber hin. Er sah verhärmt und müde aus. Ich sah voraus, dass es die nächsten Tage noch schlimmer werden würde, wenn er wirklich alle Schmerztabletten weggeworfen hatte. Ich sagte aber nichts, griff nur in die Tasche und stellte kleine Tupperware-Schüsseln auf den runden Glastisch. Unten auf der Straße erklang der Alarm eines Autos, aber nur für einen Moment.

„Das riecht gut. Was ist es?" Er hatte den Deckel eines Behälters angehoben, der einen Berg *kaldereta* mit Schwein enthielt.

„Das ist ein Gericht, das aus Schwein und Tomaten gemacht wird. Ein wenig wie Schweinegulasch nehme ich an. Meine Großmutter hat es gestern gekocht, aber es schmeckt besser am nächsten Tag."

„Ist deine Großmutter aus Japan oder China?" Er

nahm das Besteck, das ich ihm reichte. „Ist das zu neugierig? Ich ... ich will etwas über dich erfahren. Deine Familie und so."

„Nein, sie ist Filipino. Sie hat meinen Großvater, einen amerikanischen Soldaten, geheiratet, als er während des Vietnamkriegs in Manila auf Subic Bay stationiert war. Sie ist mit ihm zurückgekommen, bekam meine Mutter hier in den Staaten und wurde in den Siebzigern Staatsbürgerin."

„Oh, in Ordnung, du bist also zu einem Viertel Filipino."

„Etwas in der Art." Ich öffnete einen kleineren Behälter mit etwas *pandesal* Brot, das noch vom Frühstück übrig war. „Und du bist Deutscher, richtig? Dieter Lehmann – das klingt *richtig* deutsch."

„Mmm, ja zur Hälfte. Meine Mom ist Kanadierin. Sie hat früher Eiskunstlauf gemacht."

„Oh?" Ich reichte ihm ein wenig Brot. Er grinste und dankte mir, tauchte das runde Brötchen dann in sein Gulasch.

„Ja, sie ist ein großer Fan von dir. Sie hat gesagt, dass sie zusieht, ob mein Vater und sie von Kanada herkommen können, während wir hier filmen, um dich vielleicht kennenzulernen."

„Das wäre schön."

Ich riss ein kleines Stück Brot ab, streckte dann die Hand aus, um es in seinen großen Behälter mit Gulasch zu tunken. Er nickte und schob sich sein Brot in den Mund. Es schien wie der perfekte Moment, das Gespräch über die Sucht anzuschieben, aber ...

Wenn ich das machte, würde er sich aufregen und

dieser schöne Moment wäre vorbei. Darum ließ ich es für den Moment gut sein. Wir aßen und plauderten stattdessen, seine Augen blieben ständig auf mich gerichtet. Ich wusste, dass ich weder mir selbst noch Dieter einen Gefallen tat. Ich wollte einfach nur diese friedliche Zeit, ehe ich ihn mit den kalten, harten Fakten konfrontierte.

Als das Essen aus war, sprang Dieter auf, lief hinein und kam mit zwei Flaschen Bier zurück. Ich nahm meines, um höflich zu sein.

„Magst du kein Bier?"

„Doch, aber es macht wirklich dick." Ich las das Etikett, verdrehte die Augen und nahm einen langen Schluck. Ich konnte es genauso gut genießen. Ich hatte bereits zwei Dutzend Kekse gegessen. Zum Ende des Jahres würde mein Hintern gigantische Ausmaße haben.

„Du bist wirklich schlank. Ich glaube wirklich nicht, dass hin und wieder ein Bier dir groß schaden würde."

„Nun, wie du weißt, sind leere Kalorien für Athleten Teufelszeug. Wir könnten guten Kraftstoff in unsere Körper füllen, aber das hier ist köstlich." Ich küsste den Hals der dunkelbraunen Flasche.

Dieter schnaubte und trat an den Rand des Balkons. Er beugte sich vor, bis seine Unterarme auf dem schmiedeeisernen Geländer lagen. Er hatte schöne Unterarme. Dick, leicht behaart, kräftig. Wie der Rest von ihm. Ich lachte ein wenig über mich selbst, wie ich hier saß und Bier trank, während ich einen Hockeyspieler mit den Augen fickte. Mann, wie sehr sich die Welt von Trent Hanson verändert hatte.

Dieter schaute mich über seine Schulter an. „Ist etwas lustig?"

Ich schüttelte meinen Kopf und stand auf, um zu ihm an das Geländer zu treten, ließ mein Bier auf dem Tisch mit den schmutzigen Tupperware-Behältern stehen. Er sah zu, wie ich auf ihn zukam, wie ein Mann, der zu erstarrt war, um einem sich nähernden Stahlhäcksler aus dem Weg zu gehen. Wenn man ehrlich war, wurde *ich* von *ihm* angezogen. Wie ein Haufen Metallspäne von einem Magneten. Ich legte meine Hand auf seinen Unterarm, den, den ich vom Tisch aus bewundert hatte. Die Haut unter meiner Handfläche zuckte. Seine gold-grünen Augen schlossen sich für eine Sekunde, öffnete sich dann wieder, fingen meinen Blick ein, hielten ihn fest. Ich strich mit meinen Fingern nach oben, wanderte mit ihnen über die empfindliche Innenseite seines Arms, schob sie dann unter den Ärmel seines dunkelblauen Railers-T-Shirts.

„An dem hier ist überhaupt nichts lustig, oder?", fragte ich, als meine Finger in seinen großen Bizeps bissen.

Sein Kopf bewegte sich vor und zurück.

Mein Blick verharrte auf seinem Mund. Er würde nach Bier und würzigem Schwein schmecken. Das war zu viel für einen Mann, der so schwach war wie ich. Meine linke Hand hob sich von meiner Seite, um sein Gesicht zu umfassen. Seine Wange war dicht mit neuem Bart bewachsen. Die Reibung auf meiner zarten Handfläche bewirkte, dass ein Schlag des Begehrens in mein Gemächt raste. Seine Augen waren wunderschön, hypnotisierend. Es war, als würde man ins Herz eines

Dschungels blicken, voller jadegrüner Pflanzen und hellen Strahlen goldener Sonne.

„Willst du reingehen? Ich schon. Ich will mit dir ins Bett."

Darauf gab es nur eine Antwort. Ich führte seinen Mund mit sanftem Druck an seinem Kiefer zu meinem. Der Kuss wandelte sich innerhalb einer Millisekunde von zärtlich zu verlangend. Seine Zähne prallten von meinen ab. Ich schob meine Hand um seinen Kopf, grub meine Finger tief in seinen Hinterkopf und spießte seinen Mund mit meiner Zunge auf.

Dieter stöhnte leise und lang, begegnete mir Stoß um Stoß. Dann, als ob ich es aus den tiefsten Abgründen meiner Lieblingsfantasien ins Drehbuch geschrieben hätte, richtete er sich auf, dräute jetzt über mir, sein Mund über meinem versiegelt und ließ seine Bierflasche auf den Tisch fallen. Es ging daneben. Wir kümmerten uns nicht darum. Als Malz und Hopfen über den Tisch und auf den Balkon flossen, taumelten Dieter und ich nach drinnen, zerrten an Kleidung, während wir am Mund des anderen saugten. Ihr wisst schon, wie die „nur Freunde", die wir eigentlich sein sollten.

Kapitel Acht

DIETER

Küssen hielt Trent vom Reden ab. Das war alles, was ich dachte, als ich in Betracht zog, ihn zu küssen, aber in dem Moment, als unsere Lippen sich berührten, wechselte ich innerhalb von zehn Sekunden von, den Kuss als Ablenkung zu benutzen, zu ihn unter mir im Bett zu wollen.

Sogar die Art, wie Trent sich aus seiner Kleidung wand, war sexy und ich versuchte mein Bestes, selbst auch sexy zu sein, aber es war nichts heiß an der Art, wie ich an meiner Kleidung zerrte und Trent nackt zurück auf mein Bett riss.

Trent war, wie es schien, meine neue Sucht und ich brauchte ihn so sehr, wie ich früher die nächste Dosis Opiate gebraucht hatte. Ich konnte nicht aufhören, ihn zu küssen, und er war so klein, dass ich ihn an mich ziehen und all sein Gewicht mit meinem halten konnte. Er lag über mir ausgebreitet, hart an meinem Oberschenkel und er packte meine Haare fest mit seinen Händen. Und die Küsse … verdammt, ich wollte alles von ihm. Ich wollte mehr, Küsse und Berührungen.

Begehren fuhr seine Klauen in mir aus. „Ich will dich ficken", sagte ich in sein Ohr. „Bitte."

„Sag mir, dass du alles Nötige hast", gab Trent zurück. Dann fing er wieder an, meinen Hals zu beißen und sich einen Weg zu meinen Lippen zu küssen.

Blind streckte ich die Hand aus und schlug mit meiner Hand auf das Nachtkästchen, bewegte mich und nahm Trent mit, als ich nicht hinkam. Zusammen fanden wir Gleitgel, Kondome und meinen Dildo, der aus irgendeinem Grund Trents Augen groß werden ließ.

„Sag mir, dass du den an dir selbst benutzt", bat er. „Sag mir, dass du ein Switch bist."

Ich küsste die Antwort in seine erhitzte Haut und rollte uns herum, dass ich oben war. „Auf alle viere", sagte ich. Ich wollte ihn von Angesicht zu Angesicht ficken, aber erst wollte ich schauen. Ich wollte alles über diesen Mann wissen. Er gehorchte grinsend, spreizte sich für mich und ich starrte.

„Wirst du irgendetwas machen?", fragte Trent, schaute mich über die Schulter an.

Ich riss mich zusammen, schnappte mir das Gleitgel, befeuchtete meine Finger und berührte jeden einzelnen Zentimeter. Sein Schwanz war perfekt, sein Hintern knackig, seine Oberschenkel – Gott, seine Oberschenkel – und ich war verloren. Ich malte kalte Muster auf seiner Haut, konzentrierte mich auf seinen Schwanz, kehrte zu seinen Eiern zurück, schmierte sein Loch mit gerade genügend Druck ein, dass er gegen meine Hand stieß. Ich drang ein, während ich ihm ihn den Hintern biss, dann beruhigte ich die Bissstelle mit meiner Zunge. Etwas klopfte gegen mein Knie und ich warf einen Blick nach unten, sah den Dildo in Trents Hand.

„Dehn mich auf", verlangte er.

Verdammt, er war fordernd und für eine Sekunde stellte ich mir vor, wie er mir befahl, auf die Knie zu gehen und mich zwang, ihm einen zu blasen. Ich stöhnte bei dem Gedanken, rieb den Dildo mit Gleitgel ein und drückte ihn an ihn, während ich seinen Hintern küsste, seine Oberschenkel. Ich nutzte mein Gewicht, um ihn nach unten zu pressen, sodass sein Kopf in den Kissen lag und er sein Gewicht mit seinen Ellbogen stützte. So konnte ich die fette Eichel langsam in ihn schieben und zusehen, wie sie ihn aufdehnte, mir meinen Schwanz da drin vorstellen. Ich packte seinen Schwanz, strich in einem zittrigen Rhythmus mit meiner Hand von der Basis zur Spitze und der Dildo glitt tiefer und die Laute, die Trent von sich gab … sie waren obszön. Fordernd.

Jesus, ich drehte durch.

Ich zog den Dildo heraus und schob meinen Schwanz an seiner Stelle hinein, geschmeidig, zögerte nur einen Moment, um zu überprüfen, dass es Trent gut ging. Aber er stieß nach hinten – er wollte mich in sich – und ich war bereit, meinen Teil zu tun. Mehr als bereit.

Ich hielt ihn unter mir fest, legte meine Stirn auf seine Schulter und ich wollte mehr. Ich wollte ihn küssen. Ich musste ihn umdrehen. Ich bewegte mich nach hinten, nahm ihn mit, setzte ihn auf meine Oberschenkel, war ganz in ihm und er drehte sein Gesicht und ich konnte ihn küssen. Ungeschickt, unordentlich, aber es waren die besten Küsse, als wir in sie hineinstöhnten und alles voneinander verlangten. Ich schlang meine Arme um seinen Brustkorb, hob ihn an, half ihm in die Höhe, keuchte, als er wieder nach unten glitt.

Verdammt. Ich hatte nie …

„Berühr dich selbst", befahl ich und er machte sofort, was ihm gesagt wurde. Ich konnte seine Hand auf seinem Schwanz sehen, ihn dann in seinen Küssen schmecken und ich stand so kurz davor, aber ich wollte, dass er mit mir kam, obwohl das so schwierig sein konnte.

Ich war ihm nur Sekunden voraus, zwang mich so tief hinein, dass ich mir Sorgen machte, ich hätte ihm wehgetan, aber er folgte mir, kam und keuchte in den Kuss. Wir blieben für eine Sekunde so zusammen, bis mein Knie anfing zu schmerzen und ich mich aus ihm zurückzog, uns mit meinem abgelegten T-Shirt abwischte und mich auf das Bett legte. Er kam sofort zu mir, schmiegte sich in meine Arme und seufzte.

„Das war gut", murmelte er. „Mehr als gut."

Und ich konnte nur denken, dass der Sex mit Trent der beste verdammte Sex in meinem bisherigen Leben gewesen war.

DIE ÜBELKEIT WECKTE MICH. Trent war immer noch an mich geschmiegt, sein Gesicht in das Kissen gedrückt, seine Hand auf meinem Brustkorb. Ich schlüpfte unter ihm hervor und er murmelte etwas im Schlaf, bewegte sich aber nicht. Ich tappte ins Bad, rieb meinen Bauch, dachte an die Dinge, die ich gegessen hatte.

Was, wenn die kaldereta *mit irgendetwas versetzt gewesen war? Was, wenn Trent versucht, mich aus seinem Eislaufprogramm zu werfen?*

Ich schüttelte meinen Kopf, um die Dummheit loszuwerden, und wischte mir über die Braue, die verschwitzt war, setzte mich dann auf den Rand der Wanne. Die Übelkeit war da, kochte in meinem Magen und ich setzte mich neben die Toilette, alles, was ich an diesem Abend gegessen hatte, endete als Opfer für die Schüssel. Ich hatte nicht gedacht, dass ich laut gewesen war, hatte versucht, mich so leise wie möglich zu übergeben, aber Trent war da, presste ein kühles Handtuch an meinen Kopf und murmelte Worte, die in diesem Moment keinen Sinn für mich ergaben.

Er legte eine Hand auf meinen Brustkorb, direkt bei meinem Herzen und schnaubte, half mir dann aufzustehen. Für einen so schlanken Mann war er verdammt stark. Er führte mich zum Bett und drängte mich, mich hinzusetzen, aber ich wollte dort nicht sitzen – ich hatte diesen Drang, auf den Balkon zu gehen und in der Nachtluft still dazusitzen.

„Ich brauche frische Luft", sagte ich oder zumindest wollte ich das sagen, höflich, aber was herauskam, war eher ein gegrunztes „Fick dich", als Trent versuchte, mich dazu zu bringen, an Ort und Stelle zu bleiben. Es gab einen stillen Kampf, aber ich gewann – ganz egal, wie stark Trent war, ich wog fünfzig Pfund mehr als er und hatte die Entschlossenheit eines Hockeyspielers, der seinen Kopf durchsetzen wollte.

Die Luft war kühl und ich sank in den Stuhl, trat die leere Bierflasche weg und sah zu, wie sie in die Ecke in der Nähe der Tür rollte.

Wann habe ich die fallengelassen? Ich garantiere, dass irgendein Arschloch sie von einem anderen Zimmer geworfen hat. Es macht keinen Sinn, gutes Bier zu verschwenden. Arschlöcher.

Trent folgte mir nach draußen, drückte erneut seine Hand über mein Herz und ich schubste ihn weg, denn verpiss dich mit deinen Berührungen, wenn du mich gleichzeitig böse ansiehst.

„Geh weg", schnappte ich. Es war mir peinlich, dass ich mich übergeben hatte, mein Kopf schmerzte und jegliches High vom Sex war verschwunden.

„Spürst du ein Kribbeln in den Armen?", fragte Trent und stellte eine Wasserflasche neben mich.

Ich stürzte mich dankbar darauf, das Brennen der Säure war unangenehm in meiner Kehle. Ich schmeckte krank. Ich war krank.

Ein Virus oder eine gottverdammte Lebensmittelvergiftung. Verfluchtes ausländisches Essen.

„Nein, ich habe kein verdammtes Kribbeln in den Armen."

Ich fühlte mich sofort schlecht. Was stimmte nicht mit mir? Trent kümmerte sich um mich, gab mir Wasser, hielt mich, kühlte meinen Kopf.

„Dein Herz rast", kommentierte Trent und nahm den Stuhl neben meinem. „Hast du Angst?"

Fick mich. „Ich habe Angst, dass die Gerichte deiner Großmutter mich krank gemacht haben", schnappte ich.

Trent   schaute   mich   einfach   an,   sein

Gesichtsausdruck war neutral. Er sah aus, als ob er darüber nachdenken würde, was er sagen sollte und ich wartete auf die Worte der glitzernden Weisheit des Eiskunstläufers.

„Du hast Entzugserscheinungen", sagte er schließlich.

„Was auch immer", gab ich sofort zurück. Denn ja, das war eine vernünftige Antwort auf so eine vernichtende Bemerkung.

„Dein Herz, dass dir übel ist und ich wette, du sitzt da und verfluchst mich für das Essen und die Fürsorge und die Tatsache, dass ich sehe, was mit dir passiert."

„Fick dich, Trent."

Er zog die Lippen hoch, ganz missbilligend und schüttelte seinen Kopf. „Percocet-Entzug ist nicht lebensbedrohlich, er fühlt sich nur so an", sagte er, wobei sein Gesichtsausdruck sich nicht veränderte.

„Ich war nicht wieder abhängig", schnappte ich. „Mein Knie hat wehgetan, es war gegen die Schmerzen."

„Sagt der Mann, der so viele Tabletten geschluckt hat, dass er den Verstand verloren hat."

„Es war ein Fehler und das weißt du."

„Es war nicht einmal dein Percocet", sagte Trent. Er war so verdammt vernünftig, dass mein Temperament mit mir durchging. „Hast du sie von einem anderen Spieler gekauft oder werden sie bei euch einfach wie Süßigkeiten verteilt?"

Das beantwortete ich nicht. Ja, ich hatte sie gekauft, vor langer Zeit, als ich in den Fängen *echter* Sucht war.

„Fehler oder nicht, du hast absichtlich mehr

genommen, als du solltest – dein Problem war, dass sie stärker waren, als du es gewohnt warst."

Ich wollte ihm wehtun, wollte meine Hand zu einer Faust ballen und sein perfektes, verdammtes Gesicht schlagen.

Ich will ihm nicht wehtun. Er muss gehen.

„Du kannst gehen", sagte ich. Die Wut in mir machte mich irrational.

Er schüttelte seinen Kopf, schien entschlossen, an dem Schorf zu zupfen, der meine Vergangenheit versteckte.

„Wann hast du die letzte Tablette genommen?"

„Das habe ich nicht", sagte ich und ich wusste ganz sicher, dass ich irrational war. Habe was nicht? Was leugnete ich überhaupt noch?

Trent kaute auf seiner Lippe und seine Schokoladenaugen glänzten, als ob er versuchte, nicht zu weinen. Was zur Hölle? Warum weinte er?

„Egal wie lang es her war, ungefähr zweiundsiebzig Stunden nach der letzten Dosis erreichen die Entzugssymptome in der Regel ihren Höhepunkt – schwerwiegend, intensiv. Es wird nur schlimmer werden. Das verstehst du, oder?"

Er klang, als ob er aus einem medizinischen Handbuch vorlesen würde und glaubt mir, ich habe sie alle gelesen.

Ich wollte etwas Kluges darüber sagen, dass Trent überreagierte und dass es mir gut ging, aber ich konnte nur daran denken, ihm zu sagen, dass er gehen sollte, mit beigefügten Kraftausdrücken. Die Wut in mir machte es unmöglich, einen sinnvollen Satz zu formen.

Er stand auf. „Ich erwarte nicht, dass du morgen da sein wirst. Ich werde dem Team erzählen, dass du eine Lebensmittelvergiftung oder etwas in der Art hast."

Moment. Nein. „Ich verpasse nie ein Spiel oder ein Training. Ich werde da sein."

Ich rieb meine Arme. Mit einem Mal war mir kalt, obwohl mein Kopf brannte und mich erneut Übelkeit überkam.

„Der Entzug beginnt, wenn dein Körper seine nächste Dosis erwartet", sagte Trent. „Vergiss das nicht. Du musst dir Hilfe besorgen."

„Ich brauche niemandes Hilfe."

„Das tust du", betonte er. „Du bist süchtig und leugnest, dass du einen Rückfall hattest. Hast du einen Sponsor?"

Mike war mein Sponsor, ein stiller Bibliothekar aus meiner Heimatstadt. Nicht einmal jemand aus der NHL, einfach ein Typ, der vernünftig redete und immer für mich da war. Ich brauchte ihn nicht, er war Teil meiner Vergangenheit.

„Ich kann das nicht mit dir machen", murmelte Trent, als ich nicht antwortete.

Er hatte entschieden, dass meine Sucht zu viel für ihn war? Nun, was sollte es. Es war nicht so, als ob ich ihn in meinem Leben brauchte, mit seinem glitzernden Scheiß und seinem Eiskunstlauf.

Aber Moment. Was, wenn ich die Chance verlor, mit dem einzigen Mann zusammen zu sein, der mich denken ließ, dass ich mehr wollte? Ich wollte seine Helligkeit in meinem Leben. Ich wollte den Glitzer und das Lächeln und den Spaß und seinen Geschmack und das Flirten und den Sex.

Großartig. Jetzt durchlebte ich die jämmerlich nach der Übelkeit Phase dieser ganzen Scheißshow. Das war alles Trents Schuld.

Warum mache ich das? Was stimmt nicht mit mir? Warum gibt Trent mich nach einem Fick auf?

Trent schob seine Hände in die Taschen des Bademantels, den er trug, meines Bademantels. Er war ihm viel zu groß. Ich sah nach unten. Ich war nackt. Saß auf meinem Balkon, splitterfasernackt.

Mir war heiß.

Und kalt.

Abrupt verschwand meine Wut und ich fühlte mich armselig und dumm und Trent würde gehen.

„Bitte, geh nicht", sagte ich und ich konnte hören, wie erbärmlich ich klang, wie bedürftig. Was schuldete Trent mir? Nichts.

„Ich wünschte, ich könnte bleiben", sagte er, aber der Ton, den er benutzte, sagte mir, dass er log. „Aber es ist spät und ich muss früh aufstehen und mich einem anderen Kampf stellen."

Ich streckte eine Hand aus. „Bitte bleib." Ich klang gebrochen und jämmerlich und all die Dinge, die die Tabletten stoppten.

Trent seufzte, kam zu mir zurück und setzte sich auf den Rand des anderen Stuhls, nahm meine Hand in seine. Ich liebte die Art, wie er meine Hand hielt, und Zuneigung wallte in mir auf. Er verstand. Er würde nicht gehen, er würde mein Freund sein, mein Liebhaber, meine Unterstützung. Er lächelte mich halb an und ich wusste, dass alles gut werden würde. Ich hatte es nicht zu sehr versaut.

Und dann ruinierte er alles.

„Dieter, in der NHL gibt es ein Drogenprogramm", sagte er. „Sie haben auch Therapeuten, darum nehme ich an, dass du Kontakt zu ihnen hattest. Wollen sie dich nicht hin und wieder sehen? Du könntest sie anrufen."

Was? Ich riss meine Hand zurück. „Fick dich", knurrte ich.

„Dieter, wenn du sie nicht anrufst …"

„Was? Dann wirst du es tun? Du wirst meine Karriere wegen eines lausigen Fehltritts ruinieren?"

„Es ist nicht einer, das weißt du."

„Geh einfach, verdammt noch mal. Ich brauche deinen Scheiß nicht, ganz egal, was für ein guter Fick du bist."

Er nickte, stand auf und ging.

Und ich saß nackt auf meinem Balkon und fühlte mich, als ob alles schiefgehen würde.

ICH WACHTE, immer noch nackt, auf meinem Balkon auf, im frühen Licht des Philadelphia Tages. Und fühlte mich beschissen. Trent hatte mich an meinem Tiefpunkt gesehen und war gegangen. War einfach aufgestanden und gegangen.

Ich brauchte ihn ohnehin nicht. Ich war jetzt in der NHL und es gab jede Menge Puck-Häschen da draußen, die mich wollten. Zur Hölle, ein Schwulen-Club und sie würden sich um den muskulösen Typen mit dem Vertrag reißen.

Ich war der Mann.

Ein gebrochener Mann.

Ich taumelte zurück ins Schlafzimmer, hielt auf der Schwelle an und drehte um, um die Bierflasche aufzuheben und in den Müll zu werfen. Ich machte mein Bett oder versuchte es zumindest, zog die Decke gerade und setzte mich schwer, als ich den leuchtend blauen Schal entdeckte, den Trent getragen hatte, als er angekommen war. Ich nahm den weichen Stoff auf und vergrub instinktiv meine Nase darin, der Geruch meines Geliebten genau so, wie ich mich an ihn erinnerte.

Geliebter? Nein, ein One-Night-Stand, bei dem ich alles verbockt hatte.

Ich holte mein Handy, zog das Ladekabel ab und durchsuchte meine Kontakte. Der erste Name, den anzurufen ich in Betracht zog, war Layton, um ihm zu sagen, dass er dem Team eine Geschichte erzählen sollte, warum ich heute nicht da war. Dann würde ich ehrlich sagen müssen, was gerade mit mir los war und er hatte bereits das ganze Chaos eines möglichen Sexvideos und Erpressung am Hals, obwohl es an dieser Front seit Mariannas letzter Textnachricht sehr ruhig gewesen war.

Der nächste Name auf meiner Liste war Mike, eine Nummer, die ich schon lange nicht mehr benutzt hatte. Ich wählte, ehe ich überhaupt richtig darüber nachgedacht hatte. Ich hatte den Zeitunterschied nicht einkalkuliert und beinahe hätte ich meinem alten Sponsor wieder aufgelegt. Demjenigen, der in schlimmen Zeiten meine Hand gehalten hatte.

Dann hob er ab, seine Stimme rau vom Schlaf und ein wenig verwirrt.

„Dieter?" Mike sagte meinen Namen, nur meinen Namen. Kein Hallo oder Wie geht es dir? Ich hatte seit über einem Jahr nicht mehr mit ihm gesprochen und obwohl er angerufen und mir ein paar Nachrichten hinterlassen hatte, hatte ich ihn nicht *gebraucht*. Oder zumindest hatte ich nicht das Gefühl gehabt, ihn zu brauchen.

„Mike", gab ich zurück, weil ich nicht wusste, was zur Hölle ich sagen sollte.

Es herrschte Schweigen. Nicht ungewöhnlich – meine Gespräche mit Mike hatten oft Perioden der Stille beinhaltet, während denen wir einfach dasaßen und am jeweils anderen Ende der Leitung nachdachten. Ich höre Bewegungen, das leise Ausatmen, als Mike aus dem Bett aufstand.

„Ich setze Kaffee auf", murmelte er.

Ich tat dasselbe, stellte ihn auf Lautsprecher, weil ich etwas Abstand von dem Mann brauchte, der für lange Zeit mein Vertrauter und meine Unterstützung gewesen war.

Ich hatte Kaffee, ich fühlte mich krank, mein Brustkorb war vor Nervosität verengt und auf kalte Weise wusste ich, dass dies Entzug war und dass eine Tablette den Schmerz und die Verwirrung erleichtern würde.

Aber Trent hatte gesagt, dass ich Hilfe brauchte.

Ich hasste ihn dafür, aber ich hatte meinen Sponsor angerufen, oder nicht?

„Ich habe gesehen, dass du einen Vertrag über ein

Jahr bei den Railers bekommen hast", sagte Mike, fing so an, wie er es immer getan hatte, mit dem Austausch von Neuigkeiten. Ich hatte Einladungen erhalten, mich mit ihm zu treffen und ich hatte gewusst, dass ich mir die Mühe wirklich machen sollte, aber als ich frei von den Medikamenten gewesen war, hatte ich nicht wieder Kontakt zu ihm aufnehmen wollen. Ich hatte ihn in meine Vergangenheit verbannen wollen.

Er würde niemals Teil meiner Vergangenheit sein. Er würde meine tägliche Unterstützung sein, wenn ich ihn brauchte.

Mein Freund, alle hässlichen Dinge inklusive.

„Es ist ein guter Vertrag", sagte ich.

„Du hast hart dafür gearbeitet", stimmte Mike zu.

„Ich verbocke es." Das fasste es ziemlich gut zusammen. „Ich bin ein Arbeiter, ich bin nicht bereit für die NHL, mein Knie schmerzt die ganze verdammte Zeit und ich glaube nicht, dass ich es schaffen kann."

Wieder Schweigen. Er wartete darauf, dass ich mehr erzählte, aber ich wusste nicht, was ich sagen oder wie ich es erklären sollte. Er musste mir die richtigen Fragen stellen. Das brauchte ich. Ich war nicht bereit, zu reden, und ich schloss meine Augen und hoffte, dass er verstehen würde.

„Mike, bitte, hilf mir."

Kapitel Neun

TRENT

UM EHRLICH ZU SEIN, erinnere ich mich nicht an viel von der Fahrt nach Hause. Es war kühl für Mitte Sommer. Meine Kehle und mein Hals froren am meisten, weil mein Schal immer noch neben Dieters Bett lag. Ihr wisst schon, das Bett, auf dem ich mich ausgebreitet hatte wie ein All-you-can-eat Buffet zu Ostern. Das Bett des Mannes, mit dem ich „nur befreundet" sein sollte, dem ich aber gestattet hatte, mich beinahe in ein Orgasmus-Koma zu ficken, mit einem Dildo *und* seinem Schwanz, denn offensichtlich war nur der fette Schaft des Mannes nicht *ganz* ausreichend. Was zur Hölle war mein Problem? Warum hatte ich der Lust so einfach nachgegeben? Das war nicht das Verhalten eines Freundes, der versuchte, einem anderen Freund zu helfen.

„Du bist eine Schlampe, Trent. Oh ja, das bist du. *Was starrst du so?!*", fauchte ich einen Mann an, der Zeitungen aus der Rückseite eines roten Vans warf. Er zeigte mir den Stinkefinger, völlig zurecht.

Die Reifen meines Rollers gruben sich in den Asphalt und quietschten sogar ein wenig, als ich über eine gelbe Ampel flog. Mein Hals war schmerzlich kalt. Ich wünschte, ich hätte meinen Schal. Zugegebenermaßen waren es nur einundzwanzig Grad mit einer leichten Sommerbrise, aber wenn man eine kalte, beschämte Seele hat, ist der Hals kalt.

Ich parkte vor dem Haus meiner Mutter. Der Vorderreifen prallte gegen den Gehsteig, weil ich so krank und aufgewühlt und von mir selbst angewidert war, dass meine Gedanken woanders waren. Der Roller bekam Übergewicht und wir beide fielen seitlich auf den Gehsteig.

Während der Sonnenaufgang eines neuen Tages den Himmel mit Lachs, Lila und Cyan kitzelte, lag ich neben meinem gelben Roller und starrte in den Himmel, Tränen strömten aus meinen Augen und liefen in meine Ohren.

Was machst du mit deinem Leben, Trent? Wie konnte es dazu kommen, dass einer der besten männlichen Eiskunstlaufstars der Welt auf dem Gehweg vor dem Haus seiner Mutter liegt und weint wie ein Kind, das sich gerade das Knie aufgeschlagen hat?

Ich setzte mich auf, riss meinen safrangelben Helm herunter und stieß die Spitzen meiner kalten Finger in meine Augen. Ich musste mich zusammenreißen. Ich schniefte und hustete, wischte mit meinem Ärmel unter meine laufende Nase und stand langsam auf. Als ich mich umdrehte, den Helm in der Hand, kam meine Mutter die kurze Auffahrt herunter, ihr Gesicht hart und voller Falten.

„Wie oft muss ich dir sagen, dass du diesen

verdammten Roller loswerden sollst?!" Ihre Stimme war
viel lauter, als sie es um diese Zeit am Morgen sein sollte.
„Geht es dir gut?"

„Als ob dich das wirklich kümmert", knurrte ich.

Wie konnte sie es wagen, in ihrem
Sommerbademantel herauszukommen und mich
anzuschreien? Ich stürmte um sie herum, darauf aus,
das hier nach drinnen zu verlegen, damit nicht jeder, der
in der 16th Street wohnte, unsere Diskussion hören
konnte. Sie packte meinen Arm, als ich an ihr
vorbeikam. Ich wirbelte zu ihr herum. Ihre braunen
Augen flammten auf und sie machte einen Schritt
zurück, ihre Hand fiel an ihrer Seite nach unten.

„Tu das nicht!", brüllte ich und schleuderte meinen
Helm in den Garten des Nachbarn. Er landete in ihrem
Rhododendron. „Fass mich nicht an. Niemals! Tu nicht
so, als würde ich dich irgendwie interessieren."

Sie öffnete ihren Mund, um zu antworten. Ich
überrollte sie, die einzigen Geräusche in unserer Straße
das Summen der Straßenlaternen, das Flattern von
Millionen Motten an den Glasbirnen und der Hall
meines Brüllens, das an den kleinen, eng stehenden
Reihenhäusern abprallte.

„Du bist zu ihm gegangen. Warum? Nach allem,
was er uns angetan hat, mir, deinem einzigen Sohn, hast
du dir einen Tag freigenommen, um zu Clay zu gehen."

„Trent …"

„Ich habe dich *angefleht*, einen Tag mit mir im
Stadion zu verbringen, an dieser elenden, verdammten
Show teilzunehmen, die ich nur mache, weil *du* dadurch
weiter ein Dach über dem Kopf haben wirst!" Ich

atmete tief ein und redete weiter, gab ihr keine Gelegenheit zu antworten. Sie hatte mir wehgetan. Sehr. Und ich hatte Dieter wehgetan. Und Dieter tat sich selbst weh. So viel Schmerz. Wir alle ertranken in Schmerz.

„Trent, ich habe nur – Es ist nicht so, dass ich dich nicht bei der Show sehen wollte." Sie zog den Kragen ihres Bademantels enger um ihren Hals. Ihr Hals war wohl auch kalt vor Scham. „Es war mir zu peinlich, darin aufzutreten. Ich habe Clay geheiratet. Es ist meine Schuld, dass du jetzt pleite bist und dich verkaufst, damit ich und *Lola* versorgt sind."

Wunderbar. Meine Mutter stimmte also zu, dass ich eine nuttige Hure war. Dieser Tag wurde immer besser und besser und es war noch nicht einmal sechs am Morgen.

„Dann sag mir warum. Hilf mir zu verstehen, warum du ihn mir vorgezogen hast?" Ich wedelte mit meinen Händen durch die Luft. Ihre Augen wanderten in dem Versuch, ihnen zu folgen, herum. Auf der gegenüberliegenden Straße ging das Licht in Mr. Chos Schlafzimmerfenster an. „Hilf mir zu verstehen, warum du deinem Sohn keine Stunde oder zwei geben kannst, um in seiner Show aufzutreten, aber du nach Mercer fahren und in das State Correctional Institute schlendern und dich dabei nicht schämen kannst." Worte sprudelten aus mir heraus. Ich fühlte mich schwindlig und fragte mich, ob ich mir die Zeit zum Atmen nahm, während ich meine Mutter schimpfte. „Du hast dich mit dem Mann treffen können, der all mein Geld gestohlen und es mit Hunden verspielt hat, aber Trent bekommt nichts! Wie kannst du das tun? Wie *zur Hölle* kannst du dieses abscheuliche menschliche Wesen mir vorziehen?"

„Das habe ich nicht getan! Ich bin zu ihm gegangen, weil ich ihn liebe, Trent!" Ihre Schreie prallten an den Seiten der Niedrigverdiener-Häuser ab. Ein paar weitere Lichter erwachten in den Häusern unserer Nachbarn zum Leben.

„Du liebst ihn?" Ich blinzelte sie an. „Wie kannst du einen Mann lieben, der dich zerbrochen und am Hungertuch nagend zurücklässt? Der das ganze Geld deines Sohnes gestohlen und Alkohol und andere Frauen damit gekauft hat – was auch immer er nicht in die verdammten Greyhounds gesteckt hat. Wie kannst du nur jemanden wie Clay lieben?"

„Er ist süchtig, Trent." Jetzt klang sie schwach, den Tränen nahe, wie immer, wenn sie mit der Wahl ihrer Männer konfrontiert wurde. „Er hat sich nach dir erkundigt. Er will dich sehen … um zu reden."

„Warum zur Hölle solltest du dann mit ihm zusammen sein?" Ich weigerte mich, etwas zu dem ganzen Clay will dich sehen Kommentar zu sagen. Die Hölle würde zufrieren, ehe *das* passierte.

„Weil ich ihn liebe!"

„Nur Idioten lieben Menschen mit einer Sucht!", brüllte ich. Meine Worte hallten zu mir zurück, prallten an der Vorderseite von Mr. Chos mitgenommenen Ziegelreihenhaus ab. Ich schlug mir die Hände über den Mund. Was hatte ich gerade gesagt? *Was hatte ich gerade gesagt?*

„Trent, du meinst das nicht so. Du hast Jonah so sehr geliebt …"

Sie machte einen Schritt auf mich zu. Ich stolperte rückwärts, schüttelte wild meinen Kopf. „Er hat mich nie geliebt", hustete ich in meine Handflächen. „Das konnte er nicht, weil er die Drogen mehr geliebt hat. Genau wie Dieter." Ich ging in die Hocke, lehnte meinen Rücken an den billigen Zaun, der um den briefmarkengroßen Vorgarten verlief.

„Dieter? Wer ist Dieter?", fragte Mom.

Ich ignorierte sie und weinte einfach. So lange, dass die 16th Street ernsthaft aufwachte, ehe ich mich wieder genug im Griff hatte, um zum Stadion zu gehen, während meine Mutter bettelte und flehte, dass ich ins Haus kam und redete. Es waren keine Worte oder Gefühle mehr in mir, darum stellte ich meinen Roller auf und fuhr davon, ließ meinen Helm in Mrs. Patels rosa Rhododendren liegen. Wen kümmerte es, wenn ich ohne Schutz frontal in ein Auto raste? Nicht Jonah. Nicht meine Mutter. Nicht Clay. Nicht meinen Vater, der sich hatte umbringen lassen, bevor ich überhaupt reden konnte. Und ganz bestimmt nicht Dieter.

Rainbow Skate tauchte mit einem Mal vor mir auf. Hatte ich die Stadt bereits durchquert? Huh. Ich hatte den ganzen Weg über geweint und war gefahren, ohne einen Telefonmasten oder die Rückseite eines Subarus zu küssen, also super. Der erste Halt, sobald ich im Stadion war, war die Toilette. Ich musterte mich und wollte wieder weinen. Meine Haare waren ein vom Wind und Sex zerzaustes Chaos. Meine Augen waren geschwollen und rot, meine Wangen fleckig und an meinem Hals prangte ein strahlend lila Knutschfleck in der Größe meines Daumens.

„Das hier ist eine absolute Katastrophe", murmelte ich.

Ich drehte das kalte Wasser auf und tupfte es auf meine Wangen und Haare, was aber nichts brachte. In dem Wissen, dass dies durch ein Waschbeckenbad nicht gelöst werden konnte, ging ich zu den Duschen und stellte mich unter das heiße Wasser, verloren, wie ein Mann es nur sein konnte, seifte meinen Hintern ein und zuckte zusammen bei der Erinnerung, von einem Hockeyspieler geliebt worden zu sein, der am Abgrund stand. Ich musste meine schmutzige Kleidung anziehen. Ich ließ die einen Tag alte Unterwäsche weg und warf sie in den Müll. Dann ging ich in das Büro des Managers, setzte mich hinter Dans Schreibtisch und tat so, als würde ich arbeiten. Die Arbeit bestand daraus, Dieter in einem sich ständig wiederholenden Video anzusehen.

Was machte ich, mir zu gestatten, wieder in diese Art von Beziehung zu fallen? Ich schaltete die Videos von Dieter Lehmann aus und ließ zu, dass meine Augen sich schlossen. Ich hatte noch zwei Stunden, bevor die Railers und die verdammten Kameras auftauchen würden. Ich würde das Training heute durchstehen, den Wohltätigkeitsverein anrufen, dessen Veranstaltung ich gestern verpasst hatte, um in Dieters Bett zu fallen, dann würde ich zu mir nach Hause gehen und nähen. Oder Schachteln voller gefrorener Sahne essen, während ich mir *Magnolien aus Stahl* anschaute und mich in Selbstmitleid und Scham suhlte.

Oder ich könnte mich betrinken. Beides würde funktionieren.

Ich hatte nur kurz geschlafen, als ein donnerndes Klopfen an der offenen Tür mich wachrüttelte. Mit klopfendem Herzen sah ich Stan in der Tür von Dans kleinem Büro stehen.

„Wir arbeiten mich gut." Er verschränkte seine Arme über seinem massiven Brustkorb, nachdem er sich geduckt hatte, um den Raum zu betreten. Ich rieb mit meinen Händen über mein Gesicht. Er roch nach Kaffee und Donuts. Mein Magen knurrte, aber auf gar keinen Fall würde ich ihn füttern.

„Du hungrig. Solltest essen."

„Ich werde heute nichts essen. Ich habe in den letzten zwei Wochen genug Essen in mich gestopft, um ein rundes altes Schiff zu versenken."

Seine grauen Augen verengten sich ein wenig, nicht so sehr vor Wut, sondern mehr aus Sorge.

„Ich muss mich ein wenig zusammenreißen. Vielleicht eine Flüssigdiät machen. Mir geht es gut." Ich fand mein Superstar Trent Lächeln und klebte es an Ort und Stelle.

„Du isst. Nicht essen ist schlecht."

„Nicht, wenn man, wie ich, eine fette Kartoffel ist." Ich tätschelte meinen flachen Bauch, erhob mich dann langsam aus dem knarzenden Stuhl. Oder kamen diese Geräusche von meinem steifen Rücken? „Lass mich etwas Kaffee holen und wir können -"

„Nein. Wir essen jetzt. Eislauf braucht Essen. Mmmm, gut."

„Suppe? Wir essen Suppe zum Frühstück?"

Er nickte, nahm mich dann am Handgelenk und führte mich zu der Reihe Automaten. Ich schaute zu dem riesigen Mann auf. Stan lächelte zu mir herunter, winkte dann mit einer Hand von der Größe einer Radkappe zu den Automaten.

„Iss Mm-Mm Suppe. Trink Milch. Mach Energie zum Eislaufen. Ich warte."

„*Schön.*" Ich seufzte und steckte etwas Geld in die verdammten Automaten.

Als ich die Suppe und einen Karton mit zweiprozentiger Milch hatte, kehrten mein Diät-Guru und ich zu Dans Büro zurück. Ich aß. Stan saß mir gegenüber, seine ganzen zehn Meter in einen schwächlichen Stuhl gefaltet, und er redete vor sich hin, während ich an meinem Hühnchen-Reis nippte. Es schmeckte erstaunlich gut.

„Ich passe für dich auf Essen auf wie bei Layton."

„In Ordnung." Ich löffelte etwas Reis und Brühe. Beides glitt meine empfindliche Kehle hinab. Stundenlang zu weinen ist hart für die Seele. „Denkst du, ich benehme mich wie eine Muschi?"

„Was ist Muschi?" Er versuchte, sich zurückzulehnen und es sich bequem zu machen, aber seine Gestalt war schlicht zu lang und schlaksig, um in diesem Stuhl angenehm zu sitzen.

„Oh, uh, das ist ein Wort für die weibliche Region einer Dame."

„Ah, ja. Weibliche Frische."

Ich hustete an meinem Schluck Suppe. „Wenn du darauf bestehst. Ich war einer weiblichen Region nie nahe genug, um sagen zu können, ob sie frisch sind oder nicht. Dafür mag ich die Jungs viel zu sehr."

Stan lächelte. Es war ein freundliches Lächeln, das die Haut um seine hübschen Augen in Falten legte und ihn von Mr. Einschüchternd in Mr. Niedlich verwandelte.

„Du liebst Dieter, wie Tennant Jared liebt. Ich sehe dich und ihn mit Herzen in Augen. Ist gut."

Dank den Göttern, dass mein kleiner Styroporbecher mit Suppe leer war. Er glitt aus meinen Fingern und landete auf meinem Schoß. Ich starrte den Goalie groß an.

„Nein, nein, nein", sagte ich, während ich den Becher von meinen Beinen fischte. „Liebe wurde nicht erwähnt. Nicht einmal. Es war nur Sex. Großartiger Sex, aber nur Sex. Ich kann einen Mann wie ihn nicht lieben. Niemals wieder. Es tut zu sehr weh. Es ist besser, jetzt zu gehen, ehe wir beide am Ende noch zerstörter sind."

Wohin zur Hölle war mein Löffel verschwunden?

„Geh nie weg von Mann, den du liebst."

Meine Augen hoben sich von meinem Suppenbecher, um seine zu finden. Sie waren hübsch – groß und grau mit dunklen Wimpern und unglaublich ausdrucksstarken Augenbrauen. Und so traurig. So unglaublich traurig.

„Manchmal ist es am besten, wegzugehen."

Er schüttelte den Kopf. „Niemals am besten. Komm." Er drückte sich in die Höhe. „Lass uns an Geschwindigkeit arbeiten."

Ich saß da mit meinem Becher *sans* Löffel und sah

zu, wie er ging, seine breiten Schultern glitten gedreht durch die Tür.

Stan und ich schafften eine Stunde allein auf dem Eis. Er wurde immer besser. Er würde nie so schnell sein wie die kleineren Spieler, aber er war jetzt flinker auf den Kufen. Seine Größe wurde als Vorteil angesehen, das war mir zumindest erzählt worden, weil er mehr vom Netz ausfüllte, es für das andere Team schwieriger machte, ein Tor zu erzielen. Es war angenehm, mit ihm zu arbeiten. Der große Mann lächelte die meiste Zeit über, versuchte, Witze zu erzählen, versaute aber jedes Mal die Pointe und arbeitete schwer daran, alles umzusetzen, was ich ihm beizubringen versuchte.

Dann kamen die Kameras an. Und die Make-up Leute und der Produzent und die Tonleute. Stan nickte und plauderte. Ich schmollte und zickte. So sehr, dass meine Agentin vom Produzenten der Show angerufen wurde, einem kleinen, rundlichen Mann namens Kurt, der sehr nett war, ganz bestimmt, wenn er nicht eine weibliche Region war, die mit einem F begann.

Gayle fand mich in der obersten Reihe roter Sitze, meine Hände unter meinen Achseln und meine Schlittschuhe auf der Rücklehne des Sitzes vor mir. Sie kam die zwanzig Reihen nach oben und ließ sich neben mich fallen, ihre behandschuhten Hände hielten zwei große heiße Getränke.

„Heiße Schokolade", sagte sie, hielt mir dann den extragroßen Becher Kalorien hin.

Ich winkte mit meinem Ellbogen und einem sauren Blick ab. „Ich faste den Rest des Tages."

„Ah, nun, das hier ist kein Essen – es ist ein Getränk."

Sie hob den Rand des Bechers und blies eine dampfende Wolke kakaohaltiger Herrlichkeit in mein Gesicht.

„Dumme Kuh", schnaubte ich, nahm das Getränk dann von ihr.

Sie lächelte und wir saßen nebeneinander und tranken für ein paar Momente. Die Railers und die Produktionscrew trieben sich in der Nähe des Eises herum. Mir fiel die Tatsache auf, dass Dieter nicht unter den Männern in dunkelblauen Jerseys war und mein Herz wurde noch schwerer.

„Würdest du mir gerne sagen, warum du dich heute weigerst, vor die Kamera zu treten?"

„Ich habe persönliche Probleme", murmelte ich in meinen Becher.

„Welche Art persönlicher Probleme?"

„Persönliche."

„Das ist nicht hilfreich, Trent", sagte sie mit einem Hauch Schulmamsell in ihrer Stimme.

Ich hob eine Braue und nahm einen Schluck. Er war sündig süß.

„Du weißt, dass du einen Vertrag unterzeichnet hast, so viele Stunden Film zu liefern. Wenn du anfängst, einen Rückzieher zu machen, werden sie anfangen, unangenehm zu werden. Honey, du kannst dir keine gerichtliche Auseinandersetzung wegen Vertragsbruch leisten."

„Lass sie mich verklagen. Ich bin eine schreckliche

Person, die schreckliche Dinge über Menschen sagt, die Probleme haben."

„Trent, du bist keine schreckliche Person." Sie klang müde.

Nun, so war das Leben von jedem, der in meine Nähe kam. Ich machte die Menschen müde. Fragt nur meine Choreografin. Sie würde bestätigen, wie ermüdend Trent Hanson ist. Sie tanzte wahrscheinlich auf der Straße in dem Wissen, dass sie sich mit mir nicht mehr herumschlagen musste.

„Du bist eine wunderbare Person", sagte Gayle.

„Pfft. Du hättest mich um fünf heute Morgen hören sollen. Dann würdest du deine Meinung bezüglich meines wunderbar Status ändern."

Ich hob meine rechte Hand von meinem Becher, um sie an meine Kehle zu legen. Sie war immer noch kalt.

„Trent, du *musst* heute vor diese Kameras treten. Ich bin nicht sicher, was abseits des Eises vorgefallen ist, aber du weißt besser als jeder andere, dass Athleten sich von dem, was in ihrem privaten Leben passiert, auf dem Spielfeld nicht ablenken lassen dürfen … oder dem Eis, wie es hier der Fall ist."

„Ich bin kein Eiskunstläufer mehr …"

„Erzähl das den Kindern, die in dir ihr Idol sehen", sagte sie leise. Ein winziger Marshmallow steckte in meiner Kehle fest.

„Du bist eine schrecklich beschissene Frau, das zu mir zu sagen", schnappte ich.

Gayle tätschelte mir den Oberschenkel, stand dann auf.

„Ich will nur …"

„Was willst du?"

Ich suchte unter den Hockeyspielern und als meine Blicke ihn nicht finden konnten, wusste ich, was ich wollte. Ich war mir nur nicht sicher, ob ich den Mumm hatte, mit ihm zusammen zu sein.

„Ich will Mut."

„Ich habe nie einen Mann getroffen, der mehr Tapferkeit besitzt, als du sie hast." Sie lächelte mich an, ging dann zurück zum Eis. Ihre selbst gestrickte Mütze war grauenvoll, aber auf gewisse Weise machte sie das niedlich. Nicht modisch, nein – weit davon entfernt – aber niedlich. Wie Fußballmutter niedlich.

Ich saß da und trank meine heiße Schokolade. Die ganze Zeit dachte ich über Jonah und Dieter nach, über meine Mutter und Clay und meine Großmutter, über dieses Stadion und diese Kameras und die Männer auf dem Eis und die Kinder in der Schule. Meine Kinder. Ich musste das für sie tun. Ich musste das für meine Mutter und *Lola* tun. Ich musste es für Dieter tun. Ich musste es für *mich* tun.

„In Ordnung, die Schokolade hat dafür gesorgt, dass ich mich *viel* besser fühle! Lasst uns Reality TV machen!", schrie ich von den Sitzreihen, mein Lächeln fest an Ort und Stelle. Ich hoffte, der Make-up Mann hatte eine gute Grundierung. Mein Gesicht und mein Hals sahen furchtbar aus, genau wie mein Leben. Aber zumindest wandte ich dem hier oder Dieter nicht den Rücken zu. Stan würde hocherfreut sein.

Kapitel Zehn

DIETER

WENN IRGENDJEMAND NACH MIR SUCHTE, konnten er sehen, dass ich da war. Oben bei den Göttern, drei Reihen von hinten in der Reihe für die Nasenbluter, schaute ich hinunter auf die Männer auf dem Eis. Beobachtete sie und wünschte mir, ich wäre da unten bei ihnen.

Ich hatte jetzt drei Einheiten verpasst, aber nichts davon war verpflichtend. Niemand ging mir auf die Nerven, dass ich mitmachen musste. Aber ich wollte so unbedingt mehr lernen. Ich verpasste etwas, denn jeder von uns, der auf Trent gehört hatte, war schneller, konzentrierter und ich saß jetzt fest.

Und nicht nur wegen der Scheiße mit den Tabletten, nein – hier ging es um die Tatsache, dass ich wegen des Befundes für mein Knie da war und ich wusste, sie würden nicht gut sein. Der einzige Grund, warum ich noch auf dem Eis gewesen war, waren die Schmerzmittel und man sah ja, wohin mich das geführt hatte.

Ich verlor meine letzte Chance, einen Platz in der NHL zu bekommen. Die Railers würden einen Blick auf mich werfen, mein Knie, meine dämliche, verdammte Sucht und ich wäre weg.

Sie waren ein progressives Team, auf Inklusion und Fairness fokussiert, sowie alle möglichen anderen politisch korrekten Dinge, aber sie würden keinen Spieler mittragen, der nicht in der Aufstellung spielen konnte.

Auf dem Eis arbeiteten die Jungs wieder am Gleiten und sogar von hier oben konnte ich die Fortschritte sehen. Stan befand sich auf einer Seite, redete mit Trent und mein Brustkorb verengte sich, als er einen sich windenden Trent hochhob und ihn in der Parodie einer Hebefigur hielt. Er setzte ihn bald wieder ab, aber der Schaden war angerichtet. Ich hatte Trent lachen sehen, wie er seine Zeit mit dem Team genoss.

Und ich war nicht dabei.

Trents Arbeit könnte uns als Team einen Vorteil verschaffen, diesen kleinen Unterschied, der uns in den Play-offs eine Runde weiterbrachte.

Uns? Es würde kein uns geben. Ich würde in der Verletzten-Reserve sein. Oder sogar noch schlimmer.

Die Einheit ging zu Ende und ich glitt in meinem Stuhl nach unten, zog mein Käppi tief ins Gesicht, versteckt in den Schatten, wo niemand nachsehen würde. Das hier war nicht die East River Arena, nur ungefähr dreißig Sitzreihen, aber ich war sicher weit genug weg, um mich zu verstecken.

Als das Eis leer war, verließ ich meinen Sitz, ging in

Richtung Ausgang zum Parkplatz, ehe irgendjemand mich bemerkte.

„Ich habe dich gesehen", sagte Trent hinter mir.

Ich drehte mich zu ihm um, vorsichtig, weil ich mich beschissen fühlte, mein Knie schmerzte und ich mit dem Tag heute fertig war.

„Hey", sagte ich, was alles war, was ich schaffte.

Trent sah müde, aber gut aus. Seine Augen waren schwarz umrandet, seine Haare kunstvoll zerzaust und mit jadegrünen Strähnen durchsetzt, so wirkte es zumindest in diesem Licht. Er war ganz in Schwarz, hatte die vertrauten Diamantstreifen um seinen Kragen und er sah so gut aus.

Und ich hatte es verbockt, alles weggeworfen.

„Du solltest zu uns aufs Eis kommen", sagte Trent, als ich dastand und ihn mit leerem Blick ansah.

„Ich muss heute zurück nach Harrisburg. Ich habe …" Ich deutete auf mein Knie, dann zu meinem Kopf, als ob das alles erklären würde. Ich erwartete nicht, dass er es verstand. „Es tut mir leid", platzte ich heraus, mit keiner Referenz, wofür genau ich mich entschuldigte.

Er lächelte mich an – kein großes Lächeln, eher traurig als glücklich, aber es war ein wunderschönes Lächeln und mit einem Mal musste ich ihn unbedingt berühren. Ich trat zu ihm und nahm sein Gesicht in meine Hände, neigte seinen Kopf nach hinten.

„Es tut mir so leid", wiederholte ich.

„Ich weiß", murmelte er. Da war nichts von seiner üblichen Vorwitzigkeit, kein Feuer in seinen Augen. Ich sah nur Traurigkeit. Ich beugte mich nach unten und drückte einen Kuss auf seine Lippen. Nur einen und dann ging ich, ohne noch einmal zu ihm zurückzuschauen.

Vielleicht würde er immer noch für mich da sein, nachdem ich getan hatte, was immer ich jetzt tun musste.

Vielleicht nicht.

Ich musste nur hoffen, denn irgendwie war Trent in so kurzer Zeit für mich der Mittelpunkt von allem geworden.

Allem.

MEIN HANDY VIBRIERTE, um mich daran zu erinnern, dass ich meinen Hintern in Bewegung setzen und Richtung Flughafen schaffen musste, für meinen Flug zurück nach Harrisburg. Der Flug selbst war kurz, die Taxifahrt vom Flughafen zum Stadion sogar noch kürzer, gab mir keine Zeit, gedanklich an einen guten Ort zu kommen.

Trauer raubte mir den Atem, als ich die East River Arena betrat, unter den Bannern mit den Bildern des Teams. Ich sah Nummern und Fotos von Connor, Stan, Ten, Arvy, aber noch nichts von mir.

Ich hatte den Verdacht, dass ich es nie dort hinauf schaffen würde. Im Laden gab es meinen Jersey mit meiner Nummer und meinem Namen auf der Rückseite, aber ich bezweifelte, dass irgendjemand das kaufen würde.

Müßig überlegte ich, wie viele sie für meine Fans auf Vorrat hatten und konnte das abfällige Schnauben nicht unterdrücken, dass ich überhaupt Fans hatte.

Mann, ich bin heute echt nicht gut drauf.

Ich trat in einen der vielen kleinen Räume am Hauptgang und nahm mir einen Moment, um meine Gedanken zu beruhigen. Ich konnte nicht mit dem Gefühl in dieses Meeting gehen, dass ich bereits am Ende war. Ich musste von irgendwo eine Art Mut kanalisieren, und ihn fest mit Hoffnung umwickeln. Ich brauchte eine Weile, um meine Atmung zu beruhigen, sogar noch länger, um dieses Körnchen Mut zu finden, nach dem ich wirklich tief graben musste, aber endlich war ich so bereit, wie ich es nur sein konnte, und ich trat aus dem Schatten und in den hell erleuchteten Gang.

Als ich an der Tür des Docs klopfte, war ich genau pünktlich und ich hörte das grummelige „Herein". Er stand auf, als ich eintrat, hielt mir seine Hand hin und sagte irgendetwas Normales. Ich war mir nicht sicher was, weil ich ihm ins Gesicht schaute, seine Mimik einschätzte, versuchte, irgendwelche mikroskopischen Veränderungen zu entdecken, die vielleicht einen Hinweis darauf gaben, wie schlimm die Nachrichten sein würden. Ich wollte, dass er es mir in einsilbigen Worten erklärte, keine ausführlichen Erklärungen. War es aus für mich? Was stimmte nicht mit mir, dass Physiotherapie und normale Behandlung nicht halfen?

„Wie geht es dir?", fragte Doc und ich starrte ihn mit leerem Gesicht an.

„Es geht mir gut", gab ich zurück. Denn was ich wirklich sagen wollte, hätte dazu geführt, dass Doc mich sowohl zur Aggressionsbewältigung als auch in Therapie geschickt hätte.

Er deutete auf die Röntgenbilder an der

hinterleuchteten Wand und ermunterte mich, näherzutreten, und dann fing er an, mit Worten, die nichts bedeuteten. Er hatte aufgeschrieben, was mit mir nicht stimmte und ich las es mir durch, während er erklärte. Sporadische Osteochondrosis dissecans. Das sorgte dafür, dass mein Kniegelenk sich verkantete, anschwoll und mich aus dem Rhythmus brachte. Dieser lange Name bedeutete, dass ich eine Operation brauchte.

„Es wurde wahrscheinlich von einer Verletzung hervorgerufen, aber es könnte auch an einer repetitiven Beanspruchung des Gelenks liegen."

Repetitive Beanspruchung? Hockeyspieler – nun ja, jeder professionelle Athlet – wussten, worum es bei repetitiver Beanspruchung ging. So trainierten wir das Muskelgedächtnis.

Er deutete auf das Röntgenbild und ich musterte, was er mir zu zeigen versuchte. „Das Knie ist ein synoviales Gelenk, in dem drei Knochen miteinander interagieren – der Oberschenkelknochen, das Schienbein und die Kniescheibe – und es hat zwei Gelenke."

Ich musste ihn mit leerem Blick angesehen haben, weil er die Stirn runzelte und die Worte wiederholte. Dieses Mal nickte ich, um zu ihm zu verstehen zu geben, dass ich verstand. Natürlich verstand ich es. Ich kannte mein Knie sehr genau. Jeden Muskel, jede Sehne und jeden Knochen, wenn ich drückte und schob, damit der Schmerz wegging.

Er fuhr fort und ich versuchte, so auszusehen, als ob ich verstehen würde, damit er sich nicht wiederholte. Ich wollte das hier nicht hören. Ich wollte eine Lösung.

„Die Gelenkknochen sind von weißem, glänzendem und elastischem Knorpel bedeckt und auch die glatte Gelenkoberfläche des Oberschenkelknochens hier." Er tippte das Röntgenbild mit einem Stift an. „Das rollt und gleitet auf dem Plateau des Schienbeins, durch synoviale Flüssigkeit, die den Knorpel nährt und befeuchtet."

„Und?"

Bitte, komm zum Punkt. Mein Kopf tut weh, mein Magen befindet sich im Aufruhr und ich muss hier raus zu meinem nächsten Meeting – dem wichtigen, bei dem ich dem Management erkläre, was für ein verdammtes Wrack von einem Spieler sie unter Vertrag genommen haben.

„Bei Patienten mit Osteochondrosis dissecans wird der subchondrale Knochen mit seinem Gelenkknorpel nicht mehr mit Blut versorgt und degeneriert. Zum Glück bist du erst im dritten Stadium, mit ein paar gelösten Läsionen – was wir als dissecans ‚in situ‘ bezeichnen."

„Ich habe Glück. Heißt das, etwas Ruhe und Physiotherapie und ich kann wieder spielen?"

Doc schaute mich direkt an. Er war ein Experte darin, den Spielern gegenüber ehrlich zu sein, war dafür im Team bekannt. „Nein, Dieter, es tut mir leid. Du wirst eine Operation benötigen. Wir werden versuchen, die Blutversorgung wiederherzustellen, indem wir eine Arthroskopie durch den Knorpel und die Stelle, an der die Osteochondrosis sich befindet, in den gesunden Knochen durchführen, dann das Fragment stabilisieren, indem wir es entweder feststecken oder mit einer Schraube fixieren. Ich weiß, das ist eine Menge zu verdauen, aber die Operation an sich ist einfach und du würdest sechs bis zehn Wochen für die Reha und die Physiotherapie brauchen, dann könntest du wieder auf dem Eis sein."

Ich rechnete im Kopf schnell nach. Sechs Wochen war genau zu Beginn der Saison, zehn Wochen bedeuteten, dass ich Spiele verpassen, zusehen würde. Die Railers hatten mich aus dem Farmteam geholt, damit ich spielte, nicht, dass ich in der Loge des Besitzers saß und mir die Spiele anschaute.

Ich war im Arsch.

„Was, wenn ich mich nicht operieren lasse?"

Doc reagierte nicht, wie ein normaler Arzt das würde. Er sah nicht schockiert oder besorgt aus – zur Hölle, er hatte es mit Spielern zu tun, die sogar mit gebrochenen Beinen oder zerschmetterten Augenhöhlen noch verlangten zu spielen. Er war an die Idiotie und die Tapferkeit des Hockeyspielers gewöhnt.

„Das ist natürlich deine Entscheidung", fing er vorsichtig an. „Aber mein Bericht an das Management mit dem Rat, dass du dich der Operation unterziehen solltest, ist der Grundstein dafür, dass du in die Aufstellung kommst. Sie werden darauf bestehen, dass du es machen lässt, weil du für sie ansonsten nutzlos bist." Er wurde ein wenig sanfter, jetzt da er seinen Rat abgegeben hatte, was das Team von mir wollen würde. „Außerdem, Dieter, die Schmerzen, die du manchmal haben musst … wir müssen das für dich unterbinden, in Ordnung?"

Ich nickte, weil ich glaubte, dass er erwartete, dass ich diesen letzten Teil verstand.

„Wir können dich schon morgen im Krankenhaus haben. Du wärest in zwei Tagen wieder raus und könntest dich ausruhen, innerhalb weniger Wochen mit der Reha anfangen. Soll ich alles vorbereiten?"

Er stellte mir die Frage, sah mich nach einer Antwort an und ich hatte meine Worte verloren, alle Worte. Ich hatte nichts.

Darum nickte ich stumm und mein Brustkorb schmerzte und ich fühlte mich krank und die Wände von Docs Büro kamen auf mich zu.

Er drückte eine Hand auf meine Schulter. „Lass uns zu diesem Meeting mit dem Management gehen, ja?"

Ich folgte ihm aus dem Büro zum Aufzug, der uns die vier Stockwerke zur Verwaltungsebene des Teams bringen würde, wo das Management mit dem Marketing untergebracht war und wo die Entscheidung, meinen Vertrag aufzulösen, getroffen werden würde. Sobald sie von den Opiaten erfuhren, meiner Sucht …

Ich wäre weg.

Alle waren da. Felix Cote, der Eigentümer, Dawson Brown, der Manager, der Spielervertreter, Anatoly ‚Toly‘ Sokolov, ein Veteran, der schon seit zehn Jahren dabei war und hart für das Team arbeitete und Coach Benning. Connor Hurleigh, der Kapitän der Railers, war ebenfalls da. Ich hatte gedacht, er wäre mit Trent und den anderen in Philly, aber wenn ich so darüber nachdachte, hatte ich ihn an diesem Morgen nicht auf dem Eis gesehen. Er schenkte mir ein Lächeln und stand auf, um mich zu begrüßen. Ich mochte Connor. Er war ein guter Mann, ein guter Spieler ... Zur Hölle, er bestand zu einhundert Prozent aus gut.

Ich wollte wetten, dass er niemals Percocet nahm, um high zu werden.

Doc setzte sich auf eines der vielen Sofas und die anderen taten es ihm nach, darum suchte ich mir meinen eigenen Platz und wartete auf das Urteil.

„Wir werden dich wahrscheinlich zu Beginn der Saison in der Verletzten-Reserve führen, mit dem Ziel, dich im November wieder auf dem Eis zu haben – zumindest haben wir das, was Doc erklärt hat, so verstanden." Cote kam direkt zur Sache, ohne über die Verletzung zu reden, oder darüber, wie sie vielleicht zustande gekommen war. Ihm war egal wie, ihn interessierte nur, wie er mich wieder aufs Eis bekam. „Du wirst mit dem Team reisen und wir erzählen der Presse etwas von einer Verletzung im unteren Körperbereich. Wie klingt das?"

Für einen normalen Mann, einen, der ein kaputtes Knie hatte, einen, der nicht gegen eine Sucht kämpfte, würde das gut klingen. Wie ein solider Plan.

Doc redete mit Coach, Connor hörte zu, über Reha, und Physiotherapie und ich war mit einem Mal nicht mehr anwesend im Raum. Ich war eine Schachfigur, die sie positionierten, mit Plänen für die Reha, damit ich im November wieder spielen konnte.

„Ich würde gerne etwas sagen", versuchte ich es, aber niemand hörte zu reden auf. „Bitte", wurde ich ein wenig lauter und einer nach dem anderen sahen sie mich an. „Ich habe etwas zu sagen."

Ich starrte Connor und Toly an. Sie waren

wahrscheinlich die Einzigen im Raum, die wirklich Sucht bei einem Spieler verstehen würden oder das Bedürfnis nach Erleichterung von den Schmerzen, das zu mehr wurde. Sie hatten das sicher schon in vielen Abstufungen gesehen.

„Ich bin süchtig", fing ich an und schluckte, mein Mund war trocken. „Ich bin von Opiaten abhängig und obwohl ich alles unter Kontrolle hatte – ich war bei Sitzungen, hatte einen Sponsor – habe ich es niemandem aus dem Team oder meinem Agenten erzählt." Das war eine Lüge, aber auch wenn er mich fallengelassen hatte, war Bob ein guter Mann. Ich würde ihn nicht den Wölfen zum Fraß vorwerfen. „Ich hatte einen Rückfall, als die Schmerzen während der Play-offs zu schlimm wurden und ich brauche Hilfe."

Da. Ich hatte es gesagt. Ich musste nicht hinzufügen, dass ich es verstand, wenn sie mich aus dem Team werfen wollten – das war selbstverständlich. Es gab ECHL Teams da draußen, die mich gerne als Spieler haben würden, trotz meiner Scheiße, darum würde ich nicht aufgeben müssen.

Ich würde nur nicht hier bei den Railers sein.

„Ahh", sagte Cote und lehnte sich an seinem Schreibtisch zurück, legte seine Hände auf seinen weichen Bauch, den er von zu vielen Veranstaltungen im Namen der Railers bekommen hatte, konnte ich mir vorstellen. Er war ein ehemaliger Spieler, er war ein Mann mit Geld, der Hockey liebte. Er konnte nicht wissen, wie es war, sich mit einer Verletzung aufs Eis zu schleppen.

„Toly?", fragte Connor unseren Teamkollegen, den

Spielerrepräsentanten, der, dessen Aufgabe es war, sich um mich zu kümmern. Ich hatte auch ihn eiskalt erwischt. Hatte ihm nicht gesagt, was vor sich ging. Der Einzige, dem ich es gesagt hatte, war Layton.

Ich hätte es mehr Leuten erzählen sollen.

Toly starrte mich immer noch an, aber nicht auf eine Art, die mir Sorgen machte. Er sah nicht wütend aus, dass er jetzt zum ersten Mal davon hörte, ebenso wenig wie Connor. Eine Flut der Dankbarkeit machte mich schwindlig und ich musste in einem früheren Leben etwas Gutes getan haben, weil ich von keinem von beiden eine Faust ins Gesicht bekam.

„Das ist das erste Mal, dass ich davon höre", fing Toly an, sein russischer Akzent sexy und tief. „Ich werde mit Dieter arbeiten."

„Ich ebenfalls", sagte Connor und mir wurde klar, wie furchtbar dankbar ich war, Connor als meinen Kapitän zu haben. Der Mann war ruhig, aber fair und er hatte keinen bösen Knochen in seinem Körper. „Ich mache mir Sorgen, welche Auswirkungen das auf das Team haben wird, aber für den Moment lasst uns einen Schritt nach dem anderen machen."

Cote nickte. „Wir setzen Layton darauf an", verkündete er.

Armer Layton. Er bekam den ganzen Teamscheiß ab.

„In Ordnung", meinte Cote schließlich. „Du kontaktierst das Drogenprogramm, machst das parallel zur Reha. Es wird nicht leicht sein, aber ich habe schon genügend Spieler gesehen, die es geschafft haben. Ich werde nicht sagen, dass ich über die Situation glücklich bin, aber du hast die Unterstützung der Railers, um wieder zurück aufs Eis zu kommen, wo wir dich sehen wollen." Er beugte sich vor und schaute mich direkt an. „Du gehörst in dieses Team, Dieter, aber vergiss nicht – wenn du das nicht schaffst, werden wir uns einen Plan B überlegen müssen."

„Ich verstehe."

Ich schaute immer noch Connor an, denn der Spieler in mir brauchte die Versicherung – zur Hölle, die Zustimmung meines Kapitäns. Er sah immer noch nicht wütend aus, aber auch nicht so, als ob er seine Arme zu einer lebensbejahenden Bro-Umarmung öffnen würde.

Aber er war nicht schockiert. Damit konnte ich arbeiten.

Dann nickte er. „Wir werden das gemeinsam durchstehen", sagte er. Er meinte damit nicht, dass er meine Hand während der Therapie und der Operation halten würde, er meinte nur, dass er mir den Rücken stärken würde.

Und jetzt hatte ich das Gefühl, dass ich weinen wollte.

Cote räusperte sich. „Wir machen eine Pressemitteilung über deine Verletzung, werden erklären, dass du für den Beginn der Saison ausfällst. Doc hier kann uns über deine Fortschritte auf dem Laufenden halten und du wirst dich selbst, mit unserer Unterstützung, beim Drogenprogramm anmelden und dich einer Therapie bei einem Suchtexperten unterziehen."

Mein Magen wurde schwer. Das hatte ich erwartet.

Sie investierten in mich und sie wussten, dass ein Suchtexperte die beste Art war, mich wieder auf Spur zu bringen.

„Du wirst den Kontakt von dir aus herstellen und du wirst in Reha gehen und in Therapie und wir werden …" Er warf einen Blick auf den Tablet in seinem Schoß. „… Mitte September wieder darüber reden."

Ich konnte zu nichts davon etwas sagen. Sie hatten recht. Wenn ich die NHL wollte, musste ich tun, was mir gesagt wurde und sie hatten mir nicht die Chance genommen, ein Railer zu sein.

Ich musste ihnen nur beweisen, dass es richtig war, mich nicht aufzugeben.

Aber während ich zu Tode verängstigt dasaß, mit dem dunklen Tunnel aus Schmerz und Reha vor mir, wollte ich nur zwei Dinge.

Ich wollte eine Percocet, um es weniger schlimm zu machen.

Und ich wollte, dass Trent mich immer noch wollte, obwohl ich im Arsch war.

ALS ICH WIEDER IN meinem Apartment war, schrieb ich Trent einen langen Text, meine Gedanken und Hoffnungen und die Tatsache, dass ich wollte, dass er mit mir redete und für mich da war und wie leid es mir tat, dass ich es versaut hatte.

Dann löschte ich das alles und schickte nur drei Worte.

Es ist erledigt.

Kapitel Elf

„Er hat mir eine Nachricht geschickt, in der steht ‚Es ist erledigt‘. Nur das. Nur diese beiden Worte. Was, zur fliegenden Ente, soll das bedeuten? Ist er auf Entzug? Im Krankenhaus? Hockeyspieler", schnaubte ich und warf der Decke meines Eisstadions einen wütenden Blick zu, während ich weiterredete. „Darum habe ich Adler Lockhart angerufen, der mir erzählt, dass er operiert wird. Was gut ist, er muss sich um sein Knie kümmern, aber was ist mit den Schmerzen danach? Er hat nüchtern ausgesehen, als er gestern hier war, aber … nun, ja, *aber*. Und jetzt bin ich noch verlorener und verwirrter, weil jede Faser meines Seins mich anschreit, nach Harrisburg zu fahren, und ihn zu sehen, verstehst du?"

Der Tennant Rowe Wackelkopf, den Layton und die Railers mir geschenkt hatten, wackelte als Antwort mit seinem Kopf. Wunderbar. *So* hilfreich. Ich sollte ihn zurück in seine Schachtel stecken.

„Denkst du, ich sollte?" Ich hob die winzige

Kunststofffigur aus meinem Schoß und schüttelte sie. Sie wackelte einfach nur, wie jeder gute Wackelkopf das tun sollte. Ich seufzte und stellte sie auf den kalten Plastiksitz neben mir, direkt neben den Scheck, den ich ebenfalls von den teilnehmenden Railers bekommen hatte. Die Spieler, die zu diesem Debakel eines Trainings/Realityshow gekommen waren, hatten mir einen Scheck über zehntausend Dollar für das Stadion überreicht. Der echte Tennant Rowe hatte vor erst zwei Stunden versucht, mir den Scheck in die Hand zu drücken, ehe sie gegangen waren, um für den Rest des Sommers zu ihrem Leben zurückzukehren.

„Was du hier machst, ist wichtig", hatte er gesagt, als ich versucht hatte, ihr Geld nicht anzunehmen.

„Einer Gruppe Orang-Utans zu zeigen, wie sie ein paar Millisekunden schneller werden können?"

Die Gruppe um mich herum hatte gelacht.

„Nein, was du mit den Kindern machst. Ihnen einen sicheren Hafen bieten, einen Ort zum Trainieren, wo sie nicht verurteilt oder gehasst werden. *Das* ist die wichtige Sache." Er hatte mir den Scheck an den Brustkorb gedrückt. Und ihn dort gehalten, direkt über meinem klopfenden Herzen. Wie hatte ich diese Gruppe Affen so schnell lieb gewinnen können? Sie hatten mir jedenfalls gezeigt, dass nicht alle Hockeyspieler trampelnde Kretins waren, darauf aus, den kleinen Eiskunstläufer mit dem perfekt aufgemalten Eyeliner und dem Gloss zu demütigen. Man stelle sich das vor. Den Leuten eine Chance geben und sie nicht anhand alter Erfahrungen zu verurteilen. Was für ein neuartiges Konzept.

„Und dass du uns alle auf den Geschmack von Filipino-Essen gebracht hast", warf Arvy ein.

„Gutes Filipino-Essen", betonte Stan. Eine weitere Runde Lachen.

„Ich nehme das sehr gerne für die Kinder an. Danke." Ich umarmte Rowe und Jared, arbeitete mich dann die Reihe entlang, gab jedem von ihnen eine Umarmung und einen sanften Kuss auf die Lippen. Keinen sexuellen Kuss, nur einen freundlichen. Die sexuellen Küsse waren für den Railer reserviert, der nicht hier war. „Jetzt schiebt eure knackigen Hintern zurück nach Harrisburg oder wohin auch immer Hockeyspieler gehen, wenn kein Hockey ist."

„Nach Hause", sagte Layton, nahm sich einen Moment Zeit, mir die Hand zu schütteln und mir dann den Wackelkopf zu geben.

„Wir gehen alle nach Hause. Bitte, wenn du je in der Stadt bist, ruf uns an und schau dir ein Spiel an. Ich werde dafür sorgen, dass am Schalter Eintrittskarten auf dich warten."

„Oh, ja, natürlich. Wenn ich je in Harrisburg bin, werde ich das tun."

„Und danke, dass du unser Geheimnis bewahrt hast", flüsterte Adler mir ins Ohr.

Ich winkte das einfach mit einer Geste ab.

Dann waren sie als Gruppe gegangen. Und Rainbow Skate hatte so viel größer gewirkt und viel zu still. Ich hatte mich direkt am Eis auf einen Platz gesetzt und ein langes Gespräch mit dem wackelnden Tennant Rowe geführt. Was mir wirklich gar nichts gebracht hatte. Mein Kopf war immer noch ein Sumpf aus

Furcht und Zweifel und Wut. Ich hatte noch nicht mit meiner Mutter geredet. Ich war zu verletzt, um ihre Anrufe anzunehmen. Ich hatte letzte Nacht kaum geschlafen, mich herumgeworfen und immer wieder nachgesehen, ob ich eine Textnachricht von Dieter erhalten hatte. Ich würde wie ein verhärmter Haufen Pferdescheiße aussehen, wenn ich heute Abend mit diesem grauenvollen Kamerateam ausgehen musste.

Sie wollten, dass ich die Clubs in der schwulen Nachbarschaft besuchte, einem wunderschönen und festlichen Teil der Stadt, der für seine Fabelhaftigkeit und den lebhaften schwulen Lifestyle, die Läden und Nachtclubs bekannt war. Sie wollten, dass ich flirtete, kicherte, neckte, die Welt mit Glitter bestreute, mit Licht und Homosexualität. Dass ich Trent Hanson war. Aber Trent Hanson wollte nicht durch die Clubs ziehen und sich für die Kameras in Schale werfen oder die Männer, die sich um ihn scharen würden. Er wollte nur in Ruhe gelassen werden, um herauszufinden, was er mit seinem Leben anfangen würde. Und warum er sich zu Männern hingezogen fühlte, die ihr Leben in reinem Chaos zu verbringen schienen.

„Denkst du, ich brauche auch eine Therapie?", fragte ich den Kunststoff-Tennant. Sein Kopf wackelte herum. „Ist das ein Ja oder Nein? Du musst entschiedener sein. Dein gutes Aussehen wird dich nur bedingt weiterbringen, weißt du?"

„Trent?"

Ich erschrak heftig, ließ Tennant beinahe auf den kalten Zement fallen. Direkt rechts neben mir standen Pearl Denning und Scotty, meine tapfere und brillante

Schülerin, das einzige Kind in meiner Gruppe, das offen trans war. Scotty lag mir sehr am Herzen.

Ich schaute auf die Uhr, die unter mehreren Armbändern an meinem Handgelenk vergraben war. „Ihr seid früh dran", sagte ich, holte schnell meine professionelle Trent-Persönlichkeit hervor. „Unsere Privatstunde ist erst um drei."

Mrs. Dennings Gesicht war angespannt und voller Traurigkeit. Scotty, die eigentlich immer lächelte, versteckte sich in ihrer Kapuzenjacke, einer von hundert in ihrem Besitz, auf die kleine schottische Terrier gedruckt waren. Wie es schien, befanden sich auf allem, was sie besaß, kleine schwarze Hunde. Das passte so zu ihr.

„Es hat einen Vorfall in der Schule gegeben und Scotty wollte früher kommen, damit sie mit dir darüber reden kann. Sie will mit sonst niemandem sprechen."

„Nun, warum setzen wir uns dann nicht hierher und unterhalten uns?" Ich tätschelte auf den Sitz zu meiner Rechten.

Mrs. Denning sah aus, als würde sie gleich in Tränen ausbrechen. Sie flüsterte: „Danke", drückte dann einen Kuss auf die rote Kapuze ihres Kindes. Sie ließ uns allein, damit wir reden konnten. Scotty saß am Rand ihres Sitzes, ihre weißen Schlittschuhe baumelten von einer schlanken Schulter, die langen schwarzen Haare flossen aus ihrer Kapuze.

„Schlimmer Tag in der Schule?", fragte ich, nachdem ein paar Momente unangenehmen Schweigens vergangen waren. Scotty nickte.

„Hat jemand dich ausgelacht, weil du dich wie ein Mädchen anziehst?"

Scotty nickte.

„Das tut weh, nicht wahr?"

Scotty nickte.

Ich rutschte an den Rand meines Sitzes und legte ein Bein über das andere. Dann beugte ich mich weiter vor, um in ihre dunkle Kapuze zu linsen. „Wusstest du, dass ich meine Kostüme alle selbst nähe?"

Scotty nickte, ihre dunkelbraunen Augen wanderten von mir zum Eis und wieder zurück zu mir.

„Als ich etwa in deinem Alter war, vielleicht ein wenig älter, habe ich mich für Hauswirtschaft als Wahlfach eingetragen, weil ich unbedingt diese Nähmaschinen in die Finger bekommen wollte. Die alte, die ich zu Hause hatte, war alt und im Keller versteckt, weil … nun, für den Moment einfach nur weil." Jetzt war nicht der Moment darüber zu reden, wie sehr Clay alles Schwule verabscheute. Nun, abgesehen von dem Geld, das ein schwuler Mann verdiente. Das hatte er sehr gern gemocht. „Jedenfalls, ich war der einzige Junge, der sich für Hauswirtschaft angemeldet hat oder ‚Hauswissenschaften' wie sie es jetzt nennen. All die anderen Jungs haben sich für die Schreinerei entschieden."

„Wurdest du gehänselt, weil du in der Mädchenklasse warst?", fragte Scotty.

„Gnadenlos. Und die Schimpfworte, die ich geheißen wurde. Sie waren schrecklich."

„Brian Rothcote hat mich als Freak bezeichnet und mir in die Jungsteile getreten."

„Oh, Baby, das tut mir *so* leid."

„Er hat gesagt, dass ich Eier hätte und keine Pussy, darum sollte ich besser anfangen, mich wie ein Junge zu benehmen."

„Gütiger   Himmel!   Wie   alt   ist   dieser Höhlenmensch?"

Scotty sah zu mir auf. „Er ist elf."

„Wo lernt ein so junges Kind so furchtbare Worte?" Ich war wie vom Donner gerührt, krank vor Traurigkeit und mehr als ein wenig wütend. „Ich hoffe, er hat Ärger bekommen."

„Internet", seufzte Scotty. „Er wurde suspendiert. Ich will nicht wieder in die Schule. Mom hat gesagt, dass ich heute frei haben kann, aber dass ich morgen wieder hinmuss. Brian kommt am Freitag zurück." Sie schob ihre Kapuze ein wenig zurück und schaute mir direkt in die Seele. „Sollte ich von jetzt an Hosen anstelle von Röcken tragen? Was hast du getan, als die Jungs dich wegen des Nähens fertiggemacht haben?"

„Ich habe mehr verdammte Pailletten an mein Hemd genäht", erklärte ich ihr und das war die Wahrheit. „Dieses Oberteil hat so gefunkelt, dass die Lehrerin eine Sonnenbrille gebraucht hat, um es zu benoten. Was sie getan hat. Eine Eins mit Stern, *vielen* Dank auch."

Ich polierte meine lackierten Nägel an meiner hellgrünen Weste. Scotty kicherte ein wenig.

„Babygirl, lass dir von Furcht nicht deine Leuchtkraft nehmen. Es wird immer Leute geben, die auf deine Fabelhaftigkeit eifersüchtig sind. Und sie werden gemeine Dinge sagen und dich treten. Sie werden dich vielleicht sogar schlagen. Aber du trägst weiterhin Röcke und Stiefel und Rucksäcke mit diesen anbetungswürdigen Hunden darauf, denn das ist deine Persönlichkeit." Ich tippte ihr auf ihre Stupsnase.

Sie sprang auf und schlang ihre Arme um meinen Hals, umarmte mich so heftig, dass ich Probleme hatte, zu Atem zu kommen. Ich hielt sie fest. Sie roch nach Vanille.

„Ich liebe dich, Trent. Du bist so tapfer."

Tapfer? Wohl kaum. Mein Verstand zog ein Bild von Dieter hervor. Das war Tapferkeit. Und Mut. Und leidenschaftliche Küsse und knurriges, schnaubendes Lachen. Wie hatte ich mich so schnell so sehr verlieben können? Und was würde ich deswegen unternehmen?

Der Blick ihrer Mutter begegnete meinem. Sie weinte in ihre Handschuhe. Und jetzt weinte ich auch. *Wunderbar. Das war es mit dem Eyeliner.* Ich zog mich ein klein wenig aus der Umarmung zurück.

„Also lass uns an deinen Axel-Sprüngen arbeiten. Hast du das wunderbare rote Outfit mit dem rubinfarbenen Rock dabei?"

Sie nickte, lief dann los in die Mädchenumkleide. Mrs. Denning presste zwei Finger an ihre Lippen, warf mir einen Kuss zu und ging dann die Sitzreihen hinauf, um zuzusehen.

Gut, ja, jetzt war ich froh, dass ich den Scheck von den Hockey-Jungs angenommen hatte. Das hier war ein guter Ort und die Kinder brauchten dieses Stadion und mich. Ich würde ihnen einen Dankesbrief schreiben müssen. Und sie vielleicht fragen, wo ich einen bestimmten Spieler finden konnte, der operiert wurde.

ICH WAR IM KRANKENHAUS, als Dieter am folgenden Morgen aufwachte. Saß in diesem engen Krankenhauszimmer, eine Schachtel Schokoladenküsse auf meinem Schoß von meinem kurzen Halt bei Hershey. Ja, ich hatte auf dem Weg einen Schokoriegel gegessen. Zwei Stunden hinter dem Lenkrad eines Leihautos hatten mich nervös gemacht. Kein Urteil, bitte.

Seine erste Reaktion war langsam, als ob er immer noch gegen die Benommenheit der Überbleibsel der Anästhesie kämpfen würde. Aber dann wurden seine Augen klar. Und ich meine damit, sie waren klar. Nicht geweitet, als wäre er mit Schmerzmitteln vollgepumpt.

„Trent." Seine Stimme war schwer von Schlaf und Schmerz, aber weich. Ich lächelte Dieter an.

„Morgen."

Er versuchte, sich aufzusetzen. Ich sprang auf, um ihm zu helfen. Es schien ihm zu gefallen, dass ich wie eine Krankenschwester herumsauste, ihm Kissen in den Rücken stopfte.

„Soll ich die Krankenschwester rufen?"

„Nein, ich bin froh, dich hier an seiner Stelle zu sehen. Er hat diese seltsame Nase. Das macht mir Angst."

„In Ordnung." Ich setzte mich wieder, stellte dann die Schachtel mit den Süßigkeiten neben ihn. „Die sind für dich, weil ich dir keine richtigen Küsse geben kann."

„Warum nicht?" Er griff nach der Schachtel, die an

seiner Hüfte ruhte, hob sie dann an, um sie zu inspizieren.

„Weil du gerade aus dem Operationssaal gekommen bist und …"

„Das war gestern."

„Oh, nun, du bist dennoch frisch operiert." Ich streckte die Hand aus, um die Falten aus dem strahlend weißen Laken zu streichen.

„Sie haben mir nicht in die Lippen geschnitten."

Mein Blick wanderte vom Bettzeug zu seinem sinnlichen Mund. „Nein, aber wir brauchen Zeit, in der wir uns nicht küssen, damit wir herausfinden können, wo im Leben wir hingehen."

„Ich gehe nach Hause und dann in den Entzug. Du siehst gut aus heute. Lässig. Keine Farbe in deinen Haaren, aber mit Farbe auf den Lippen und deine Augen sind umrandet. Bitte hör nicht auf, das zu tun. Ich liebe es, wenn du Make-up trägst." Er saß mit seinen Süßigkeiten in der Hand da, starrte mich an, als wäre ich süßer als die Schokolade, die er hielt. Es gab mir ein warmes, besonderes Gefühl, so angesehen zu werden.

„Ich habe einen entspannten Freundesbesuch angepeilt", scherzte ich, deutete auf meine eng anliegende Jeans und das graue #*Filipino* T-Shirt, das ich angezogen hatte. In Wahrheit hatte ich mir einfach Kleidung geschnappt, nachdem ich Layton eine Textnachricht geschrieben hatte, um herauszufinden, in welchem Krankenhaus Dieter sich befand.

„Wir sind also nur Freunde?" Er sah ein wenig blass aus in der Morgensonne, die das Zimmer füllte. Der medizinische Geruch war unangenehm. Vielleicht hätte ich Blumen anstelle von Süßigkeiten bringen sollen.

„Ich denke, wir sind über Freundschaft hinaus."

„Ich auch." Er rutschte ein wenig herum, verzog das Gesicht, öffnete dann die Schachtel mit den Süßigkeiten. Kleine, mit Folie umwickelte Schokoladentropfen flogen über ihn und das Bett, ein paar landeten auf dem Boden. „Schnapp dir einen Kuss."

Das tat ich und wickelte ihn langsam aus. Dann behielt ich ihn auf der Zunge, bis er schmolz. Dieter beobachtete mich genau, während er kaute. Schon bald hatten wir einen Haufen winziger Folienbällen und kleiner Papierschleifen auf seinem Bett.

„Ich bin so froh, dass du das hier machst", sagte ich schließlich. „Es braucht Mut, sich seinen Ängsten zu stellen und alles in Ordnung zu bringen."

„Sie geben mir eine Chance, die Railers." Er warf mir einen weiteren Kuss zu. Ich wünschte, ich könnte seinen Mund schmecken. Ich wollte wetten, dass die Kombination von Schokolade und Dieter mir die Zehen aufrollen würde. „Ich will diese Chance nicht verpatzen. Hockey ist die größte Liebe meines Lebens."

„Das verstehe ich. Der Ruf des Eises, das Gefühl unter deinen Kufen, der Ehrgeiz, so gut zu sein, wie du nur kannst." Ich war schrecklich durstig. Ich schenkte mir ein Glas trübes Wasser aus dem Krug auf dem Rolltisch neben seinem Bett ein. Jemand, der quietschende Schuhe trug, eilte an der Tür vorbei. „Es ist schwer, das hinter sich zu lassen, sich vom Wettkampf abzuwenden."

„Du hast es getan", meinte er. Seine Haare mussten gekämmt werden. Meine Finger wären für diesen Job perfekt. Ich trank stattdessen einen Schluck Wasser.

„Aufgrund mentalen Zwangs. Ich coache jetzt wieder die Kinder im Stadion." Ich füllte den Plastikbecher und reichte ihn ihm. Er leerte ihn schnell, bat um einen weiteren.

„Ich wette, du bist ein großartiger Coach."

„Danke. Es ist erfüllend." Ich nahm den leeren Becher und rollte ihn zwischen meinen Händen. „Ich habe dich vermisst. Ich habe mir Sorgen um dich gemacht. Sie geben dir damit nichts, das süchtig macht, oder?" Ich deutete mit dem Kopf auf den Infusionsschlauch, der an seinem rechten Arm angebracht war.

„Nein, verdammt."

„Dieter -"

„Ich habe Spaß gemacht. Mir geht es gut, nehme ich an. Ich habe dich auch vermisst. Ich vermisse den Geschmack deines Gloss und die Art, wie du dich an mich geschmiegt anfühlst."

„Wir sind beide ziemlich hoffnungslos verknallt, oder?"

„Das ist wohl so." Er seufzte.

„Kann ich dich im Entzug besuchen? Es sind nur ungefähr zwei Stunden von Philly aus. Ich würde gerne an den Tagen fahren, wenn die Kinder oder das Stadion mich nicht brauchen."

„Was ist mit der Show? Brauchen sie dich nicht?"

„Die Railers sind nach Hause gegangen und ich habe die Kameras kurz nach Lancaster abgehängt, darum werde ich vielleicht gefeuert. Drück die Daumen", flüsterte ich, kicherte dann koboldhaft.

Dieter lachte leise, bot mir dann noch mehr Süßes an.

Ich schüttelte den Kopf. „Einen Moment auf den Lippen …"

„Dein Hintern ist super. Ich wette, diese Jeans lässt ihn wirklich gut aussehen." Seine grün-goldenen Augen brannten, als er sprach. Ich stand auf und drehte mich langsam für ihn. „Oh, zur Hölle, ja, sie sieht verdammt gut aus. Wenn du mich im Entzug besuchst, zieh sie an und dazu ein anderes T-Shirt."

„Wann kann ich kommen? Nächste Woche habe ich am Mittwoch frei."

„Ich werde es dich wissen lassen. Die ersten zwei Wochen gibt es keine Besucher. Wir sollen mit den Angestellten und den anderen Süchtigen eine Beziehung aufbauen." Er schluckte und seufzte tief. „Ich kann nicht glauben, dass ich das noch einmal tun muss."

„Ich werde dir jeden Tag Nachrichten schreiben. Vielleicht schicke ich dir Bilder von meinem Hintern in der Hose, die ich zu dem Zeitpunkt trage oder ein Dick Pic, wenn du besonders brav bist."

Das brachte ihn dazu, breit zu lächeln. Mein Gott, was dieses Lächeln mit mir anstellte. Es machte mich dumm und traurig und angstvoll und rührselig.

„Dieter, ich mache mir Sorgen um mich. Was bringt mich dazu, mir Männer mit Suchtproblemen auszusuchen? Ich glaube, es ist, weil ich mit Clay aufgewachsen bin. Man sagt, dass man dazu neigt, das zu werden, womit man aufwächst. Kinder zum Beispiel, die Gewalt zu Hause erleben, scheinen als Erwachsene dieses Verhalten zu wiederholen. Nicht alle natürlich, aber viele. Vielleicht suche ich mir Männer mit einer Sucht, weil ich mit einem Spieler aufgewachsen bin …"

Ich hielt inne, als mir klar wurde, was da gerade aus meinem Mund gekommen war. Ich hatte es zuvor nicht in Worte gefasst. War Dieter wütend? Scheiße, wie konnte er das nicht sein? Mann. Ich war so ein Plappermaul.

„Ja, vielleicht." Er sah aus, als ob sein Verstand auf eine Wanderung gegangen wäre. „Hast du je darüber nachgedacht, mit jemandem zu reden? Ich will dich berühren. Darf ich?"

„Bitte." Ich rutschte näher und legte meine Hand in seine. Seine Finger schlossen sich über meinen. Wir seufzten beide leise. Ja, seine Haut an meiner machte den Sonnenaufgang um einiges heller. „Dieter, was ich über Süchtige gesagt habe – nun, du weißt, das ist nicht der einzige Grund, warum ich mich zu dir hingezogen fühle. Ich rede nur, weil ich nicht weiß, was ich sonst mit mir anfangen soll."

„Wenn dir klar wird, warum du auf Typen stehst, die ein Problem im Kopf haben … wirst du dann mit mir Schluss machen?"

„Sind wir ein Paar?" Mein Herz schlug schneller bei dem Gedanken daran, dass wir zusammen waren.

„In meinem Herzen, denke ich, sind wir es."

Seine Furcht würgte mich. Kombiniert mit meiner eigenen reichte es aus, um einen Mann zu begraben. „Ich fühle dasselbe in meinem Herzen. Und nein, ich werde nicht mit dir Schluss machen. Du hast mich an der Backe, Lehmann – Lipgloss, Eyeliner, Pailletten und alles, was dazugehört."

Er hob meine Fingerknöchel an seine trocken aussehenden Lippen. Der Kuss, den er darauf drückte, machte mich weinerlich und begierig. Ich verliebte mich in ihn. Konnten zwei Wracks wie er und ich wirklich eine funktionierende Beziehung haben? Nein, konnten wir nicht. Nicht so, wie wir jetzt waren. Aber vielleicht mit etwas Hilfe und Therapie … nun, dann *konnten* wir es vielleicht. Wir mussten zuerst uns selbst besser kennen und lieben. Ich war willens, das zu tun, zu kämpfen, um meine Mitte zu finden und mit Trent glücklich zu sein, damit ich mit Dieter ganz und ekstatisch sein konnte.

„Ich freue mich darauf, dich an der Backe zu haben, Hanson."

Ich stand auf und stahl mir einen Kuss. Keinen aus Schokolade.

Kapitel Zwölf

DIETER

ALYSSA ALBRIGHT WEINTE. Das machte sie oft, aber ich nahm es ihr nicht übel. Bei diesen Sitzungen, wo wir in dem hellen Zimmer in einem Kreis saßen und über den Scheiß in unseren Köpfen redeten, wollte ich manchmal nur dasitzen und weinen.

„Und ich habe trotzdem diese fünf Kilo nicht abgenommen", sagte sie zwischen Schluchzern. „Obwohl ich eine Woche lang nichts gegessen habe und mein Partner weigerte sich, an den Hebefiguren zu arbeiten, weil er gesagt hat, ich wäre schwer wie eine Färse und Scheiße …" Sie vergrub ihr Gesicht in ihren Händen.

Sie war, seltsamerweise, Eiskunstläuferin. Nicht auf Trents Niveau, eher Disney on Ice, aber sie und ich hatten das Eis gemein und in den letzten beiden Wochen hatten wir uns angenähert. Sie konnte nicht mehr als fünfzig Kilo wiegen und das war eine großzügige Einschätzung. Sie litt an einer Essstörung und war von Medikamenten abhängig. Sie war ein zerbrochenes Kind, das mit fünfundzwanzig aussah wie sechzehn.

„Du bist winzig", sprudelte es aus mir heraus, dann lehnte ich mich in meinem Stuhl zurück. Wir wurden ermutigt, zu diskutieren und Kommentare abzugeben, aber nicht, wenn jemand noch eine Geschichte erzählte. War sie fertig gewesen? Ich war mir nicht sicher.

„Nicht winzig genug", sagte sie so traurig, dass mir das Herz schmerzte.

„Mein Freund ist Eiskunstläufer", erklärte ich und sie sah mich an.

Ich fing an, in diesen Sitzungen Kleinigkeiten zu erzählen. Familiensachen, medizinische Informationen. Die Leute in diesem Zimmer wussten alle, dass ich ein Hockeyspieler war. Ich war hier drin nichts Besonderes, nicht, dass ich das wollte, aber wie auch immer, ich saß hier mit einer Eiskunstläuferin, zwei Footballern, einem erschreckend großen Basketball-Typen, einem Chirurgen und einer Bibliothekarin.

Obwohl ich mir sicher war, dass die Bibliothekarin ein Alias war, weil Ethel aussah, als wäre sie ständig in einem Zustand der Alarmbereitschaft und immer wieder diese Handbewegung machte, als würde sie nach einer Waffe greifen. Ich dachte an CIA oder Special Ops oder irgendeinen irren Jason Bourne Scheiß. Und wer zur Hölle benutzte Ethel als Namen für ein Alias? Nicht, dass ich erwartete, ihr Name wäre Pussy Galore, aber trotzdem …

„Ist er das?", fragte Alyssa und musterte mich von der Seite.

„Ja und er könnte dich hochheben, weil er stark und

fokussiert ist und mit seinen Partnern arbeitet." Den letzten Teil wusste ich nicht, aber Trent war die Art Mann, der bei jedem, mit dem er arbeitete, sein Bestes gab, dessen war ich mir sicher. „Jedenfalls, du besuchst mich in meinem Stadion und da habe ich ein ganzes Team, das dich hochheben und herumtragen kann, als wärest du aus Luft gemacht. Der Typ, der dir das eingeredet hat, er hat eindeutig seine Work-outs verpasst."

Sie lächelte mich an. Dieses gebrochene, schiefe, tränenerfüllte Lächeln. Sie glaubte mir wahrscheinlich nicht, darum machte ich etwas wirklich Dummes. Ich gebe dem Mangel an Bewegung, abgesehen von dem kleinen Fitnessstudio vor Ort, die Schuld, ich gebe die Schuld der Tatsache, dass ich nicht draußen auf dem Eis war, aber in meinem Kopf wollte ich einfach etwas für jemand anderen tun.

Ich stand auf, bot ihr meine Hand und sie nahm sie und stand mit mir auf.

„Was?", fragte sie, schaute von ihren einen Meter sechzig zu mir auf.

In einer geschmeidigen Bewegung hob ich sie hoch. Ich hatte recht gehabt, sie wog praktisch nichts. Sie kreischte und lachte, aber wenigstens weinte sie nicht. „Alyssa, jeder professionelle Eiskunstläufer, dessen Job es ist, dich zu heben, sollte es leichter finden, als ein Kissen hochzuheben. Es ist nicht deine Schuld, dass er dich fallengelassen hat – das war ganz allein er."

Sie bekam einen dümmlichen Gesichtsausdruck, grinste dann. „Heb mich höher."

Also tat ich es.

Und dann nahm ich die Herausforderung an, den Basketball-Typen hochzuheben, der ganz aus Armen und Beinen bestand.

Ich zog die Grenze bei den Football-Jungs – die waren heftig gebaut und beide hier, weil sie Steroide genommen hatten. Und ich hatte immer noch ein kaputtes Knie oder zumindest ein heilendes, etwas wundes Knie.

Ethel hob eine Braue und ich wusste, sie telegrafierte, dass wenn ich sie hochhob, sie mich mit einem einzigen Schlag töten würde.

Als ich mich wieder setzte, war die Stimmung im Raum fröhlicher und die Tränen, die danach kamen, von Dave und mir selbst, waren kathartisch.

Wieder in meinem Zimmer musste ich zwei Anrufe tätigen. Vor dem ersten hatte ich Angst, den zweiten wollte ich viel mehr. Niemand würde es wissen, wenn ich diesen ersten Anruf nicht machte. Niemand außer mir.

Mom ging beim vierten Klingeln ran, wie sie es immer tat, überprüfte immer die Nummer und wusste dann nicht so recht, welchen Knopf sie drücken musste, um den Anruf anzunehmen. Ich hatte sie das so oft machen sehen und der Gedanke daran, wie sie das Telefon anstarrte und daran fummelte, brachte mich zum Lächeln.

„Hey, Mom."

„Entschuldigung, wer bist du? Kennen wir jemanden, der Dieter heißt?"

„Ha, ha", sagte ich. „Ich weiß, es ist eine Weile her."

„Eine Woche ist eine Weile. Ein Monat ist für uns

Grund, dich zur Adoption freizugeben. Obwohl dich niemand wollen wird, jetzt wo du kein niedlicher Welpe mehr bist."

Sie zog mich auf und ich konnte das Lächeln in ihrer Stimme hören. Ich liebte meine Eltern, siebenundzwanzig Jahre verheiratet und immer noch verliebt. Sie hatten hart für mich gearbeitet, waren für jedes Training aufgestanden, hatten all meine Spiele gesehen. Sie waren die Art aufopfernder Hockey-Eltern, die jedes Kind, das sich Schlittschuhe anschnallen wollte, haben sollte.

Natürlich war meine Mom Eiskunstläuferin gewesen – nicht professionell, aber sie war einmal kurz davor gestanden, für das olympische Team ausgewählt zu werden. Aber sie war mit mir schwanger geworden und bis heute sagte sie, dass sie mich einer Medaille vorzog.

Darum schmerzte mein Herz so schrecklich.

Ich hatte sie enttäuscht, meinen Dad ebenfalls und ich hatte alles geheim gehalten. Nur, dass das eine Schlechte Sache war, laut meiner Therapiegruppe. Ich musste ehrlich und offen sein und nach dem Besten in meinem Leben suchen, was meine Eltern waren und Hockey und jetzt Trent. Ich hatte keine Geschwister, ich wusste, dass meine Eltern es nach mir versucht hatten, aber es war einfach nicht passiert. Ich war ihre Hoffnung für alles.

„Hast du zehn Minuten?", fragte ich, kehrte ins Hier und Jetzt zurück. Ein Teil von mir hoffte, sie würde sagen, dass sie irgendwohin musste.

„Immer", sagte sie. „Ich hole mir nur einen Kaffee und setze mich in die Küche."

Ich hörte, wie sie herumging, stellte mir die Küche mit den abgenutzten Arbeitsflächen und dem vielen Platz vor. Es klang idyllisch und glaubt mir, das war es. Meine Mom war eine richtige Bilderbuch-Mom, genau wie in all den Werbungen, die man im Fernsehen sieht oder in einer alten Episode der *Waltons*. Sie organisierte die Familie, sie und mein Dad stritten sich nie und sie tat es voller Liebe.

„In Ordnung", sagte sie. „Schieß los. Geht es um dein Knie? Schicken sie dich zurück zu Rush? Es tut mir leid, Liebling, aber du kannst dich wieder hocharbeiten und du weißt, dass sie dich wollen."

„Nein, Mom, dem Knie geht es gut, die Reha läuft gut und ich hoffe, dass ich nach Beginn der Saison wieder mit den Railers auf dem Eis bin."

„Wir wollen Karten, Liebling."

„Immer", sagte ich, wiederholte, was sie vorhin gesagt hatte. Bei jedem Spiel, das ich je spielte, lagen Karten für Pauline und Gustav Lehmann bereit und meistens schafften sie zehn oder mehr Spiele. „Darum habe ich nicht angerufen. Ich bin im Moment nicht zu Hause. Ich bin im Krankenhaus. Na ja, irgendwie."

„Aber du hast gesagt, dein Knie … Dieter?" Sie klang mit einem Mal verängstigt und ich konnte die Dinge so nicht lange stehen lassen.

„Als ich mir das erste Mal das Knie verletzt hatte, habe ich starke Medikamente bekommen und ich wurde davon abhängig. Ich hatte die Sucht überwunden, aber jetzt hat sie mich wieder eingeholt. Ich bin auf Entzug, Mom."

Schweigen für eine Sekunde länger, als ich gehofft hatte und ich stellte mir vor, wie ihr Herz brach.

„Ich bin froh, dass du Hilfe bekommen hast", sagte sie schließlich.

„Mom, es tut mir leid -"

„Aber vor allem bin ich so stolz auf dich, dass du dir Hilfe besorgt und dass du es mir erzählt hast."

Ich fing zu weinen an. In diesem Moment hätte ich heulen können wie ein verdammtes Baby. Stellt euch das im Reality-TV vor – *Hockeyspieler bricht am Telefon mit seiner Mutter zusammen.*

„Mom …"

„Ich weiß, Dieter. Ich weiß, Liebling. Ich bin hier, rede mit mir."

Und der verdammte Damm brach.

Als ich all die Tränen geweint und alles gehört hatte, was meine Mutter zu sagen hatte, versprach sie, mit Dad zu reden. Sie sagte mir, dass er es gut aufnehmen würde und ich wusste, dass sie recht hatte. Er war ihre andere Hälfte und sie dachten in denselben Bahnen.

Ich machte mir nur Sorgen, dass, weil er ein Mann war, es schwieriger sein würde, mit meinem Dad zu reden. Als mein Handy klingelte, zwei Minuten nachdem Mom aufgelegt hatte, wusste ich, dass ich nicht lange zu warten hatte. Wir weinten nicht, aber wir veranstalteten die Telefonversion eines männlichen Schulterklopfens und er versicherte mir, dass er auf meiner Seite war, dann nannte er mich einen Idioten, weil ich es ihnen nicht früher erzählt hatte.

Wir redeten darüber, wie sehr das Mom aufregte.

Das war unsere Art zu verbalisieren, wie wir fühlten, dass es uns als Vater und Sohn betraf.

„Ich liebe dich, Dieter, vergiss das nie."

„Ich liebe dich auch, Dad."

Ich schrieb Trent eine Nachricht, erzählte ihm von Alyssa und dachte nicht darüber nach, dass ich nicht bereit war, Mom und Dad von Trent zu erzählen, zusätzlich zu meiner Sucht.

Ich würde sie wegen ihm morgen anrufen. Sie sehen lassen, dass die beiden Dinge nichts miteinander zu tun hatten.

Ich hinterließ eine Sprachnachricht, weil er nicht ranging, aber er war da draußen und lebte sein Leben, er saß nicht neben dem Handy und wartete darauf, mir postwendend eine Antwort zu schreiben. Er würde mich heute besuchen. Der erste Besuch. Nicht überwacht oder irgend so ein Scheiß, aber er würde sich einschreiben müssen und überprüft werden und er durfte kein Essen oder Getränke mitbringen. Ich glaube, er war enttäuscht. Er hatte gesagt, er wollte das Essen seiner Großmutter als Picknick mitbringen.

Also hatte ich selbst etwas zusammengestellt. Ich hatte mich mit der Küche abgesprochen, hatte einen kleinen Behälter Essen vorbereitet – nichts Besonderes, aber jede Menge Protein, zu dem ich immer noch Zugang hatte. Es machte keinen Sinn, auf Entzug zu sein und am Ende nicht in der Lage zu sein, aufs Eis zu gehen. Ich nahm mein Training und mein Essen sehr ernst. Jedenfalls aß ich nicht halb so viel wie die Football Jungs, die einen Tisch innerhalb von zehn Sekunden leeren konnten.

Ich zählte rückwärts. Er sollte um vier Uhr hier sein und ich hatte mich geduscht, trug meine beste Jeans und ein sauberes T-Shirt und wartete hinter der Rezeption.

Er war drei Minuten vor vier da, schrieb sich ein, füllte Formulare aus und er konnte mich von dort, wo ich stand, nicht sehen, aber ich konnte ihn sehen.

Und er sah gut aus.

Seine Haare waren wieder leuchtend blau, aber er hatte sie geschnitten, sie waren am Hinterkopf kürzer. Ich konnte nicht genau sehen, welche Art Make-up er trug, aber ich hoffte inständig, dass er sich ausgetobt hatte. Er war gewiss nicht zurückhaltend gewesen, was seine Kleidung betraf. Elektrisch blaue Hose, ein Oberteil in Silber und Saphir und jede Menge auffällige Armbänder um seine Handgelenke. Für Trent Hanson gab es so etwas wie inkognito nicht.

Ich sah, wie die Rezeptionistin ihm seinen Sicherheitsausweis reichte und wartete an der Tür, als sie in diese Richtung deutete, mit den Anweisungen, wohin er gehen sollte. Und dann war er da.

Und ich berührte ihn nicht. Die Tür schloss sich hinter ihm, die Schlösser klickten und er war da.

„Trent", sagte ich und schob meine Hände in meine Jeanstaschen, weil ich nicht wusste, was ich mit ihnen anstellen sollte.

„Hey", sagte er und legte eine Hand auf seine Hüfte. Er sah ein wenig unsicher aus, als wäre er nicht ganz überzeugt, dass ich ihn hierhaben wollte. Was machte ich da? Warum öffnete ich mich nicht dem Mann, den ich wollte?

Ich bin tapfer. Ich kann das.

Ich trat vor, bis nicht mehr viel Platz zwischen uns war und er zu mir aufsehen musste. Ich umfasste sein wunderschönes Gesicht mit meinen Händen und schloss einfach meine Augen.

Der Kuss war sanft und richtig und alles, was ich in diesem Moment brauchte.

Aber was war mit Trent? Er erwiderte den Kuss nicht mit seinem üblichen Enthusiasmus, hielt mich nicht und gab auch keinen Laut von sich. Ich stoppte den Kuss und wich zurück und er sah mich mit leicht geneigtem Kopf an.

„Ist es in Ordnung, dass wir uns küssen?", fragte er unsicher. Ich glaubte nicht, dass er es auf eine Ich-bin-schwul-was-werden-die-Leute-sagen Art meinte, ich glaubte, er meinte, wie es meine Genesung beeinträchtigen würde.

Ich hielt ihm meine Hand hin, die er nahm und führte ihn durch den Hauptflur und durch die Tür in den weitläufigen Garten.

„Wie geht es dem Knie?", erkundigte er sich.

Ich humpelte, das Bein war geschient, aber ich hatte aufgehört, die Krücken zu benutzen. „Es geht mir gut", sagte ich, als wir auf dem Gras gingen und den Hügel hinaufstiegen, zu dem kleinen Wäldchen, das mein Ort zum Nachdenken war.

Er sagte nichts weiter.

„Als ich hierherkam, haben sie mir gesagt, dass ich mir hier einen Ort suchen sollte, an dem ich sitzen und nachdenken kann", erklärte ich und hielt unter dem größten der Roten Ahornbäume an. Ich löste für einen Moment meinen Griff an seiner Hand, nahm meinen

Rucksack mit den gehorteten Leckereien ab und kam ungeschickt in eine Schneidersitzposition. Er machte es mir nach und wir saßen nahe beieinander. „Küssen ist gut", sagte ich, beantwortete seine Frage.

Zuerst waren die Küsse sanft und er war enthusiastisch und stand offensichtlich so darauf, wie ich es tat und dann wandelten sie sich abrupt von Zuneigung zu Lust und er kletterte auf mich wie ein verdammter Affe, schmiegte sich an mich und legte mich flach auf den Boden, hielt immer Abstand zu meinem Knie. Ich streckte meine Beine ein wenig, um es mir bequem zu machen, und er setzte sich auf – setzte sich direkt auf meinen harten Schwanz, dem dieser Besuch ganz eindeutig gefiel – und starrte auf mich herunter.

„Erzähl mir alles", befahl er.

Moment. Was? Hatte er den Teil verpasst, dass er auf meinem Schwanz saß und sich wand? Darum fasste ich es zusammen, in der Hoffnung, dass ich etwas Reibung bekommen würde.

„Zwei Wochen Bericht, alles gut, Erwartungen in den Griff bekommen, Gruppentherapie, habe heute eine Eiskunstläuferin hochgehoben, übliches Zeug, hoffe, nächste Woche nach draußen ins Fitnessstudio zu kommen, um an meiner Fitness zu arbeiten, Knie heilt gut und ich habe Physiotherapie."

„Ich bin wirklich stolz auf dich", sagte er leise, dann nahm er meine Hände in seine und beugte sich nach unten, drückte meine Hände ins Gras. Ich hatte mich noch nie so verletzlich gefühlt wie beim Anblick des nackten Stolzes in Trents Augen. Ich hatte nur getan, was ich schon vor zwei Jahren hätte tun müssen, als ich mich verletzt hatte. Es war nicht heroisch, mich meinen eigenen Entscheidungen zu stellen. Es war nicht etwas, das bedeutete, dass die Leute dafür stolz auf mich sein sollten.

Es lag an mir, stolz auf mich selbst zu sein. Mich selbst zu kennen. War das nicht die Nachricht, die sie mir verkauften?

Ich fing ganz sicher an, sie zu glauben, und bekam das Gefühl, dass ich andere Optionen hatte.

„Beim ersten Treffen hatte ich mir selbst gesagt, dass ich dieses Mal nicht wirklich vorgehabt hatte, die Medikamente zu nehmen", sagte ich, seine Lippen waren nur wenige Zentimeter von meinen entfernt. Ich konnte mich nach oben lehnen, er konnte sich ein wenig bewegen, wir könnten uns küssen, aber das war eine Sache, die ich ihn wissen lassen wollte. „Ich habe gelogen. Ich habe sie genommen, weil sie die Dinge in meinem Kopf richtig gemacht haben. Ich hatte Schmerzen und ich konnte mich nicht entspannen. Sie halfen gegen die Schmerzen, dann machten es mehr davon einfacher, mich zu entspannen."

„In Ordnung." Dann küsste er mich, nur ein einfacher Kuss auf meine Nasenspitze.

„Und dann ist da noch diese Mentalität, über den Schmerz zu spielen, und ich wollte so unbedingt in die NHL, dass ich willens war, eine Abkürzung um den Schmerz herum zu nehmen, den ich gespürt habe."

„In Ordnung", murmelte er und küsste ein Augenlid. Ich fühlte mich, als würde ich einen Kuss bekommen, für alles, was ich über mich preisgab. Ein Spiel. Ich liebte Spiele.

„Ich fühle mich wie ein Betrüger, als würden die Railers eines Tages aufwachen und mir sagen, dass sie nie vorhatten, mir einen Vertrag anzubieten."

Das brachte mir einen Kuss auf das andere Augenlid ein und ein weiches Reiben seiner Haut an meiner Wange. Ich konnte ihn riechen, das saubere Aroma der Luft um uns herum und ich konzentrierte mich auf jedes kleine Teil von ihm, sein Gewicht, das mich am Boden festhielt, seinen entschlossenen Blick.

„Ich will Hockey mit den Railers spielen. Ich will das so unbedingt. Ich mache mir Sorgen, dass wenn ich diesen finalen Traum nicht erreiche, ich dann nicht mehr ich selbst sein werde."

Dieses Mal küsste er zärtlich meine Lippen.

„Aber am wichtigsten ist, dass ich die Tabletten für mich aufgeben muss."

Die Küsse vertieften sich und wir lagen einfach da, unter dem Baum und küssten uns eine Ewigkeit.

„Also, mein Stiefvater", sagte Trent.

„Ja? Was ist mit ihm?"

„Er bittet immer wieder, mich zu sehen. Sagt meiner Mom, sie soll mir sagen, dass er will, dass ich ihn besuche."

„Wie fühlst du dich deswegen?"

Er zog die Nase kraus. „Dieser Besuch bietet nicht genügend Zeit, alles abzudecken."

Danach war Trent wirklich still, darum erzählte ich ihm lustige Geschichten und schon bald lachte er, vor allem, als ich mit der Geschichte über das Hochheben endete. Er wich ein wenig zurück.

„Ich habe mir Alyssa angesehen", sagte er. „Habe sie auf YouTube angeschaut. Sie hat Stil." Er wackelte auf mir herum und mein Schwanz erwachte wieder. „Ich könnte sie mit Leichtigkeit hochheben und schau mich an."

„Ich *schaue* dich an." Wahrscheinlich das Überflüssigste, das ich je gesagt hatte. „Du bist wunderschön."

Er rümpfte die Nase. Er war in diesem Moment einfach nur anbetungswürdig und ich stahl mir einen weiteren Kuss, so gut ich das konnte, ohne meine Hände zu benutzen, um ihn nach unten zu ziehen.

Er rollte sich nach oben und von mir herunter, legte sich neben mir auf den Rücken. „Ich habe dich vermisst", sagte er, rollte sich dann halb zurück, sodass er an mir lehnte. Ich wollte ihn wieder auf mir. Jetzt. „Ich habe Hunger. Was hast du dabei?"

Er setzte sich auf und zog an dem Rucksack hinter mir, öffnete ihn und holte die Behälter, einen nach dem anderen, heraus. Ich wollte seine Küsse, nicht essen, aber mir wurde klar, dass er nicht unrecht hatte, als mein Magen knurrte. Im Schatten aßen wir PB&J Sandwiches und Chips und tranken Wasser und währenddessen erzählte er mir von seinen Kindern, und dem Stadion und dass dieses Kind namens Scotty jemanden brauchte, mit dem sie reden konnte und dass er sich gut fühlte, weil er helfen konnte.

„Also, wann lassen sie dich ... Ich meine ... wann sagen sie, dass du gehen kannst?"

„Ich könnte jetzt gehen", sagte ich mit einem Lächeln, während er über seine Worte stolperte. „Das werde ich aber nicht. Ich habe einen Trainer, der ab nächster Woche mit mir arbeitet und ich werde diesem Fitnessstudio in der Nähe Besuche abstatten. Was jetzt passiert, liegt vollkommen in meinen Händen."

„Was ist mit dem Team? Hast du etwas von ihnen gehört?"

Das war tatsächlich eine der größten Überraschungen. Ich hatte etwas von Connor erwartet, er war die Art Kapitän, der einem Teamkollegen den Rücken stärkte. Ich hatte angenommen, dass ich von Toly hören würde, da er mein Repräsentant war, und seine Textnachrichten waren halb auf Russisch geschrieben, was bedeutete, dass ich sie übersetzen musste. Das sollte mir, laut seiner letzten Nachricht, etwas zu tun geben.

Aber es waren die anderen. Ten schickte mir dämliche Witze. Stan schickte mir Textnachrichten, die er eindeutig mit Google Translate geschrieben hatte, weil sie mich so sehr zum Lachen brachten wie Tens Witze. Arvy hatte mir eine wirklich durchdachte und nachdenkliche „Ich denke an dich, Mann" Nachricht geschrieben. Ich konnte mir sogar die Bro-Umarmung vorstellen, die damit einherging. Dann war da noch Laytons Nachricht. Die war ein wenig ernster und obwohl er sie vorsichtig formuliert hatte, wollte er mich warnen, dass Marianna ihn direkt kontaktiert hatte, um die Situation angesichts meines neuen Vertrags zu diskutieren. Er sagte, dass sie ins Stadion gekommen war, verdammt noch mal, aber dass er das unterbunden hatte.

Ich musste wieder da raus, mich um sie kümmern, Arvy eine Bro-Umarmung geben, ein paar Witze auf Englisch und Russisch finden, für Ten und Stan.

Vor allem musste ich wieder raus und mir ein oder zwei Monate zum Wiederaufbau geben.

„Ich habe von vielen von ihnen gehört", antwortete ich schließlich. „Aber keine dieser Nachrichten bedeutet so viel wie die, die ich von dir bekomme."

Schweigen. Er wandte den Blick nicht ab, aber er redete auch nicht enthusiastisch über unsere Kommunikation. Wenn überhaupt wurde er ein wenig still und nachdenklich.

„Ich muss mich bewegen", verkündete Trent, um die Stille zu durchbrechen. Er sprang auf, wischte sich die Krümel ab und hielt mir eine Hand hin. „Komm, großer Junge."

„Habe ich etwas Falsches gesagt?", fragte ich, machte mir Sorgen, dass ich es so richtig versaut hatte.

Trent half mir aufzustehen und wischte mich auch ab, als ob ich einen ganze Laib Krümel an mir hätte, dann hörte er auf und seufzte.

„Ich will nackt mit dir sein", gab er zu und wo zuvor Sorge gewesen war, fühlte ich mich jetzt schrecklich glücklich. „Aber das dürfen wir nicht, darum solltest du nicht solche Dinge sagen, die mich ganz wuschig machen."

Wir hielten uns an den Händen, als wir den Hügel hinuntergingen. Ich humpelte, er versuchte, in meinem Tempo zu gehen, seine Schritte waren schwungvoll.

Dann schüttelte er meine Hand ab und sprang den letzten Teil hinunter, half mir, was ich, wie ich zugeben musste, wirklich brauchte. Dann rauschte er davon, und ich sah, dass er in Alyssas Richtung unterwegs war, die so überrascht aussah, dass sie beinahe von ihrem Stuhl fiel. Er sagte etwas zu ihr und dann, ehe ich sie erreichen konnte, hatte er sie in seinen Armen und mit einer komplizierten Rolle war sie auf seiner Schulter und sie machten eine schwierig aussehende Hebefigur.

Direkt hier im Garten.

Sie lachte. Er grinste.

Oh Gott. Ich bin so verknallt, diese neue Sucht. Trent.

Ich bin so verliebt.

Kapitel Dreizehn

TRENT

DER SPÄTSOMMER KROCH VORBEI, so kam es mir zumindest vor. Dieter einmal pro Woche zu sehen, wenn ich Zeit hatte, reichte schlicht nicht. Ich brauchte mehr. Ich *wollte* mehr. Mehr Berührungen und Gespräche, mehr Intimität. Sich unter dem Roten Ahorn aneinander zu reiben war schlicht nicht mehr ausreichend. Texte zu schreiben war in Ordnung, ließ aber viel zu wünschen übrig. Videoanrufe halfen. Ich konnte dann seine funkelnden grünen Augen sehen und seinen unglaublichen Kiefer, der ganz mit Stoppeln bedeckt war, aber ich konnte seinen Bart nicht berühren oder die Winkel seiner jadegrünen Augen küssen. Und doch wusste ich, dass er dort war, wo er sein musste. Mein Körper sehnte sich aber nach seiner Berührung. Ich war eine gierige Ratte. Der Herbst lag jetzt in der Luft. Er kitzelte die Sinne an kühlen Morgen, verschwand dann, während die Jahreszeiten um die Vorherrschaft kämpften. Heute war einer dieser schrecklich heißen frühen Septembertage mit hoher

Luftfeuchtigkeit in der Stadt. Kleidung klebte an Haut, Haare hingen herunter und Make-up zerfloss.

Trent war kein glücklicher Camper. Und wie es aussah, würde es noch viel schlimmer werden.

Meine Mutter eilte aus ihrem kleinen Reihenhaus, schön herausgeputzt, ein Lächeln erhellte ihr Gesicht. Dieses Lächeln schwand, als sie den Van sah, der hinter ihrem Auto parkte. In diesem weißen Van saßen ein Kamerateam, Männer für den Ton und das Make-up. Alle warteten nervös darauf, dass wir uns in den alten Chevy Impala meiner Mom setzten und nach Mercer County fuhren. Um Clay zu treffen.

„Warum sind diese Kameras hier?", zwängte Mom durch zusammengepresste Zähne.

Ich tupfte meine verschwitzte Braue mit einem Taschentuch ab, das zu meiner mauvefarbenen Hose passte. Ich fühlte mich heute ziemlich wie Prince. Ihr wisst schon, sexy und frech und stolz darauf? Ich hatte letzten Abend meine Haare in einem satten Lila gefärbt und war in Schattierungen von Lila und heißem Rosa gekleidet, bis hin zu dem Himbeer-Barett auf meinen pflaumenfarbenen Haaren und meinen glitzernden himbeerfarbenen Truffle-Boots. Diese Aufmachung – all die flitternden, femininen Farben – würde den Kopf meines Stiefvaters wahrscheinlich explodieren lassen. Er und ich mussten uns treffen. Es würde nur dieses eine Mal sein, aber ich wollte, dass er mich so sah, wie ich war. Er würde sich mit dem bunten Trent auseinandersetzen oder er konnte sofort zurück in seine Zelle.

„Sie sind hier, weil ich einen Vertrag habe."

Sie stellte sich hin und sah erst den Van und dann mich mit finsterem Blick an.

„Angeblich wird dieser Besuch im Gefängnis laut dem Produzenten ‚packendes, starkes und tiefgründiges Reality-Fernsehen' ergeben."

„Ich hasse es, dass du diese privaten Angelegenheiten an Millionen Menschen weitergibst."

„Ich hasse es, dass Clay all mein Geld gestohlen und mich gezwungen hat, private Angelegenheiten an Millionen Menschen weiterzugeben, nur um dein Haus und mein Stadion aus den Klauen der Bank zu retten."

Ihre Wut schien zu verrauchen. Ich wünschte, die Hitze würde es auch. Ich war so unruhig und leicht zu verärgern, wenn ich mich unwohl fühlte.

„Das tut mir leid", sagte sie zum millionsten Mal.

„Mom, hör auf, dich für ihn zu entschuldigen. Seine Taten gehen allein auf seine Kappe. Das haben wir letzte Woche in der Familientherapie gelernt, erinnerst du dich?"

„Ja, ja, ich erinnere mich. Ich fühle mich nur, als ob …"

„Ich weiß." Ich schenkte ihr ein zittriges Lächeln und winkte mit dem schlaffen Taschentuch in Richtung ihres Autos. „Können wir los? Ich schmelze."

„Okay, ja." Sie warf dem Kamerateam einen besorgten Blick zu, eilte dann aber um ihr Auto herum und setzte sich hinter das Steuer.

Die Fenster waren zu gewesen, um die Menschen davon abzuhalten, ihre Tony Orlando & Dawn Kassetten zu stehlen. Als ob irgendein Dieb die Kassettenaufnahmen von Tony Orlando & Dawn stehlen würde – nicht persönlich gemeint, Tony. Es war, als würde man sich in einen von Beelzebubs verdammten Schmelzöfen setzen. Sie rollte ihr Fenster herunter und ein lindernder heißer Windstoß aus Philadelphia-Luft rollte in das Auto.

„Viel besser", sagte ich. Mom spürte die Spitzfindigkeit und schaltete die Klimaanlage an. „Danke. Ich werde für das Benzin bezahlen, das die kalte Luft schluckt."

Wir fädelten uns in den Verkehr ein und fuhren für eine Weile schweigend dahin. „Er freut sich, dass du kommst", sagte Mom schließlich.

„Ugh."

Ich fing an, an dem Nagellack auf meinem Daumen zu knibbeln. Mom seufzte. Ich hörte auf zu zupfen und antwortete mit Worten, genau wie unsere Therapeutin es uns gesagt hatte. Nun, mir. Sie hatte *mir* gesagt, dass ich Worte benutzen sollte anstelle von Lauten, Grunzen oder unhöflichen Handbewegungen, wann immer mein Stiefvater erwähnt wurde. „Ich habe ihm wirklich nichts zu sagen."

„Er hat Dinge, die er dir sagen möchte. Er liebt dich."

„Pfft." Ich kniff meine Augen zusammen, korrigierte mich dann. „Ich meine, das wage ich zu bezweifeln. Er hat mich nie geliebt. Er hat mich dir zuliebe toleriert. Er mag ja dich lieben, aber ich war immer das kleine queere Kind, das ihn auf der Rennbahn blamiert hat."

„Weißt du, für einen Mann, der mit jemandem ausgeht, der gegen Sucht kämpft, bist du ziemlich verdammt verurteilend gegenüber einer anderen Person mit demselben Problem."

Ich starrte aus dem Fenster zu meiner rechten, sah zu, wie der Umriss der Stadt verschwand. Das hatte wehgetan. Es tat weh, weil es stimmte. Ich hatte meiner Mutter erst letzte Woche von Dieter erzählt. Sie hatte gefragt, weil ich seinen Namen hin und wieder erwähnt hatte. Aber ich hatte mich geweigert, das mit ihr zu teilen. Doktor Penny, unsere neue Therapeutin, hatte mich ermuntert, geradeheraus und ehrlich zu sein. Darum hatte ich Mom von meinem neuen festen Freund erzählt. Sie war glücklich, aber besorgt gewesen, was ich verstand. Sie hatte die ganze Jonah-Sache mitgemacht. Aber das hier war anders. Dieter ging es gut und das würde so bleiben.

Bitte, Gott, lass ihn clean bleiben. Mein Herz könnte das nicht noch einmal ertragen.

„Ich bin bei Clay noch nicht so weit, Mom", gab ich ungefähr zehn Minuten nach dem ersten Aufflammen der Wut zu.

„Ich weiß, Babes. Ich weiß." Sie tätschelte meinen Oberschenkel, setzte dann den Blinker.

Mein Blick wanderte über das massive, minimal gesicherte Gebäude. Ich war noch nie an einem Ort gewesen, der von elektrischen Zäunen mit Stacheldraht umgeben war.

„Flipp nicht aus, wenn sie dich durchsuchen."

„Nein, werde ich nicht. Das machen sie in Dieters Entzugsklinik", murmelte ich, als wir ausstiegen und uns mit dem Kamerateam trafen.

Ich fragte mich, welche besondere Erlaubnis der

Sender hatte beantragen müssen, damit das hier stattfinden konnte. Mein Magen war ein verknotetes Durcheinander. Ich hatte seit gestern Nachmittag nicht gegessen. Wie ich mir wünschte, Dieter wäre hier, damit ich mich an ihn klammern konnte.

Unsere Autos und Körper wurden durchsucht, ehe wir einen Schritt getan hatten. Nach diesem spaßigen Teil bot ich meiner Mutter meine Hand an. Sie nahm sie und wir gingen zum Eingang. Das Kamerateam folgte. Am Tor wirbelte ich zu ihnen herum.

„Ihr kommt nicht mit rein", verkündete ich. Sie alle seufzten. Ich nahm an, sie waren daran gewöhnt, dass Trent einen Aufstand machte. Gut. Dann würde das hier keine Überraschung sein.

„Trent", versuchte es der Produzent. „Wir haben das einhundert Mal besprochen. Du hast einen Vertrag unterschrieben, in dem steht, dass du uns einhundert Stunden Filmmaterial lieferst. Wenn du bei jeder Kleinigkeit, die dir das Höschen verknotet, einen Rückzieher machst, werden wir die höheren Mächte anrufen und ihnen sagen müssen, dass du deine vertraglichen Pflichten nicht erfüllst."

„Ruf sie an. Es ist mir egal. Meine Mutter regt eure Anwesenheit auf. Das hier ist eine persönliche Familienangelegenheit und ihr seid nicht willkommen."

„Trent, verdammt noch mal, bei Reality-Fernsehen geht es *nur* um persönliche Familienangelegenheiten. Das macht das Genre so verdammt attraktiv." Er tat sein Bestes, aber ich gab nicht nach. Ich hatte die Abscheu in Moms Gesicht gesehen, spürte ihre Unruhe jetzt. „Die Leute zu Hause wollen wissen, dass ihr

Berühmtheiten Leben führt, die noch beschissener sind
als ihres."

„Nun, Pech für die Zuschauer."

Ich wandte mich von dem Kamerateam ab,
verstärkte den Griff um die Hand meiner Mutter und
führte sie in das Gefängnis. Ich würde wahrscheinlich
eine Klage am Hals haben, wenn alles vorbei war. So
sei es.

„Danke, Baby", flüsterte Mom.

Ich drückte ihre Finger und wir betraten die Tiefen
der Vollzugsanstalt.

Alle Dokumente waren in Ordnung. Wir alle hatten
uns an den Dresscode gehalten, abgesehen von den
Armbändern an meinen Handgelenken. Diese mussten
bei einem Wärter bleiben. Wir wurden erneut
abgetastet, sobald wir drinnen waren, dann gebeten,
durch einen Metalldetektor zu gehen. Ich konnte die
Häftlinge hören. Mir war übel vor Nervosität. Wir
wurden in ein Einzelzimmer eskortiert. Gefangene
kamen vorbei. Pfiffe und anzügliche Bemerkungen
wehten zu uns herüber. Zum Glück sorgten die Wärter,
die bei dieser Show zuständig waren, dafür, dass die
Männer in Orange nicht stehen blieben.

Sobald wir uns in dem privaten Besuchsbereich
befanden, der für die Aufnahmen reserviert worden war,
setzte Mom sich an den Tisch.

Die Tür öffnete sich und Clay trat ein, gefolgt von
einem Wärter in der Größe des Mount Rushmore. Mein
leerer Magen verkrampfte sich. Clay sah genauso aus
wie früher, nur älter. Viel älter. Und ausgezehrt. Seine
schwarzen Haare waren ordentlich geschnitten, aber

sein dunkler Hautton war fahl. Sein Blick wanderte durch den Raum, als er zu seinem Platz geführt wurde. Ich war froh zu sehen, dass er Handschellen trug.

„Ich bin Corrections Officer Kent und ich werde dort in der Ecke sein", informierte uns Mount Rushmore, begab sich dann in besagte Ecke, um dort zu stehen und schweigend einschüchternd zu sein. Lief es so immer ab oder war er wegen der Fernsehaufnahmen hier, die eigentlich hätten stattfinden sollen?

Mom saß gegenüber von Clay. Ich stand in der gegenüberliegenden Ecke von CO Kent, kaute an meinem Daumennagel, fühlte mich gleichzeitig wütend und übel. Mom und Clay fassten sich an den Händen und ließen sie auf dem Tisch liegen.

„Es ist gut, dich zu sehen, Donna. Du siehst so hübsch aus", sagte Clay. Das Timbre seiner Stimme nach so langer Zeit machte mich nervös. Dann wandte er den Blick von meiner Mutter und schaute mich an. „Es ist auch gut, dich zu sehen, Trent. Du bist heute so … bunt."

„Du meinst schwul. Ich bin heute schwul. Das *ist* es, was du gemeint hast, oder, Häftling Gallo?" Meine Hand fiel an meiner Seite nach unten.

Clays dunkle Augen blitzten auf. Dann nickte er. „Ich verdiene deine Abneigung. Ich habe mich dir gegenüber falsch verhalten, Sohn."

Das überdehnte Gummiband, das mich zusammengehalten hatte, riss. „Nein. Oh nein! Du nennst mich *nicht* Sohn!" Ich brüllte und zeigte mit dem Finger auf sein langes Gesicht. „Ich bin *nicht* dein Sohn. Das hast du vor Jahren klar gemacht. Erinnerst du dich an all die Gelegenheiten, bei denen du mich als kleine Schwuchtel bezeichnet hast, weil ich Eislaufen und Nähen mag?"

Er senkte beschämt den Kopf, aber nicht, bevor ich sah, dass seine Augen voller Reue waren. „Das war falsch von mir."

„Ach nein. Mein Geld zu stehlen war auch falsch! Ich stand so kurz vor einem Zusammenbruch." Er warf mir einen Blick zu. Ich zeigte ihm einen Millimeter Raum zwischen meinem Daumen und meinem Zeigefinger. „Ich musste mich an eine verdammte Realityshow und an Hockeyteams verkaufen, um zu verhindern, dass deine Frau auf der Straße leben muss." Meine Hände flogen durch die Luft, die Gesten waren wild und hitzig. „Ich *hasse* dich. Ich hasse, was du uns angetan hast und ich hasse es, dass du denkst, du könntest einfach zurück in unser Leben spazieren und alle werden das akzeptieren, weil du ein Süchtiger bist."

„Das denkt er nicht, Trent. Überhaupt nicht", warf Mom mit bittendem Blick ein. „Verdient er keine zweite Chance wie dein Dieter?"

„Erwähne *niemals* meinen festen Freund, um dieses Arschloch zu verteidigen", bellte ich meine Mutter an. „Er ist da draußen und arbeitet härter, als er es je zuvor getan hat, in dem Versuch, clean zu werden und es bei mir und seinem Team gut zu machen! Dieses Stück Scheiße -"

„Versucht, dasselbe zu tun, Trent", wagte Clay einzuwerfen.

Seine Worte fühlten sich wie ein Vorschlaghammer in die Mitte an. Ich beugte mich vor, meine Augen geschlossen, arbeitete daran, Sauerstoff in meine Lungen zu bekommen. Jemand berührte meinen Rücken. Ich zuckte vor der Berührung zurück und ging wieder in meine Ecke, stumme Tränen verschmierten meinen Eyeliner und meine Wimperntusche.

„Ich versuche, die Dinge in Ordnung zu bringen, obwohl ich weiß, dass ich das nicht wirklich kann. Mich bei dir zu entschuldigen, für die Jahre, in denen ich im Griff der Spielsucht war, ist Teil meines Genesungsprozesses. Ich habe bereits zugegeben, dass ich der Spielsucht gegenüber machtlos bin. Ich habe mich entschlossen, mein Leben zu ändern und die Menschen zu entschädigen, die ich verletzt habe, ist Teil des Programms."

„Ich kann deine Entschuldigung im Moment nicht anhören. Es ist wichtiger, dich zu hassen", keuchte ich und kämpfte gegen das Hyperventilieren.

„Das ist in Ordnung, ich verstehe es", gab Clay sanft zurück. Meine Mutter fing an, leise zu weinen. „Ich werde weiter versuchen, bei dir und deiner Mutter alles wieder gut zu machen."

Ich nickte, eilte dann aus dem Zimmer, die Hand über dem Mund. Ich fand einen Mülleimer, ehe ich eine Toilette entdecken konnte, darum würgte ich darüber. Zum Glück war der Müllbeutel vor Kurzem ausgetauscht worden. Als das Würgen aufhörte, wischte ich mir mit der Hand über die Lippen, verschmierte den Gloss ganz furchtbar, da war ich mir sicher. Ich stand auf. Meine Mutter kam auf mich zu, sah so hübsch aus in einem gelben Sommerkleid und mit ihren tiefschwarzen Haaren aus dem Gesicht gekämmt.

„Ich bin so ein Heuchler" hustete ich, als ihre Arme sich um meine Taille legten.

„Nein, Babes, bist du nicht. Es ist schwieriger, zu vergeben, als zu hassen." Sie drückte einen Kuss auf meine feuchte Wange. „Du wirst dahin kommen. Du bist ein guter Mann, freundlich und großzügig und so liebevoll."

„Können wir gehen? Ich muss … über dieses Chaos nachdenken. Mein Glückslevel ist monströs niedrig."

„Lass uns nach Hause gehen. Deine Großmutter kocht etwas Besonderes für uns."

Wir ließen das Gefängnis und Clay hinter uns. Das Kamerateam eilte heraus, um uns nicht zu verlieren. Ich sah zu, wie das Gebäude im Seitenspiegel kleiner und kleiner wurde, während meine Fähigkeit zu atmen langsam zurückkehrte. Mom sagte auf dem ganzen Weg nach Hause nichts, lächelte nur hin und wieder. Ich kaute innen an meinem Mund, der Blick verschwommen, meine Gedanken rasten wie wild dahin, bis wir vor dem alten Ziegelhaus an der 16th Street anhielten und ich Dieter am Gehsteig warten sah.

Ich warf die Tür auf, ehe wir überhaupt richtig standen. Der Van mit dem Filmteam parkte hinter uns, mitten auf der Straße. Ich lief auf Dieter zu, die Tränen flossen wieder und warf mich auf ihn. Er fing mich mit Leichtigkeit, seine starken Hände umfassten meinen Hintern. Ich schlang meine Arme und Beine um ihn und fing seinen Mund mit meinem. Sein Geschmack heilte mich. Und dann traf die Realität mich. Nun, dass Wissen um eine Reality*show* traf mich.

„Oh, zur Hölle", flüsterte ich.

„Überrascht, mich zu sehen?", scherzte er, als wir Luft holten.

„Verzeih mir. Ich habe dich gerade vor der Welt geoutet. Ich werde ihnen sagen, dass sie mit dem Filmen aufhören sollen."

„Nein, schon gut. Lass die Welt von uns wissen. Dinge zu verbergen, hat mich in diese Lage gebracht. Ich werde nie wieder irgendetwas verstecken."

Ich bedeckte sein Gesicht mit Küssen, die Kameras umkreisten uns langsam. Ich tauchte in einen weiteren heißen Kuss ein, der so lang dauerte, dass ich mich schwindlig fühlte.

„Ich dachte, du würdest noch eine Woche im Entzug bleiben?", keuchte ich einen Moment später.

„Konnte mich nicht länger von dir fernhalten." Sein Lächeln war sündig und sanft. Ich küsste ihn wieder und wieder und dann noch einmal.

„Trent, lass uns reingehen. Großmutter macht *kamayan*."

Dieter ließ mich los und meine Füße standen wieder auf dem Gehweg. Ich strich mit einem Finger über Dieters Kiefer, dann wandte ich mich meiner Mutter zu.

„Das ist Dieter."

„Ja, das hatte ich angenommen." Sie beugte sich vor, um seine stoppelige Wange zu küssen, dann führte sie uns in ihr Haus, ließ das Fernsehteam ausdrücklich auf dem Gehweg stehen.

„Uh, was ist *kamayan*?", fragte Dieter, als wir direkt in die Küche gingen.

Ich streichelte seinen Rücken und seine Hüfte. Ich konnte einfach nicht genug taktilen Kontakt bekommen.

„Es ist großes, glückliches Mahl", sagte *Lola*, wedelte mit ihren Händen in Richtung des Essens, das auf dem Tisch stand. Eine lange Reihe von Reis lag auf Bananenblättern, mit Bergen geröstetem Gemüse und glasiertem Fleisch wie Schwein und Huhn. Mein Magen brüllte.

„Du spielst noch für Harrisburg?" Sie verschränkte ihre Arme über ihrem Dave Schultz Jersey.

„Ja, Ma'am", antwortete Dieter. Ich schmiegte mich an seine Seite.

„Immer noch beschissenes Team, aber willkommen im Haus, weil du machst, dass Enkel so breit lächelt. Wasch Hände. Geh jetzt, setz dich."

Ich schob ihn auf die Spüle zu. „Du wäschst dich besser, ehe sie dich etwas Schlimmeres heißt."

„Als ob mir zu sagen, dass mein Team beschissen ist, nicht schlimm genug ist?"

„Philly Fans sind brutal." Ich lachte und spürte, wie das Gewicht des Lebens sich von mir hob. Dieter lachte leise und stahl sich einen schnellen Kuss.

Dann aßen wir. Am Tisch sitzend, stopften wir uns voll, wobei wir nur die Finger benutzten, wie es bei *kamayan* Festessen üblich ist.

Dieter und ich halfen beim Aufräumen, dann verzogen wir uns, um uns als Paar unterhalten zu können. Ich wusste, dass wenn wir zu mir gingen, Reden das Letzte wäre, was passieren würde. Darum wollte ich ihn meiner Stadt vorstellen. Der Van war weg, was gut war.

„Ich kann das Ende der Woche *nicht erwarten*", erzählte ich ihm, als wir zu meinem Roller gingen. „Nur noch sechs Tage und sie haben genügend Material für eine Pilot-Staffel mit acht Folgen."

„Was wirst du tun, wenn sie weitermachen wollen?"

„Innerlich sterben." Ich sperrte den Helm auf und reichte ihn Dieter. „Bete, dass sie mich zu grell finden. Ich bin des Rampenlichts müde. Ich will nur meine Kinder trainieren und Zeit mit meinem festen Freund verbringen."

„Und wer wäre das?" Er stand da, so groß und gut aussehend, den gelben Helm in der Hand, und redete dumm daher. Mir gefiel das Aufziehen, aber das würde ich niemals zugeben.

„Irgendein großer Dummkopf in einem Railers T-Shirt. Steig auf."

„Das wird mich nie im Leben aushalten." Er schob mir den Helm hin. Ich schubste ihn zurück. „Im Ernst, weißt du, wie dämlich das aussehen wird, mit mir hinter dir?"

„Seit wann kümmert es uns, was andere Leute für dumm halten?"

Und damit war dieses Thema beendet.

Wir hielten am frühen Nachmittag am Sister Cities Park an. Hunderte von Menschen, Erwachsene und Kinder, genossen die Brunnen als eine Möglichkeit, sich abzukühlen. Ich schloss meinen Helm ab und nahm Dieter an der Hand. Die Kathedrale von SS Peter und Paul sah auf uns herab, als wir an einem winzigen Teich aus Beton vorbeigingen, der mit kleinen Segelbooten mit roten Segeln bestückt war. Nachdem wir uns im Café ein Getränk geholt hatten, suchten wir uns einen Schattenplatz neben einem Brunnen, der an wechselnden Stellen Wasserfontänen in die Luft schoss. Mehrere Kinder in kurzen Hosen spritzen und platschten im Wasser, während der Verkehr um Logan Square sich gleichmäßig bewegte.

„Das hier ist mein Lieblingspark in der Stadt", erklärte ich, als wir unseren Eistee tranken.

„Er ist schön." Er drehte sich auf der Betonbank zu mir, hielt seinen Tee in seinen Händen. „Du siehst aus, als ob jemand dir ins Gesicht geschlagen hätte."

Verdammt. Ich hätte mein Make-up erneuern sollen, ehe ich nach draußen ging. Ich befeuchtete einen Finger und versuchte, den Bereich unter meinem linken Auge zu reiben. Dieter schüttelte den Kopf und zog meinen Finger sanft nach unten. Seine Haare waren lang, kitzelten den Kragen seines dunkelblauen T-Shirts.

„Es war ein hartes Treffen mit Clay", erklärte ich, meine Finger krochen an seinem Arm nach oben, um mit diesen langen Strähnen zu spielen.

„Möchtest du darüber reden?"

„Ja, aber nicht jetzt. Jetzt möchte ich über uns reden."

Zwei Teenager fuhren auf Rädern vorbei, rasten durch den Brunnen. Ich war mir nicht sicher, ob Rädern im Park erlaubt waren, aber ich war zu glücklich, um sie deswegen anzureden.

„In Ordnung, was ist mit uns?"

Ich schaute zur Sonne hinauf, den Himmel und die fluffigen weißen Wolken, die über Philly dahinzogen. „Wusstest du, dass dich zu sehen mir das Gefühl gibt, als wäre ich da oben in den Wolken?"

Ich linste von den Wolken zu ihm. Er hatte seinen

Kopf nach hinten gelehnt, um zu schauen. Ich beugte mich vor und drückte einen Kuss auf seinen Adamsapfel, setzte mich dann so gerade wie ein Lineal hin.

„Das war schön. Ich mag es, in der Öffentlichkeit zu küssen." Er wirkte so entspannt. Ich wünschte mir, wir könnten für immer neben dem verspielten Brunnen bleiben.

„Das ist gut, weil wir vor Fernsehkameras herumgemacht haben. Wirst du dafür Ärger bekommen?" Ich hob meinen Strohhalm an meine Lippen und saugte. Der Tee war süß und zitronig, perfekt für einen heißen Septembertag.

„Das bezweifle ich. Wir haben schließlich Tennant und Jared. Jeder, der nach ihnen kommt, wird im Vergleich blass wirken. Sie bereiten den Weg für den Rest von uns. Außerdem behält Layton dadurch seinen Job."

„Mmm, ja das sind sie. So tapfer. Okay, wir sind jetzt also ein offizielles Paar. Und ich wohne und arbeite hier." Ich wedelte mit einer Hand in Richtung Stadt. „Und du lebst und arbeitest in der Hauptstadt des Staates. Können wir dafür sorgen, dass es funktioniert?"

„Liebst du mich?"

„Mehr als YSL Couture Augenstifte."

Er runzelte die Brauen. „Das ist also eine Menge Liebe, richtig?"

„Tonnen davon." Ich rutschte näher und ließ meinen Kopf auf seine breite Schulter fallen. Er legte einen Arm um mich. Ich war im Himmel, auch wenn mein Eyeliner verschmiert war und nicht auf die modische Weise, wie ich ihn manchmal trug.

„Ich nehme an, wenn wir einander so sehr lieben, werden wir eine Lösung finden. Wir bekommen Spielpläne und können alles um unsere Heimspiele herum organisieren. Und wir spielen oft in Philly, ich werde während der Saison also mindestens sechs oder sieben Mal in der Stadt sein.

„*Lola* wird hin- und hergerissen sein, wen sie anfeuern soll. Ich glaube, sie mag dich."

„Oh, sie wird nicht hin- und hergerissen sein, glaub mir." Er lachte schnaubend und zog mich enger an seine Seite. „Es sind nur zwei Stunden Entfernung. Du wirst dir vielleicht ein Auto kaufen müssen. Im Januar mit dem Roller nach Harrisburg zu fahren könnte heftiger sein, als selbst du es aushalten kannst."

„Für dich werde ich mir ein Auto kaufen. Es wird jedoch auffällig sein müssen."

„Ich wäre enttäuscht, wenn es irgendetwas anderes wäre."

Wenn das keine wahre Liebe war.

Kapitel Vierzehn

DIETER

Als ich die East River Arena wieder betrat, fühlte es sich an, als ob ich jahrelang weg gewesen wäre. Ich stellte mir vor, dass alles verändert sein würde, aber das Einzige, was anders war, war der Wärter, der aus seinem Büro trat und mir die Hand schüttelte. Normalerweise wechselten wir nur ein Nicken und Lächeln, aber er schien entschlossen zu sein, mich wissen zu lassen, dass er sich über meine Anwesenheit freute.

„Gut dich wiederzusehen", verkündete er und pumpte wild meine Hand „Die Jungs hätten dich im letzten Spiel gebraucht."

Die Railers hatten bereits zwei ihre Vorsaison-Spiele absolviert, das letzte würde morgen stattfinden und waren von den Bruins besiegt worden, die nicht in der Lage hätten sein sollen, uns derart vorzuführen. Eine sieben zu drei Niederlage war nichts, worüber wir uns Sorgen machen mussten – das hier war die Vorsaison, eine Möglichkeit, das Eislaufen wieder zurück in unsere

Knochen zu bekommen. Trotzdem. Sieben zu drei war eine höhere Niederlage als erwartet.

„Da bin ich mir nicht sicher", gab ich zurück. Ich war kein Schlüsselspieler wie Ten, um den herum das Team stärker wurde. Ich war der harte Arbeiter, der seinen Teil erledigte. Der Wärter – Emmet, wie sein Namensschild verriet – bewertete meine Position als Flügelspieler im dritten Block eindeutig zu hoch.

„Unser Flügel ist nicht gut", sagte er, ohne zu zögern. „Du bist ein Arbeiter, ein Spielmacher – beeil dich, dass du wieder ins Team kommst."

Wir schüttelten wieder die Hände und für einen Moment musste ich gegen das irre Bedürfnis ankämpfen, den Mann an mich zu ziehen und fest zu umarmen. Stattdessen erwiderte ich sein Lächeln und drehte mich zu dem Gang, der mich in die Umkleide führen würde. Ich hatte eine Physiotherapie nach meinem ersten Lauf auf dem Eis und ich wusste, dass Colin Pike da sein würde. Der Coach für die Offensive hatte die Aufgabe, an meiner Fitness zu arbeiten. Ich würde wahrscheinlich eine Kufe auf das Eis setzen und wie ein verdammter Idiot auf meinen Hintern fallen.

Ich entkleidete mich und fing an, meine Uniform anzuziehen, beginnend bei den unteren Lagen, ließ mir Zeit, um sicherzustellen, dass meine Knieschiene ordentlich saß. Leichtes Fahren – das war mir für heute gesagt worden. Der Doc, Colin, mein Physiotherapeut, sie alle sagten, dass ich bereit war, wieder aufs Eis zu gehen, aber es gab noch keinen Termin fürs Spielen.

Gott sei Dank. Ich war wackelig auf dem

verdammten Knie, aber wenigstens hatte ich keine Schmerzen.

Ein paar der Jungs befanden sich in der Umkleide, aber ich dachte mir nichts dabei. Stan war da, murmelte auf Russisch etwas vor sich hin, wahrscheinlich eine Goalie-Beschwörung an die Götter des Netzes, aber er hob den Blick und nickte, als ich hereinkam. Dann war da Arvy, wie immer halb nackt, mit seinen Ohrhörern, summte eine Melodie, die schrecklich schräg klang. Er nahm wenigstens seine Ohrhörer heraus und schüttelte meine Hand.

„Es ist gut, dich wieder hier zu haben, Deets", sagte er und zog mich in eine seitliche Bro-Umarmung.

Ten schlenderte herein, voll angezogen, ein wenig wackelig auf seinen Schlittschuhen, ein breites Grinsen im Gesicht, seine Lippen verdächtig geschwollen, als wäre er erst vor Kurzem intensiv geküsst worden. Was sich bewahrheitete, als Jared hinter ihm eintrat, ganz zerzaust aussah.

„Deets!", schrie Ten und packte mich in einer vollen Umarmung. Ich umarmte zurück. Ich wusste nicht, warum die Jungs zu dieser unheiligen Stunde am Morgen hier waren, aber ich konnte nicht leugnen, wie sehr ich mich freute, sie zu sehen.

Mit meinem Trainings-Jersey an Ort und Stelle, machte ich mich auf den Weg zum Eis. Colin, ein hervorragender Offensiv-Coach, war bereits da, saß auf einer Bank, über sein Handy gebeugt. Er schaute zu mir auf und nickte.

Das war der Mann, der mit mir arbeiten würde, damit ich ein Railer blieb. Das war der Mann, der meine Karriere in seinen Händen hielt. Wenn er sich umdrehte, und sagte, dass ich fertig war, dann war es das, dann war ich fertig. Er nickte mit dem Kopf in Richtung Eis und ich wusste, was er meinte.

Das Eis gehört dir, schau, wie es läuft.

Für eine gefühlte Ewigkeit stand ich auf dem Gummi, knackte meinen Hals, testete das Gefühl des Schlägers in meinen Händen, inhalierte die eisige Luft und grinste wie ein Idiot.

Das erste Gleiten, das Pressen der Kufe auf das Eis und ich hatte das Gefühl, als wäre ich nie weg gewesen. Die sachte Bewegung, als ich vorwärtsfuhr, nicht zu viel Gewicht auf meinem verletzten Knie, war tröstlich und ruhig. Die Kälte der Luft berührte meine Haut und das war vertraut und richtig. Ich fuhr in trägen Kreisen, das Übersetzen in den Ecken war zunächst ein wenig vorsichtig. Jedes Mal wurde ich schneller und dann hatte ich eine gute Geschwindigkeit und verspürte noch keinen Schmerz.

Das Beste war, weil ich mein Ausdauertraining nicht vernachlässigt hatte, atmete ich nicht schwer, jedenfalls noch nicht.

Ich spürte die anderen auf dem Eis und für einen Moment war ich enttäuscht, dass ich den Raum teilen musste, und dann wurde mir klar, was sie machten und warum sie hier waren. Jeder von ihnen fuhr an meiner Seite, sogar Stan und sie waren langsam, passten sich meiner Geschwindigkeit an.

Meine Augen brannten, aber ich würde nicht nachgeben und hier auf dem Eis wie ein verdammter Idiot weinen.

Sie redeten beim Fahren, Hockey-Tratsch, Wechsel-Gerüchte, Teams, denen sie den Cup gönnen würden, Teams, von denen sie wünschten, sie könnten sie besiegen, Teams, von denen sie annahmen, dass sie sie besiegen würden.

Das Gespräch wurde erst angespannt, als Ten etwas davon erzählte, dass seine Eltern zu Besuch kamen und Stan sehr still wurde und beinahe gestürzt wäre, in einem Goalie-Ausrüstungs-Durcheinander gegen die Bande krachte. Das Erste, was man tut, wenn ein Teamkollege fällt, ist, ihn aufzuziehen, aber etwas in seinem Gesichtsausdruck schrie uns an, ihn in Ruhe zu lassen.

Also taten wir das.

„Seine Mama weigert sich, von Russland herzukommen", erzählte Toly uns, als wir Stan Raum gaben.

Bei dem Training ging es um mich. Pike ließ mich ein paar leichte Übungen machen. Ich war nicht in Ordnung, nicht gesund und ich war weit davon entfernt, in einem Spiel zu spielen, aber das Johlen der Jungs und ihre stillschweigende Unterstützung ließen mich denken, dass ich das alles hier wieder machen konnte und mich nicht blamieren würde.

Als ich das Eis verließ, war ich high vom Leben, nicht von Tabletten und ich konnte es nicht erwarten, das mit jemandem zu teilen.

In der Umkleide schaute ich auf mein Handy. Meine Eltern hatten geschrieben. Meine Mom redete die ganze Zeit davon, wie stolz sie auf mich war. Dad ging es um meine Schmerzen und er hatte alle möglichen medizinischen Fragen beigefügt. Ich schickte ihnen eine Gruppennachricht, mit genug Information über beide Themen, dass sie beide glücklich waren.

Und dann war da die Nachricht von Trent.

Ein einfaches Herz-Emoji.

Wir hatten am Abend zuvor geredet, darüber, dass Agenten meine Accounts in den Sozialen Medien managen sollten. Ich war direkt in Gerüchte über mich und Trent geworfen worden, obwohl die Show noch nicht einmal ausgestrahlt war. Es gab ein paar körnige Fotos, um die sich jemand für mich kümmern musste. Seine Agentin hatte gesagt, sie würde mich nehmen, wenn ich Interesse hätte. Ich musste ihr eine Antwort geben.

„Willst du für ein Gespräch raufkommen?", fragte Layton von der Tür.

Meine spontane Antwort? Nein, das wollte ich wirklich nicht, aber es gab bei diesem kompletten Scheißhaufen, der mein Leben war, nicht nur das Knie und dass ich geoutet worden war. Es gab auch noch Marianna und ihre Erpressung.

Ich nickte und nach einer Dusche ging ich zu seinem Büro. Er hatte jetzt einen viel größeren Raum und ein Fenster und eines, was mir auffiel, war, dass er nicht so nervös aussah, als ich die Tür hinter mir schloss. Ich fühlte mich in seiner Gegenwart immer zu groß, als ob ich einer dieser Hockey-Giganten wäre, die ihn einschüchterten.

„Setz dich", sagte er und schob mir einen Kaffee über den Tisch zu. „Ich möchte die Sache gern der Polizei übergeben."

„Was?" Ich war von der Idee entsetzt, dass dies aus dem kleinen Kreis der Vertrauten, den ich hatte, getragen werden sollte. „Nein, wir müssen uns selbst darum kümmern."

Layton hob eine Hand, um mich zu stoppen, und ich musste darauf vertrauen, dass er wusste, was er tat. Auch wenn meine Instinkte mich anschrien, dem ein Ende zu bereiten.

„Ich würde gerne eine offizielle Beschwerde einreichen."

Ich lehnte mich in meinem Stuhl zurück. Das hier würde offiziell werden. „Was, wenn ich sie einfach bezahle?", sagte ich erneut.

Layton legte seine Finger aneinander und sah mich mit gerunzelter Stirn an. „Du weißt, dass das falsch ist."

„Ich weiß."

„Warum zögerst du dann?"

„Ich habe es Trent noch nicht erzählt", sagte ich nach einer Weile.

„Ah", murmelte Layton. „Du denkst, er wird es nicht gut aufnehmen?"

„Nein", sagte ich sofort und wusste, dass ich recht hatte. „Es wird ihm egal sein, was ich vor unserer Beziehung getan habe, aber ich will nicht derjenige sein, der mit Angelegenheiten aus seiner Vergangenheit diese Show, die er macht, versaut."

„In Ordnung, dann habe ich eine andere Option."

Das erfüllte mich mit Hoffnung. Jede Möglichkeit, diese Sache auf eine andere Weise zu klären war gut. Genau.

Layton öffnete einen fetten Umschlag. Fotos, Papiere und eine CD glitten auf seinen Schreibtisch.

„Was ist das?"

Er schob mir alles hin und ich drehte das erste der Fotos um. Das Bild war körnig, aber es war eindeutig Marianna mit zwei Typen. Ich konnte nicht erkennen, wer die Männer waren.

„Sie hat das schon öfter gemacht. Du warst kein zufälliger Typ, mit dem sie ausgegangen ist und den sie dann versucht hat zu erpressen."

Seltsam, dass diese Neuigkeit mich nicht schockierte. Marianna und ich waren vielleicht insgesamt vier Wochen ausgegangen und wir hatten vom ersten Tag an Sex gehabt. Sie hatte immer auf einen Dritten gedrängt und zur Hölle, ich hatte es gewollt.

„Ich war ein Ziel."

Layton ordnete die Papiere und ein weiteres Foto, reichte mir beides. „Ihr richtiger Name ist Susan Kenton, sie hat einen US-Pass und sie ist bei der Polizei bekannt. Das ist das erste Mal, dass sie im Hockey aktiv wurde, aber sie hat an der Westküste gearbeitet und unten in Dallas mit den Cowboys."

Marianna war also nicht, wer sie vorgab zu sein. Sie war überhaupt nicht aus Frankreich und sie war jemand, der Sex nutzte, um Geld zu machen. Ich war hereingelegt worden und irgendwie veränderte das das, was ich getan hatte. Natürlich war ich bei einem Dreier dabei gewesen – einem ziemlich heißen, um ehrlich zu sein – aber wenigstens waren die Aufnahmen nicht gemacht worden, um mich vor der Welt bloßzustellen, sie waren gemacht worden, um mich dazu zu bringen zu bezahlen.

„Haben die Cowboys bezahlt?"

Layton sammelte die Papiere. „Hier wird es interessant. Sie hat es zu weit getrieben und sie haben die Polizei eingeschaltet. Wenn du dasselbe machst, wäre es nicht eine Situation, in der dein Wort gegen ihres steht. Es wäre real."

Und ich würde es Trent erzählen müssen. Jetzt anstatt später.

„Und die Railers kommen damit klar?", fragte ich, anstatt mich auf Trent zu fokussieren.

Layton lehnte sich in seinem Stuhl zurück. „Wenn du das tun möchtest, wird das Team einen Weg finden, sich um mögliche negative Auswirkungen zu kümmern."

Als ich das Stadion verließ, fuhr ich zurück zu meinem Apartment, aber ich hielt nicht an. Stattdessen fuhr ich nach Osten, nach Philly. Wenn das hier öffentlich werden würde, musste ich es Trent erzählen und meinen Eltern, in dieser Reihenfolge.

Er war auf dem Eis, von Kopf bis Fuß in Schwarz gekleidet, fuhr mit einer kleineren Version seiner selbst. Ich konnte ihn von dort, wo ich stand, nicht richtig sehen und ich machte nicht auf mich aufmerksam, lauerte im Hintergrund des Stadions und wartete darauf, dass die Stunde vorbei war.

Ich hätte wissen müssen, dass er mich entdecken würde – er hatte diese Fähigkeit, mich zu sehen, sogar wenn ich mich versteckte. Er bedeutete mir, herunterzukommen, und ich tat es, jeder einzelne Schritt fühlte sich an, als würde gleich eine Axt fallen.

Als ich ihn erreichte, beruhigten die Küsse meine

Nerven, aber ich war ganz eindeutig nicht so dabei, wie ich es gedacht hatte – entweder das oder Trent war irre intuitiv.

„Was?", fragte er und machte einen Schritt zurück. „Was stimmt nicht?"

„Können wir reden?"

Er wechselte innerhalb einer Sekunde von strahlendem, glücklichem Trent zu unsicher. Mich bei der Hand nehmend, führte er mich vom Eis und einen Flur entlang. Er schaltete Lichter an und schloss eine Tür und ich erkannte, dass wir es irgendwie in das Büro des Managers geschafft hatten.

„Du solltest dich setzen", sagte ich und schob ihn zu seinem Stuhl. Aber er schubste mich von sich und weigerte sich stur, sich zu setzen.

„Wenn es aus ist, zwischen uns, ist es aus", sagte er flach und verschränkte seine Arme vor seinem Brustkorb. „Sag es mir einfach und geh."

„Was? Nein."

Ich zog ihn an mich und für einen Moment fühlte ich mich wieder auf Spur, weil er in meinen Armen war. Dann fiel mir wieder ein, was ich ihm erzählen musste. Was, wenn das, was ich getan hatte, was Marianna getan hatte, bedeutete, dass es Auswirkungen auf die Realityshow gab?

„Es geht um mich", sagte ich. „Ich habe etwas Dummes gemacht und es gibt Fotos von diesem Dreier."

Trent löste sich von mir und nahm wieder diese Position ein, bei der seine Arme vor seinem Brustkorb verschränkt waren, defensiv, ein wenig vornübergebeugt.

Er sah aus, als ob ich ihn getreten hätte und ich beeilte mich mit meiner Erklärung.

„Die Frau, mit der ich zusammen war, hat es aufgenommen und erpresst jetzt Geld, damit sie es nicht veröffentlicht. Layton sagt, dass sie es mit anderen auch schon gemacht hat, es war nicht nur ich, aber es tut mir leid, dass es passiert ist. Der Sex tut mir nicht leid, aber dass ich gefilmt wurde und dass es da draußen ist und für dich potenziell Probleme machen kann."

„Du hast mich betrogen", sagte Trent, so leise, seine Augen glänzten und seine Haltung war niedergeschlagen. „Du hast mich angelogen, genau wie mein Stiefvater."

Ich verstand nicht, was er meinte. Ich hatte ihn nicht betrogen. Ich würde ihm niemals etwas antun, das die Art Schmerz verursachen konnte, der in seinem Gesicht stand.

„Nein, Scheiße, das war, bevor ich dich überhaupt kennengelernt habe."

Er schaute mich misstrauisch an, als ob er die Wahrheit dessen, was ich sagte, abwägen würde.

„Ich liebe dich. Ich würde dich niemals betrügen, Trent. Aber ich verstehe, wenn das zu viel ist, wenn ich es verbockt habe." Gott, ich klang manisch, als ob ich vollkommen die Kontrolle verloren hätte und Trent erwiderte nichts.

Das Erste, was mir auffiel, war, dass Trent sich entspannte, seine Arme hingen locker an seinen Seiten und er richtete sich auch wieder auf, reichte mir beinahe bis ans Kinn, weil er noch seine Schlittschuhe trug.

„Du in einem Dreier", fing er vorsichtig an. „Das

sollten wir vor der Kamera diskutieren. Die Zuschauer würden das lieben."

„Huh?" Ich wusste, dass ich wie ein Idiot dastand.

„Oder vielleicht besser nicht. Ich nehme an, dass die Polizei sich darum kümmert?"

„Wenn ich es offiziell mache, werden alle es wissen."

Trent zuckte mit den Schultern. „Alle sind nicht wichtig. Ich bin wichtig." Er sagte den letzten Teil mit einem Grinsen und irgendwie wusste ich, dass ich *meinen* Trent wiederhatte.

„Du kannst mein Geld haben", platzte ich heraus. „Für das Stadion, wenn irgendetwas passiert, weil ich es verbockt habe. Zur Hölle, du kannst ohnehin alles haben."

Er blinzelte mich an, dann machte er wieder diese Sache mit dem Lächeln und ich war verloren. Ich war mir nicht sicher, wer mit dem Kuss anfing, aber das für uns beide äußerst befriedigende gegenseitige Herunterholen, während er immer noch seine Schlittschuhe trug, war etwas, das ich so bald nicht vergessen würde.

„Ich brauche dein Geld nicht", sagte er.

„Aber du wirst es annehmen, wenn das Stadion von irgendetwas davon schwer getroffen wird?"

Er hätte Nein sagen können. Er hätte es lachend abtun oder jeden Cent nehmen können, den ich besaß, aber das tat er nicht.

„Ich würde es für die Kinder tun", sagte er.

. . .

MEIN ERSTES SPIEL gegen die körperlich spielenden Flyers hätte mich nervös machen sollen, aber das tat es nicht. Ich war schon Tage zuvor bereit. Sobald sie sagten, dass ich am Dreiundzwanzigsten anfangen konnte, war ich da, mental und physisch. Ich hatte noch nichts Offizielles über den Mist mit Marianna gehört, aber ich hatte eine Erklärung abgegeben und Trent war die ganze Zeit über an meiner Seite gewesen.

Wir hatten am Tag vor dem Spiel ein frühes Abendessen – eine Art Familien-Kennenlernen, das ganz gut lief. Ich weigere mich zu sagen, dass es ein perfektes Treffen war. Trent brachte seine *Lola* mit und meine Eltern mussten sich mit meinem extravaganten festen Freund und seiner gleichermaßen farbenprächtigen Großmutter auseinandersetzen, die von Kopf bis Fuß in Orange gekleidet war.

„Du also Railers Fan?", sagte *Lola* mit so viel Abscheu in ihrer Stimme, wie sie aufbringen konnte.

„Ich bin Fan eines jeden Teams, für das mein Sohn spielt", sagte Mom, als wollte sie *Lola* herausfordern, dagegen etwas zu sagen.

„Genau wie ich", mischte Trent sich ein und drückte unter dem Tisch meine Hand.

Aber damit hörte es nicht auf, weil *Lola* sich auf meinen Dad stürzte, der, glaube ich, unter Schock stand. Er hatte sich vor langer Zeit daran gewöhnt, dass sein Sohn sowohl feste Freunde als auch Freundinnen hatte, aber er hatte noch nie jemanden wie Trent kennengelernt. Er war höflich gewesen, hatte aber angefangen, Trent anzuschauen, wenn er dachte, dass

Trent es nicht bemerkte. Ich fing an, mich ein wenig unwohl zu fühlen.

„Was ist mit dir?", fragte *Lola* meinen Dad, dessen Augen bei dieser direkten Frage groß wurden. Ich wusste, dass das Herz meines Dads an Vancouver hing und wenn nicht an ihnen, dann an jedem anderen kanadischen Team, aber er war hervorragend darin, mit den Menschen in meinem Leben umzugehen.

„Natürlich die Flyers", log er.

Lola sah ihn an, zeigte dann ein breites Grinsen. „Du bist guter Lügner, Mr. Lehmann."

Ich hob meine Hand auf den Tisch, die von Trent hielt ich noch immer fest und lachte mit, fühlte mich, als ob nichts in meinem Leben schiefgehen könnte.

Schon bald würde ich Mom und Dad von Marianna erzählen müssen, aber wenn ich das tat, würde es vielleicht nicht mehr als eine beschissene kleine Erinnerung sein. Ich hatte Prioritäten in meinem Leben, bei denen es nicht um intrigierende Ex-Freundinnen ging, die mein Geld wollten.

Das Abendessen war um acht zu Ende und wir trennten uns, ich kehrte ohne Trent zurück zu meinem Apartment, aber nicht, ehe ich ihn zum Abschied geküsst hatte.

„Wir sehen uns morgen", sagte er, winkte mir dann vom Taxi aus. Ich wollte ihn bitten, dass er mit mir nach Hause kam, aber ich musste schlafen und wenn ich mit Trent zusammen war? Dann schlief ich nicht.

Als ich bei mir war, sobald die Tür sich hinter mir schloss und ich allein war, überflutete mich, was am nächsten Tag passieren würde, es überwältigte mich und ich musste mich setzen.

Morgen würde ich mich auf das Eis stürzen und ich wollte unbedingt, dass es gut lief. Ich konnte nicht über die Möglichkeit nachdenken, dass irgendein harter Hund mich gegen die Bande checken, mich verletzen, mich rausnehmen würde. Ich musste konzentriert bleiben. Ich war schnell, ich war fit, ich war im dritten Block. Ich konnte das.

„DU KANNST DAS", sagte Ten zu mir, als er über die Bande zurückkam. Er hatte es schon zweimal zu mir gesagt, aber dieses Mal strahlte er vor Aufregung über die vollendete erste Schicht und einen Schuss auf das Tor. Er war nicht reingegangen, aber das war nicht wichtig. Ich konnte es in meinen Knochen spüren, dass es nur eine Frage der Zeit war.

Ich schaute dorthin, wo ich wusste, dass Trent saß, direkt neben meinen Eltern. Ich hatte ihnen die Karten selbst besorgt, als sie verlangt hatten, dass sie bei allen anderen sitzen wollten und nicht kilometerweit entfernt in einer Loge. Ich konnte Lola sehen, einen leuchtend orangen Punkt in einem Meer aus Dunkelblau.

Ich spürte ein Klopfen auf meiner Schulter, hörte den Befehl, die Blöcke zu wechseln.

Und in einer geschmeidigen Bewegung war ich über die Bande und in meinem ersten Spiel seit Monaten.

Kapitel Fünfzehn

TRENT

„BEEIL DICH. Wir haben schon Hymne verpasst!"

Lola zerrte an meinem Arm, lenkte mich durch Trauben von Railers Fans. Sie alle machten uns Platz, aber die finsteren Blicke wurden bemerkt. Ob sie mich in meinen pfiffigen Klamotten anstarrten oder meine Großmutter in ihrer Flyersmontur, war schwer zu sagen.

„Hey, warum gehst du nicht zurück nach Philly?", schrie irgendein Mann, der zwei Bier trug.

Das beantwortete die Frage wohl.

„Warum gehst du nicht und leckst schmutzige Eier?!", feuerte meine zierliche kleine Großmutter zurück. „Wir schlagen euren Arsch heute Abend! Du wirst sehen!"

„*Lola*, bei den Göttern, hörst du wohl auf, Kämpfe mit Railers Fans anzuzetteln?" Ich schob mich vor sie und lenkte sie absichtlich von dem Biermann weg und in Richtung unserer Sitze.

„Er hat angefangen", schnappte sie und hob ihr Kinn stolz an. „Ich kämpfe sie alle. Komm, hol mich, kleiner Mann mit großem Bierbauch und winzigem Schwanz!"

„*Lola*!" Ich konnte spüren, wie mir die Hitze am Hals hochstieg. „Ich schwöre, wenn du einen Streit vom Zaun brichst wie letztes Jahr zu Hause, werde ich sehr ungehalten mit dir sein."

„Hey, letztes Mal hat dieser Typ angefangen. Er war aus Jersey." Ich zeigte einem netten Mann mit einer Weste unsere Karten, während *Lola* weiter über Leute aus Trenton oder so etwas in der Richtung brabbelte. „Warum ist er überhaupt über Fluss gekommen?"

„Vielleicht war er dort, um seinen festen Freund in seinem ersten Spiel nach einem schrecklichen Sommer zu sehen?"

„Nein, ich denke nicht, dass er festen Freund oder Freundin hat. Ich denke, er hat Hand."

Der Typ in der Weste kicherte.

„Nicht lachen, das ermutigt sie nur", murmelte ich und wir stürzten uns in das Meer aus dunkelblauen Jerseys. Wunderbar. Meine Großmutter war die einzige Person in Orange. Wir würden Bier auf den Köpfen haben, ehe das erste Drittel vorbei war.

Mein Bauch war ein sich drehendes Chaos. Dieters Eltern waren hier und obwohl sie letzte Nacht nett zu mir gewesen waren, verriet Dieters Dad ganz gewiss nichts. Sie hassten mich, das wusste ich einfach und darum hatte ich mein sonst strahlendes ich um ein paar Gigawatt gedämpft. Ich trug nur den Jersey, den Dieter mir gegeben hatte, mit seinem Namen und seiner Nummer auf dem Rücken, eine dunkle Jeans und ein paar hübsche kleine Mokassins, die mit Fleece gefüttert waren. Mein Eyeliner und mein Gloss waren, wenn überhaupt, minimal und meine Haare waren nicht gefärbt und aus dem Gesicht gekämmt. Ich war langweilig. Aber langweilig ist das Beste, wenn man es mit Eltern zu tun hat.

„Siehst du, ich sage dir, wir verpassen Hymne."

„Es tut mir leid." Ich schob mich um einen großen Mann mit einem Teller Nachos herum, hielt dann an unserer Reihe an. „Ich weiß, dass du es liebst, die Hymne zu singen, aber ich habe keine Kontrolle über den Unfall am Capitol, wegen dem wir uns verspätet haben. Hier sind sie." Mein Magen drehte sich um. Dieters Eltern schauten auf. Ich wollte zurück nach Philly laufen. Stattdessen winkte ich ihnen mit den Fingern.

„Hör auf, dir Sorgen zu machen. Sie lieben dich, genau wie ich es tue, Babes." *Lola* schubste mich und ich stolperte über die Füße einer Frau, die neben einem dünnen schwarzen Mann saß. „Schau, da mein Mann!" *Lola* winkte ihrem Lieblingsspieler, als er vorbeifuhr.

„Entschuldigen Sie." Ich trat über ihre Füße, zog sachte meine Großmutter mit und schaffte es zu unseren Sitzen. „Hallo." Ich hielt der wunderschönen Frau mit Dieters Augen meine Hand hin. Der Mann an ihrer Seite warf mir einen langen, seltsamen Blick zu, lächelte dann aber und schüttelte meine Hand.

„Hey! Meinst du, du könntest dich hinsetzen, Sonnenschein?", schrie ein Mann hinter uns.

„Trent, wir freuen uns so, dieses Spiel mit dir anzusehen", sagte Mrs. Lehmann, nachdem ich meinen Hintern auf den Sitz hatte fallen lassen.

Lola stand immer noch, die Arme über ihrem Kopf, rief den Flyers einen Schlachtruf zu, als sie sich in der Mitte des Eises versammelten.

„LET'S GO PHILLY! RAILERS ARE SILLY!", brüllte *Lola* lautstark.

Mrs. Lehmann kicherte.

"Ich denke mir diesen Ruf nur für dieses Spiel aus", erklärte *Lola*, setzte sich dann mit funkelnden Augen.

„Es tut mir leid, dass wir zu spät sind. Es gab einen Unfall, der uns dreißig Minuten lang aufgehalten hat. Ich dachte, *Lola* würde explodieren." Ich zog meinen dunkelblauen Mantel aus und legte ihn über meinen Schoß.

Mr. Lehmann warf mir immer wieder heimliche Blicke um seine Frau herum zu. Wahrscheinlich versuchte er, sich an den Gedanken zu gewöhnen, dass sein Sohn in einen Mann verliebt war, der mehr Make-up trug als seine Frau. Er hatte seit letzter Nacht Zeit gehabt, sich damit abzufinden, aber ich wusste, dass es länger dauern konnte.

„Schon gut. Ihr seid genau richtig für den ersten Blockwechsel." Mrs. Lehmann deutete hinunter auf das Eis.

Dieter hatte uns unter den Fans gefunden. Sein Blick begegnete meinem. Ich kam auf die Beine und winkte mit den Armen über meinem Kopf. Ein kleines Lächeln kitzelte seinen Mund. Bei den Sternen, dieser Mund. Ich hatte Pläne für diesen Mund – und andere Teile dieses heißen Körpers – später. Getrennte Hotelzimmer für mich selbst und *Lola* zu buchen war eine brillante Idee gewesen, auch wenn ich das selbst sagte. Sie konnte in ihrem Zimmer schnarchen und Dieter und ich konnten in unserem ficken.

„Hey, Kumpel, setz dich!", bellte mich der Wütende Railers Mann an. Ich beeilte mich, meinen Hintern auf den Sitz zu pflanzen.

Ich saß für mehrere Minuten an der Kante, versuchte, die Action zu verstehen. Es war nicht einfach und ich musste zugeben, dass ich wenig brauchbares Wissen über das Spiel hatte. In der Vergangenheit hatte ich mich von Hockeyspielern ferngehalten. Wie ironisch, dass ich jetzt Hals über fabelhaft geschminkten Kopf in einen verliebt war.

„Du beobachtest deinen Mann in Ecken. Er ist da gut. Wild, hungrig."

„Genau, schau in die Ecken."

Ich tat, was *Lola* gesagt hatte und ich fing an, eine Art Muster zu sehen, wie die Dinge funktionierten. Zum großen Teil. Irgendwie. Ich verstand immer noch nicht, warum sie das Spiel wegen unerlaubter Weitschüsse unterbrachen. Oder wie eine Person im Abseits sein konnte. Diese Regel ergab keinen Sinn. Aber ich hatte dennoch Spaß. Dieter und die Railers sahen gut aus.

„Mäh", sagte *Lola*, als ich das ihr gegenüber erwähnte. „Erstes Spiel immer schlecht. Neue Blöcke, neue Spieler. Sie harmonieren nicht bis vielleicht zehn Spiele gespielt."

Das zeigte, was ich wusste. Während der Pause kletterte ich über meine Großmutter, ging einmal für kleine Jungs und brachte jedem von uns ein Bier und einen Teller Nachos. Als ich wieder auf meinem Platz war, hatte das zweite Drittel schon begonnen.

„Dieter hat gerade einen Penalty erwirkt", informierte mich Mrs. Lehmann, als ich wieder saß.

„Oh nein! Was hat er getan?" Ich schaute zur Penalty-Box, aber da war er nicht drin.

„Oh, er ist hinterhältig, dein Mann!", grummelte *Lola*, schob sich dann einen Nacho voller Käse in den Mund.

Ich nippte an meinem Bier und schaute mir die Wiederholung an. *Oh, einen Penalty erwirken bedeutet also …*

„Ich bin verwirrt", gestand ich Mrs. Lehmann.

„Er hat den Philadelphia-Spieler dazu gebracht, ihn mit dem Schläger zu behindern."

„Oh, dann, hurra!" Ich hüpfte auf und ab, aber vorsichtig, damit ich kein Bier auf meine Kleidung schüttete. „Und jemand dazu zu bringen, dich zu behindern, ist gut?"

„Ja, schau, jetzt ist Power Play", erklärte Mrs. Lehmann. „Das bedeutet, sie haben einen Mann mehr, weil das andere Team einen Mann verloren hat. Das verschafft ihnen einen Vorteil."

„DAS WAR KEIN HAKEN! EUER SCHIRI IST BLIND WIE FLEDERMAUS!"

Ich zuckte bei *Lolas* wütendem Geschrei zusammen. Die Railers-Spieler unterhielten sich vor dem Faceoff. Tennant Rowe war da draußen, genau wie Dieter, was aufregend war. Ich liebte es, ihm dabei zuzusehen, wie er sein Spiel spielte. Ich fragte mich, ob er mir gerne beim Eislaufen zusah. Ich würde ihn fragen müssen.

Dann wurden die Dinge auf dem Eis ziemlich hektisch. Die Railers schwärmten um das Netz von Philadelphia, schossen den Puck immer und immer wieder auf den in Bedrängnis geratenen Goalie der Flyers. Die Verteidigung von Philadelphia schien mit dem Block, der jetzt da unten war, Probleme zu haben. Ich konnte es verstehen. All das Gerede über Tennant Rowe stimmte. Er schien einen sechsten Sinn dafür zu haben, wo der Puck sein würde und irgendwie war er immer genau dort.

„BAH! JEMAND SOLL ROWE VON EIS HOLEN!!" *Lola* war außer sich. Die anderen Leute im Stadion waren begeistert.

Tennant passte den Puck zu Dieter, der weit vom Netz entfernt war. Die Männer in leuchtendem Orange wandten sich um, um meinem Mann ihre Aufmerksamkeit zu schenken, und dann machte Dieter einen Schuss, der an zwei Flyern vorbeiraste, an einem anderen abprallte und irgendwie das Ende von Tennant Rowes Schläger fand. Der Puck vollführte diese funky, wackelnde Bewegung, als er über den Goalie der Flyers flog und hinter ihm herunterfiel und an die Rückseite des Netzes rollte. Die East River Arena vibrierte vor Jubel und einer unglaublich lauten Torhupe. Mrs. Lehmann, Mr. Lehmann und ich sprangen auf, klatschten und schrien.

„Pah, Glückstreffer." *Lola* schüttelte ihre Faust in Richtung der Wiederholung des Tors der Railers auf dem Jumbotron. „Dieter hat gut assistiert", gab sie zu, schrie dem Schiri dann irgendetwas in Filipino zu.

Ich war begeistert, Dieter in einem kleinen Knoten auf dem Eis zu sehen, er und die anderen Männer in seinem Block schlugen Tennant auf seinen Helm. Er sah so verdammt glücklich aus. Und gesund. Ich fühlte mich innerlich gekitzelt, zu sehen, wie er das tat, was er so sehr liebte.

Am Ende des zweiten Drittels hatten die Flyers den Ausgleich, verloren am Ende aber, nachdem Tennant einem der anderen Stürmer, dessen Namen ich nicht wusste, eine Falle gestellt hatte und die Railers ein Tor schossen. Es war weit nach elf, als Dieter der Umkleide und den Interviews nach dem Spiel entkam. Seine Eltern und ich warteten vor dem Stadion, unterhielten uns, während *Lola* in meinem frechen gelben Prius saß und eine weiche Breze aß, dabei Radio hörte.

Ich dachte, dass er seine Eltern zuerst begrüßen würde, aber er ging direkt zu mir. Er sah unglaublich aus. Ein Mann in einem Anzug hat einfach etwas. Seine Haare waren feucht von seiner Dusche nach dem Spiel und seine Augen glühten wie feurige Smaragde. Seine Hand legte sich in meinen Nacken und er drückte seine Lippen auf meine. Der Kuss war ein wenig steif, weil seine Eltern ja da waren. Er ließ meinen Nacken los, nahm dann meine Hand, ehe er sich zu seiner Familie drehte. Seiner Mom, die anbetungswürdig war – und eine Eiskunstläuferin, natürlich war sie wunderbar – schien die ganze Männerliebe nichts auszumachen. Sein Dad … nun, er war nicht unhöflich oder so, aber man konnte sehen, dass er einiges verarbeitete. Und das war cool. Ich wusste, dass ich für manche Leute ein Schock war.

„Ich habe mir gedacht, dass wir uns zum Frühstück treffen könnten", warf Dieter schnell in die Runde, als seine Mutter fragte, ob wir noch in eine Bar gehen wollten. „Ich bin mir sicher, Trents Großmutter ist erschöpft. Sie ist wirklich alt."

Man konnte *Lola* hören, wie sie mit Bon Jovi über *bad medicine* sang.

„Ja, sie ist fertig", sagte ich und wandte den Blick ab.

Die Lüge war dünn, aber Mrs. Lehmann kaufte sie uns ab. Oder vielleicht wusste sie einfach, dass wir Zeit für uns haben wollten. Es *waren* zwei Wochen für uns gewesen. Meine Zeit im Stadion fing an, meine Freizeit aufzufressen. Aber Geld war Geld und da ich mir nicht sicher war, ob ich für die Fernsehserie bezahlt werden würde oder nicht, weil ich mich vor dem Gefängnis quergestellt hatte, brauchte ich jeden verdammten Cent, den ich bekommen konnte.

„Frühstück wäre supi!", fügte ich hinzu.

„In Ordnung, dann also Frühstück." Mrs. Lehmann küsste ihren Sohn.

Dieter und sein Vater schüttelten sich die Hände. Es wurde über Assists und gute Checks geredet, während wir versuchten, freizukommen.

Zehn Minuten später hatten wir es geschafft und waren auf dem Weg zum Hotel. Es war ein hübsches, mit Blick auf den Fluss. Ich brachte *Lola* in ihr Zimmer, rannte dann den Flur hinunter zu meinem, meine Übernachtungstasche schlug auf meinen Rücken. Dieter wartete direkt vor der Tür, die Hände in seinen Taschen. Die sexuelle Anspannung im Flur war so heftig, dass man sie wie Nebel in einer kühlen Nacht auf der Haut spüren konnte.

Ich benutzte meine Schlüsselkarte und trat ein. Dieter folgte, schloss die Tür und schaltete ein Licht an.

Eine kleine Lampe auf einer langen Kommode erwachte zum Leben. Ich ließ meine Tasche auf den Boden fallen, wandte mich zu Dieter um, und fing an, meine Kleidung auszuziehen. Er tat dasselbe. Seine Tasche landete auf einem niedrigen Stuhl in der Ecke und dann fing er an, sich zu entkleiden. Zuerst die Krawatte, dann das Jackett, das Hemd und Unterhemd, Schuhe, Socken, Gürtel, Hose und zum Schluss seine sexy Unterwäsche. Als sein Schwanz zu sehen war, hatte ich meinen Schaft bereits in der Hand, pumpte ihn von der Basis bis zur Spitze.

„Komm her", sagte ich und das tat er, ohne einen Moment zu zögern. Seine Finger schlossen sich um meine, verstärkten den Griff um meinen Schaft. Schauder der Lust durchliefen mich. Mein Blick fiel auf diesen Mund. Zeit, ihn zu benutzen. „Ich will, dass du auf deine Knie gehst und mich für eine Weile leckst. Dann musst du auf dieses Bett und mir diesen Hintern anbieten."

Er grunzte, stahl sich einen tiefen Kuss, ging dann auf die Knie.

„Alles in Ordnung da unten?", fragte ich, als die Wolke der Lust sich für gerade mal eine Sekunde hob. Vielleicht sollte ein Mann, der sich gerade von einer Knieoperation erholt hatte, nicht knien. Ich war ein schrecklicher fester Freund.

„Hör auf, dir Sorgen zu machen, und genieße es."

Er leckte eine heiße Spur an meinem Schwanz auf und ab, rollte dann seine Zunge über die Eichel, nahm eifrig die Liebestropfen auf, die sie bedeckten. Meine Augen schlossen sich. Dieter saugte mich ein, nahm mich so tief auf, wie er konnte. Ich rollte meine Hüften, schob meine Finger in seine feuchten Haare und pumpte in seinem Mund vor und zurück. Seine Augen blieben auf meine gerichtet. Es war wunderschön und schmutzig und so verdammt erotisch, dass ich mehrmals herausziehen musste, um den bevorstehenden Orgasmus hinauszuzögern.

„Willst du mich jetzt auf dem Bett?", fragte er während einer dieser Unterbrechungen.

Ich nickte, während ich darum kämpfte, meine Atmung unter Kontrolle zu bekommen. Er stand mit Leichtigkeit auf, leckte an meinem Mund, kroch dann über das Bett, sein Hintern hoch in der Luft und stolz. Der Anblick dieses engen Lochs und seiner baumelnden Eier sorgte dafür, dass ich mich überschlug, um das Gleitgel und die Kondome in meiner Übernachtungstasche zu finden.

„Trent, beeil dich. Du musst mich ficken."

„Keine Hektik", gab ich zurück, als ich mir das Kondom überstreifte.

Ein Knie auf das Bett, dann das andere. Das Gewicht des Hockeyspielers, der sich mir auf so herrliche Weise anbot, ließ die Matratze in der Mitte tief einsinken. Er rollte seine Hüften, als mein Schwanz über seinen Hintern strich, und ein langes, leises Stöhnen voller Leidenschaft rumpelte aus ihm heraus.

„Ja, beeil dich. Ich brauche dich in mir", schnaubte er, als er auf die Ellbogen ging.

Kissen glitten zu Boden. Ich öffnete das Gleitgel. Er stöhnte bei dem Geräusch. Die Finger so glitschig wie mein Schwanz, schob ich zwei in ihn. Der große Mann wölbte sich auf, sein Rückgrat durchgebogen wie bei einer Halloween-Katze. Ich spielte eine Weile mit seinem Hintern, arbeitete das Gleitgel ein, presste gegen seine Prostata, genoss den Anblick und die Laute meiner Arbeit.

„Trent, verdammt, Mann!"

„Du willst wirklich gefickt werden, oder?" Ich zog meine Finger heraus und drückte mich gegen ihn, mein Schwanz glitt zwischen seinen festen Backen nach oben. „Sag mir, wie unbedingt du gefickt werden möchtest."

„Verdammt, Trent, ich brauche dich so unbedingt", sagte er, seine Stimme tief und verraucht. Ich strich mit meinen Fingern an seinen Seiten nach oben. Er schauderte, bekam Gänsehaut. „Fick mich – tu es jetzt, ehe ich alles über meine Hand spritze."

Ich nahm mich selbst in die Hand und presste die Eichel meines Schwanzes in ihn. Zuerst gab es Widerstand und dann entspannten seine inneren Muskeln sich und ich schob mich immer tiefer und tiefer und tiefer hinein. Dieter umfasste seinen Hinterkopf mit beiden Händen, als ich meine Hüften vorstieß, ein lustvolles Stöhnen erfüllte das übermäßig warme Hotelzimmer.

„Jesus, Trent ..."

„Ich weiß", keuchte ich. Die reine Lust, mit ihm verbunden zu sein, entzog sich jeder Beschreibung, darum versuchte ich nicht, Worte zu formen, um zu sprechen. Mein Körper sprach für mich. Ich gab ihm die Erlaubnis, es zu tun.

Der Rhythmus, in den wir fielen, war wild, schnell, irre. Dieter kam, während ich mich in ihm vor- und zurückbewegte, seine Hände immer noch hinter seinem Kopf verschränkt. Sein Zusammenziehen um mich herum stieß mich über den Rand. Ich rammte hart hinein, zog ihn an mich und taumelte über die Klippe.

„Oh … Scheiße … oh", hustete der Mann unter mir, seine starken Beine waren das Einzige, was uns davon abhielt, auf das Bett zu fallen. Mein Rückgrat und all die anderen Knochen in meinem Körper waren jetzt verflüssigt. Während mein Schwanz in ihm zuckte, beugte ich mich über seinen Rücken und biss ihm in die Schulter. „Scheiße … Baby … ja", gurrte er hitzig. Mein Schwanz glitt heraus und ich fiel auf ihn, rutschte dann herunter, schauderte von dem Orgasmus, der mich immer noch im Griff hatte.

„Ah, guter Gott", flüsterte ich, packte meinen Schwanz und pumpte langsam ein letztes Mal.

Dieter fiel inmitten der zerwühlten Decken und Laken auf seinen Bauch. „Oh, verdammt, ich habe eine Sauerei veranstaltet", beschwerte er sich, bewegte sich aber nicht. „Können wir um Mitternacht den Zimmerservice um saubere Laken bitten?" Die Decke dämpfte seine Stimme.

„Ich bezweifle es."

Er rollte auf mich zu, sein Gewicht drückte mich auf das Bett, als er damit kämpfte, eine der vier Decken, die Hotels immer bereitstellten, auf die feuchte Stelle zu legen.

„Du bist schwer", sagte ich, wand mich dann unter dem Gorilla auf mir hervor.

Er lachte leise. „Du liebst es. Du wirst heiß, weil ich dich im Bett herumwerfen kann, leugne es ja nicht."

Das tat ich nicht. Ich konnte nicht lügen. Ich liebte es, dass er so groß war und ich so klein.

„Stimmt, es ist alles wahr."

Er zog mich zu sich, schmiegte mich eng an seine Seite, drückte mich dann auf das Bett und küsste mich so zärtlich, dass ich weinen wollte.

„Ich liebe dich, Trent."

„Ich liebe dich auch."

Seine Augen waren jetzt feucht. „Ich meine es ernst. Du hast während ziemlich schlimmer Scheiße zu mir gehalten."

„Ich bin ein Steher, was kann ich sagen?" Ich jagte seinen Lippen nach, war begierig auf mehr Küsse von ihm.

„Sag, dass du weiter zu mir halten wirst." Er wich ein wenig zurück, um mir in die Augen zu sehen.

„Immer, Babes, immer."

Ich hob meinen Kopf von den zerwühlten Laken. Dieses Mal schaffte ich es, einen Kuss oder zwei oder zwanzig zu erwischen.

Kapitel Sechzehn

DIETER

ALS DER ANRUF KAM, hatte ich ihn erwartet. Layton hatte mich gewarnt, dass er mit seinem Gegenstück unten in Dallas reden würde und dass sich das Netz um Marianna, oder Susan Kenton, enger zuzog – ich wusste nicht mehr, wie ich sie in meinem Kopf nennen sollte. Sie war eine Serien-Erpresserin, aber ich war einen Monat lang mit ihr zusammen gewesen. Wie zur Hölle hatte ich zulassen können, in diese Situation zu geraten? Ich erinnerte mich an keinen spezifischen Moment, an dem ich gedacht hätte, sie wäre eine Schwindlerin. Ich wusste nur, dass, als es auf das Ende von *uns* zuging, sie sich mit einem Mal sehr für die Möglichkeit eines neuen Vertrages bei den Railers interessiert hatte.

Ich wollte wetten, sie hatte die Art Geld erwartet, das die großen Jungs bekamen. Meine Auszahlung von unter einer Million kam ihr wahrscheinlich mickrig vor, aber sie hatte es dennoch versucht.

„Alles in Ordnung?"

Connor lehnte an derselben Wand wie ich, stieß

unsere Ellbogen zusammen. Er war eindeutig als Repräsentant hier oder Unterstützung, etwas, das bestätigt wurde, als Toly ebenfalls eintraf. Mein Kapitän *und* der Spielervertreter? Vielleicht hätte ich meine brandneue Agentin anrufen sollen, damit sie ebenfalls zugegen war.

„Es geht mir gut", sagte ich, trat von einem Bein auf das andere, wollte nur in Laytons Büro, um herauszufinden, was los war.

„Es war eine heftige Saison", sagte er trocken. „Das mit Ten und Jared und jetzt du und deine Erpressung."

„Und dass du mit dem hübschen Eiskunstläufer schläfst", sagte Toly, kicherte dazu. „Ich mag deinen hübschen Jungen."

Ich warf dem Russen einen schnellen Blick zu. Ich konnte nie sagen, ob er scherzte oder nicht. Er hatte eines dieser Gesichter, die nichts verrieten.

Connor räusperte sich dramatisch und Toly lachte sogar noch lauter. „Er ist sehr gut auf seinen Schlittschuhen", erklärte Toly. „Das ist alles."

Connor fluchte leise und Toly sagte etwas darauf, die beiden kabbelten und zogen sich auf und es floss mit vertrauter Wärme über mich hinweg.

Ich liebte es hier. Ich wollte niemals verkauft werden, ich wollte hier für den Rest meiner Karriere spielen. Natürlich würde das nicht passieren. Ich würde hier gut sein oder nicht. Ich würde bleiben oder verkauft werden. Was auch immer passierte, ich war in diesem Moment hier und nach dem Sieg über Vancouver letzten Abend und dem damit verbundenen Recht, gegenüber Dad anzugeben, war ich glücklich.

Ich war nicht einmal sonderlich nervös wegen des Meetings.

Oder zumindest nicht so nervös, wie ich es hätte sein können.

„Hast du das gehört?", fragte Connor laut genug, um meine inneren Überlegungen zu unterbrechen.

„Was?"

„Toly wird einen lila und grünen Anzug zur Hochzeit tragen." Er war offenkundig schockiert davon, aber natürlich war er das. Er war der mit Abstand am besten gekleidete Mann im Team, mit seinen Designeranzügen und seinem ordentlichen Bart. Einige Sportmagazine hatten sein Gesicht schon auf dem Cover gehabt, dazu kam eine GQ Fotoserie, bei der sogar ich enttäuscht gewesen war, dass er hetero ist.

Die Hochzeit war das Ereignis im Railers-Jahr, zwischen unserer Marketingdame, Emma und ihrem Verlobten Paul. Wir waren alle eingeladen.

Ich stieß Toly mit der Faust an. „Trent hat etwas von Rot gemurmelt."

Connor verdrehte die Augen.

Ich öffnete meinen Mund, um ihm von meinem dunkelblauen Anzug und dem einfachen Hemd zu erzählen, aber Laytons Tür öffnete sich.

Ich bedeutete Connor und Toly, zuerst einzutreten, und hatte gerade erst einen Schritt gemacht, als eine laute Stimme hinter mir erklang.

„Bin ich zu spät?"

Gayle, Trents Agentin und jetzt auch meine Agentin, stand da, sah aus, als ob sie die fünf Stockwerke hinaufgerannt wäre.

„Ich habe dich nicht erwartet", meinte ich lahm.

„Trent hat gesagt, dass du ein Meeting hast. Du solltest anfangen, mir diese Dinge zu erzählen, Idiot."

Sie schlug mir auf den Arm und marschierte in das Büro und ich folgte ihr, von ihrem Tadel eingeschüchtert und auch von der Stimmung im Raum. Alle sahen so ernst aus.

„Was?", fragte ich, und sah direkt zu Layton, der hinter seinem Schreibtisch stand.

„Sie hat auf schuldig plädiert", verkündete er in einem einfachen Satz, keine Übertreibungen oder Erklärungen. Ich wusste nicht, was ich sagen sollte.

„Was bedeutet das?", fragte Connor, sprach aus, was ich sagen wollte, aber nicht konnte.

„Es ist vorbei. Ein paar Aussagen, aber sie hat einen Deal gemacht und wir können das hinter uns bringen, ohne dass dein Name offiziell damit verbunden ist."

„Das wird aber nicht verhindern, dass es öffentlich wird", warf Gayle ein. Ich war dankbar für ihre und Connors Anwesenheit.

„Nein, wird es nicht, aber es wird keine Veröffentlichung des Videos geben, keine Fotos und kein Geld wird bezahlt werden, darum denke ich, können wir es als Sieg einstufen."

Sogar noch dreißig Minuten später, auf dem Eis, während der Drills, war ich wie betäubt – so sehr, dass ich ins Netz fuhr, nur knapp einen sehr schlecht gelaunten Stan verpasste. Er schubste mich nachdrücklich aus seinem Bereich, brachte mich zu Fall, schimpfte mich dann in einem Durcheinander aus gebrochenem Englisch und wütendem Russisch. Ich lag einfach nur da und nahm es hin, aber als er aufhörte zu reden, offensichtlich wollte, dass ich etwas sagte, stand ich auf und umarmte den großen Kerl. Nach einer Weile tätschelte er meinen Rücken.

Wir trennten uns und ich fuhr davon, schneite die Jungs ein, die am anderen Ende warteten.

„Worum ging es da?", fragte Ten, neigte seinen Kopf in Stans Richtung.

Ich zuckte mit den Schultern. „Ich bin zu nahe zu ihm gefahren, ihm hat das nicht gefallen, er hat irgendeinen Scheiß gesagt, den ich nicht verstanden habe und dann haben wir es durch eine Umarmung gelöst."

Das Training drehte sich um Geschicklichkeit und Reichweite, danach gab es Mittagessen in einer Bar. Das Leben mit meinen Teamkollegen und Freunden war gut.

Aber ich vermisste Trent.

„HERR IM HIMMEL, wer hat dir beigebracht, eine Krawatte zu binden?", fragte Trent. Er versuchte, sie neu für mich zu binden, aber der Größenunterschied machte das schwierig, ich kauerte mich zusammen und er stand auf den Zehenspitzen. Schließlich fluchte er leise und kletterte auf den Kaffeetisch, was ihn ein wenig größer machte als mich. Auf diese Weise konnte er sich darauf konzentrieren, meine saphirblaue Krawatte so perfekt zu binden, wie er das wollte.

„Weißt du, ich binde schon seit Jahren meine Krawatten selbst", sagte ich. Nicht, dass es mir etwas ausmachte, dass er mir so nahe war, an meinen

Klamotten herummachte. Es konnte sogar sein, dass ich mich an diesem Tag absichtlich ein wenig ungeschickt angestellt hatte, damit er mich rettete.

So nahe konnte ich die Wärme des Brauns in seinen Augen sehen, den Hauch Farbe auf seinen Augenlidern und den Eyeliner. Er hatte Gloss auf seine Lippen aufgetragen – zum dritten Mal, weil ich ihn immer wieder wegküsste. Ich konnte mich nicht beherrschen, wenn seine Lippen so feucht waren, verführten sie mich. Er rückte die Krawatte ein wenig gerade, schnalzte dann mit der Zunge, bevor ich ihn wieder küsste.

„Hör auf", sagte er, aber in seinen Worten war keine Hitze und er vertiefte den Kuss. Ich hob ihn hoch und er schlang seine Beine um mich.

„Wir sollten uns ein wenig länger küssen", verlangte ich und versuchte, es zu tun. Er wich meinem Kuss aus und wand sich aus meinem Griff.

„Wir kommen zu spät", bemerkte er, überprüfte seine Lippen im Spiegel und trug mehr Gloss auf. Ich beobachtete ihn auf dieselbe Weise, wie ich es immer tat, wenn er das machte und entdeckte einen Hauch des Glänzens auf meinen eigenen Lippen. Ich war noch nicht ganz bereit für einen öffentlichen Auftritt mit Gloss und wischte ihn mit einem Taschentuch ab, aber es würde nicht lange dauern, bis ich meine Lippen wieder auf seinen hatte.

Als wir ankamen, entdeckte ich Toly in seinem lila und grünen Anzug auf der Stelle. Er sah gut aus und natürlich stand Connor im Mittelpunkt, der wie das GQ-Model aussah, das er war. Ten und Jared waren Hand in Hand und Layton stand so nahe bei Adler, dass es nicht mehr lange dauern würde, bis dieses Geheimnis gelüftet war.

Was mich betraf, ich nahm Trents Hand und zog ihn auf die Gruppe zu. Trent passte hierher, trotz seines roten Anzugs, seiner dunklen Haare mit den roten Strähnen und seinem Make-up. Er war ein Eiskunstläufer – Eis war seine Herrin, so wie es bei uns allen war.

Die Hochzeit war wunderschön, wie Hochzeiten das so sind und danach gingen wir zu Connors Haus für eine Überraschung. Er wollte uns nicht erzählen, worum es ging, aber es war etwas, das Trent organisiert hatte, darum wusste nur Gott, was ich erwartete.

Uns allen wurde Champagner gereicht – nur winzige Gläser, weil Connor zu jeder Zeit mehr als verantwortungsvoll war – und dann wies er uns an, uns in seinem Heimkino zu setzen. Ja, er war *dieser* Spieler, mit den Kinositzen und dem großen Bildschirm und er hatte sogar zusätzliche Stühle aufgestellt. Überall lümmelten Hockeyspieler herum. Ich hatte das Glück, einen der Kinosessel zu ergattern und Trent entschied sich, sich auf meinen Schoß zu setzen.

Seit wir angekommen waren, war er ein wenig nervös gewesen und ich hielt ihn fest. Vielleicht hatte jemand etwas gesagt oder er machte sich Sorgen, über was auch immer hier passierte.

„Was wird das hier?"

„Sie werden mich zur Witzfigur gemacht haben", flüsterte er mir zu, seine Stimme angespannt vor Emotionen. „Bitte sei nicht zu peinlich berührt."

„Ich verstehe nicht", sagte ich, aber ich kam nicht

dazu, noch etwas zu sagen, weil Connor die Lichter ausmachte und sich setzte.

„Bereit?", fragte er und wir alle nickten, und dann sagten wir einstimmig Ja, weil Hockeyspieler nicht dumm sind – wir alle waren zu dem Schluss gekommen, dass es dunkel war und niemand unser Nicken sehen konnte.

Der Bildschirm erhellte sich, ein auffälliges Bild mit funkelnden Diamanten, das zu Eis in der Sonne wurde, dann zu einem Eisstadion wechselte.

„In diesem Winter", verkündete der Sprecher mit typischer Filmstimme, „werden Sie sehen, wie Trenton Hanson, der Olympiateilnehmer im Eiskunstlauf, versucht, eine Gruppe Hockeyspieler anzuleiten …"

Oh, es ist die Show oder zumindest eine Art Trailer.

Trents Gesicht erschien und er lächelte und dann weitete sich das Bild zu uns, den großen, dräuenden Hockeyspielern, die ihn überragten. Wir standen in einem Halbkreis, als wären wir absichtlich aufgestellt worden. Ich erinnerte mich daran, dass sie mich auf eine Seite gelotst hatten, um ein Gegengewicht zu Stan zu haben oder etwas in der Art. Dieses eine Bild war aussagekräftig. Wie würde dieser winzig kleine Eiskunstläufer uns im Zaum halten?

Der Sprecher sagte noch andere Dinge. Ich hörte nicht zu – ich hielt Trent fest und hoffte inständig, dass das gut gehen würde.

Das Bild löste sich wieder in Diamanten auf und dieses Mal erschien Stan auf dem Bildschirm, wie er sprang, die Arme ausgestreckt, in voller Goalie-Montur, und dann ein Rad schlug.

Darüber Trents Stimme. „Nur, indem wir die Grundlagen lernen, können wir mit der Kraft arbeiten …"

Die Kamera erwischte Stan, wie er zu Boden taumelte, dann richtete sie sich auf Ten, der mitten in der Drehung gegen ihn prallte. Ich konnte ein Lächeln nicht unterdrücken und ich hörte Stans Russisch und Tens schnaubendes Lachen im Raum.

Sie machte sich nicht über Trent lustig. Tatsächlich war genau das Gegenteil der Fall.

Der Film zeigte weitere Stürze, ging dann zu einigen der Dinge über, die die Jungs gelernt hatten, kurze Blicke auf Statistiken davor und danach.

„Begleiten Sie Trent und seine Freunde bei der Weihnachtsveröffentlichung der neuen Realityshow …"

Ich klinkte mich wieder aus, suchte Trents Lippen mit meinen eigenen und küsste ihn.

Dann sagte ich, was ich dachte, dass er hören musste. „Ich könnte nicht stolzer sein."

Epilog

TRENT

„Sind wir sicher, dass das in Ordnung ist?", fragte Dieter, sein neuer Flyers Jersey sah mehr als ein wenig seltsam an ihm aus. Die schwarzen Hockeyschlittschuhe, die von seiner breiten Schulter baumelten, wirkten passend.

„Es ist mein Stadion. Wenn wir uns um Mitternacht hineinschleichen wollen, können wir das."

„Ja, in Ordnung. Kann ich das jetzt ausziehen?" Er zupfte an dem leuchtend orangen Jersey, hob die Schulter ein wenig, ließ sie dann fallen. Man konnte um den lockeren Kragen des Jerseys das Aufblitzen des braunen Oberteils sehen, das er zum Abendessen getragen hatte. „Ich weiß zu schätzen, dass deine Großmutter ihn mir zum Geburtstag gekauft hat und so, aber … es fühlt sich seltsam an."

„Klar, du kannst ihn ausziehen." Ich kicherte, während ich die Eingangstür von Rainbow Skate öffnete. Wir huschten hinein und ich schloss die Tür hinter uns.

Er riss sich den Sweater – ich hatte gelernt, dass Hockeyspieler Jerseys so nannten – über den Kopf, was seine Haare zerzauste und von seinem Kopf abstehen ließ. Ich streckte die Hand aus, um sie flach zu streichen.

„Ich wünschte, wir hätten mehr Zeit zusammen", seufzte ich, als die dichte Masse sich einfach wieder aufstellte.

„Ich habe dir gesagt, dass, sobald die Saison richtig losgeht, es eng werden würde, Babe."

„Ich weiß, ich weiß." Ich schob meine Hand durch seine Haare, nicht, um sie zu ordnen, nur, um zu spüren, wie sie durch meine Fingerspitzen glitten. „Ich würde in Erwägung ziehen, mein Trainergeschäft nach Harrisburg zu verlegen, aber meine Kinder können nicht umziehen."

„Es wird funktionieren. Es sind einfach nur zwei Stunden. So wie heute, richtig? Ich werde morgen einfach früh aufstehen und dann bin ich rechtzeitig zum Morgenlauf im Stadion."

„Natürlich, ich weiß. Es ist nur … die Nächte allein sind hart."

„Das ist das Leben einer Hockey-Ehefrau", zog er mich auf, tanzte dann außer Reichweite, damit ich ihm nicht auf den Hintern schlagen konnte.

„Ich wäre ein *göttlicher* Hockey-Ehepartner."

„Ja, das wärest du. Komm, lass uns aufs Eis gehen."

Er schnappte sich mein Handgelenk, zog mich auf das Eis zu. Wir setzten uns und fingen an, unsere Schlittschuhe zu binden. Seine waren doppelt so groß wie meine. Ich wies ihn darauf hin und bekam ein

Knabbern am Hals, weil ich sein Ego ein wenig gestreichelt hatte.

„Ich sehe, dass deine Mom glücklicher aussieht. Redest du schon mit Clay?"

Ich schaute meine Schnürsenkel mit gerunzelter Stirn an.

„Tatsächlich reden wir nicht." Ich atmete aus und setzte mich, ließ meine Schnürsenkel baumeln. „Es ist eher so ..." Ich war mir nicht sicher, wie ich es erklären sollte. Ich schob eine blaue Haarsträhne mit dem Daumen aus meinem Gesicht. „Nun, es ist eher so, dass wir nicht wirklich reden, aber auch nicht wirklich nicht reden."

„Das hat überhaupt keinen Sinn ergeben", bemerkte trocken.

„Ich weiß. Es ist immer noch ein massives Problem für mich. Ich versuche, es zu lösen, weißt du, bei der Therapie und indem ich mit Mom und *Lola* darüber rede, aber ich scheine den Verrat nicht verwinden zu können. Bitte, lüg mich niemals an oder betrüge mich. Ich kann eine Menge aushalten, aber ..."

„Hey, schau mich an." Er nahm mein Kinn und drehte meinen Kopf. Ich liebte seine Augen. „Zuerst einmal, wer sonst würde mich wollen? Ex-Süchtige stehen bei den meisten Leuten auf der Begehrensliste nicht weit oben."

Ich warf ihm einen abfälligen Blick zu, aber er zog mich auf.

„Spaß beiseite, es gibt keinen anderen Mann, der je deinen Platz einnehmen könnte. Hast du in letzter Zeit in den Spiegel geschaut?"

„Ich *bin* ziemlich atemberaubend, nicht wahr?", scherzte ich zurück und das Gewicht meiner Beziehung zu Clay – so wie sie war – wurde etwas leichter. „Ich bin mir nicht sicher, ob ich fahren kann. Ich habe zu viel vom Geburtstagsessen verspeist", stöhnte ich und rieb über meinen vorstehenden Bauch, nachdem ich meine Schlittschuhe fertig geschnürt hatte.

Dieter legte eine Hand über meine. „Du bist so flach wie ein Brett. Und auch sexy." Er ließ seine Hand nach unten zu meinem Gemächt gleiten. Ich schlug seine wandernden Finger fort.

„Nein, kein Streicheln, bis wir gefahren sind. Das ist mein Geschenk für dich. Nun", ich erhob mich, knickte in der Hüfte ein und warf ihm einen verruchten Blick zu, „es ist *eines* meiner Geschenke. Das andere beinhaltet Gleitgel und einen Analplug, den ich für dich gekauft habe. Ups. Ich nehme an, *diese* Katze ist aus dem Sack."

„Scheiße, ich bekomme einen halben Ständer, wenn ich nur daran denke." Er lachte leise, stand auf und folgte mir über die dicken Matten zur Tonanlage.

„Ich hatte die CD, die ich gebrannt habe, ganz oben", seufzte ich, als ich anfing, die Soundtracks von *Frozen, Die Schöne und das Biest* und *Mary Poppins* zu durchsuchen. „Die Kinder lieben ihr Disney."

„Wie geht es Scotty? Kommt sie in der Schule und so klar?" Er trat hinter mich, sein Atem feucht und warm an meinem Nacken.

„Es geht ihr gut. So ein tapferes Mädchen. Ah! Da ist sie ja."

Ich wedelte mit der CD über meinem Kopf, schob sie dann in die alte Stereoanlage. Jetzt da ich meinen ersten Scheck von der Fernsehshow, sowie meine Bezahlung von den Railers bekommen hatte, hatte ich Pläne, hier alles nach und nach zu erneuern. Ich hatte bereits die Hypothek auf das Haus meiner Mutter bezahlt. Die Steuern waren ebenfalls bezahlt, für beide Grundstücke. Der Scheck für die Bank befand sich in der Post für Rainbow Skate. Ich konnte wieder atmen.

„Gut. Sie ist ein nettes Mädchen."

„Ja, das ist sie. Sie sind alle wunderbare Schüler."

Wir nahmen unsere Kufenschoner ab und traten auf das Eis, seine Finger verflochten sich mit meinen.

„Du siehst glücklich aus", sagte er, dann lief er los, zog mich hinter sich her, während wir langsam eine Runde auf dem Eis drehten.

„Das bin. Ganz unglaublich." Ich drehte mich zu ihm, fuhr rückwärts, damit ich sehen konnte, wie die Emotionen sich auf seinem ausdrucksstarken Gesicht abwechselten. „Du hast so viel mit meinem Glückslevel zu tun. Ich dachte, ich hätte all mein Glücklichsein verloren. Dann bist du in meine Welt gefahren."

„Und habe sie ins Chaos gestürzt." Seine Brauen runzelten sich ein wenig, als wir ein paar einfache Wechsel machten.

„Nein, hast du nicht." Er drehte mich herum, zog mich dann zurück, presste mich an seinen Brustkorb, als „Wonderwall" von Oasis das Stadion erfüllte. „Sie war bereits im Chaos. Du hast mir einen Grund gegeben, mich durch das Durcheinander zu kämpfen. Wir waren füreinander bestimmt. Wie Romeo und Julia, nur ohne das Gift und die Flüche auf Italienisch."

Sein Kopf neigte sich nach unten, seine Brauen

ruhten an meinen, unsere Kufen glitten über das frische Eis, seine Arme waren um mich geschlungen.

„Du hast mich gerettet. Das weißt du, oder?"

Ein lebhafterer Song begann, „Electric Love", einer, zu dem ich einmal überlegt hatte zu fahren. Aber das war vor Ewigkeiten gewesen. Jetzt schienen die Medaillen und die Blumen, die auf das Eis flogen, nicht mehr so wichtig zu sein, wie Scotty lächeln zu sehen, nachdem sie einen Einfachen Salchow geschafft hatte. Und die Lorbeeren und Bewunderung der Fans verblassten im Vergleich, mit diesem Mann in den Nächten zusammen zu sein, in denen wir es schafften, Zeit für uns zu finden.

„*Du* hast dich gerettet", erinnerte ich ihn, lehnte mich zurück, damit er mich nach außen schwingen konnte. Sein Griff war stark, sicher, gleichmäßig. Als ich aufrecht war, hob Dieter mich über seinen Kopf. Ich rollte einen Moment später auf seine Schulter hinunter, meine Arme schlangen sich um seinen Hals, meine Kufen berührten kaum das Eis.

„In Ordnung, aber ich hatte eine Menge Unterstützung." Er drückte einen Kuss auf mein Kinn, als ich an seiner Vorderseite nach unten glitt.

„Du würdest einen guten Eiskunstlaufpartner abgeben", erklärte ich ihm, meine Finger spielten mit den weichen Haaren in seinem Nacken.

„Ist das die einzige Art guter Partner, der ich sein könnte?" Seine Lippen wanderten von meinem Kinn nach oben zu meinen Lippen, wo er einen ganzen Song lang knabberte und leckte. Ich ließ zu, dass er uns über das Eis fuhr, seine Bewegungen kräftig und sicher, meine leicht und gleichmäßig.

„Unsinn", schnurrte ich zwischen sanften, süßen Küssen. „Ich weiß, dass du einen wunderbaren Bowling-Partner abgeben wirst."

Dieter schnaubte, unsere Füße bewegten sich in perfektem Gleichklang, ohne ein Stolpern oder Straucheln. „Du wirst es nicht einfach sagen, oder?"

„Das ist zu bezweifeln. Ich spiele gerne das Biest", gab ich zu, fuhr eilig von ihm fort, um genügend Geschwindigkeit aufzubauen, damit ich mich fallenlassen und auf meiner Seite über das Eis gleiten konnte, ein Bein hinter mir angewinkelt, das andere gerade. Es war eine ziemlich dramatische Figur und eine, die mir mehr als ein paar Medaillen und Titel eingebracht hatte.

Dieter fuhr dorthin, wo ich auf dem Eis lag, meine Augen geschlossen und meine Haltung perfekt.

„Der kanadisch-deutsche Richter gibt dieser Figur eine Zehn."

Ich öffnete ein Auge. „Der kanadisch-deutsche Richter ist voreingenommen, aber der amerikanisch-philippinische Eiskunstläufer kann damit leben."

Er hielt mir seine Hand hin. Ich schob meine in seine und wurde auf meine Schlittschuhe und in seine Umarmung gezogen. Ich fuhr seinen starken Kiefer mit meinen kalten Fingern nach. Seine grün-bernsteinfarbenen Augen fingen an zu glühen. Wir waren nicht lange auf dem Eis gewesen.

„Du wirst ein hervorragender Lebenspartner sein. Das heißt, wenn du den Rest deines Lebens mit mir

verbringen willst?" Ich linste durch meine Wimpern.
„Ich bin als ein wenig frech und etwas schrill bekannt."

„Nur etwas, huh?" Er strich mit dem Daumen über meine Unterlippe, verschmierte den rosa Gloss, den er so sehr liebte.

Ich nickte, klimperte mit meinen getuschten Wimpern.

„Ich liebe freche, schrille Männer."

„Dann sind wir ein solides Paar, oder?"

„Das sind wir jetzt."

Poke Check (Harrisburg Railers #4)

Ein heißer Sommer zusammen kann niemals genug sein.

Stanislav „Stan" Lyamin ist glücklich bei den Railers. Der riesige Goalie ist sehr beliebt, wird respektiert und hat sich ein Heim geschaffen, auch wenn dieses Heim nur ihn, seine Katze und seine wachsende Pokémon Kartensammlung beherbergt. Stan ist das so lieber. Er hat letzten Sommer bei einer heimlichen Affäre sein Herz einem Mann gegeben und dieser Mann hat ihn verlassen, Stan am Boden zerstört zurückgelassen. Jetzt ist Erik wieder in seinem Leben und er hat denselben tumultartigen Effekt auf Stans Herz wie schon zuvor. Dieses Mal sind es nicht nur ein zum Küssen einladender Mund und süße blonde Locken, die Erik mit nach Harrisburg gebracht hat, es gibt auch eine zukünftige Ex-Frau und ein niedliches Baby. Trotz des Schwurs, den Stan geleistet hat, Erik für immer zu hassen, stellt er fest, dass es immer schwieriger wird, sich abzuwenden.

Erik Gunnarssons Traum war es immer, in der NHL zu spielen. Er hatte sich nur nie vorgestellt, dass er einen Vertrag bei den Railers bekommen würde. Wer hätte gedacht, dass das Schicksal ihn in dasselbe Team stecken würde wie Stanislav Lyamin, den Mann, dessen Herz er so gefühllos gebrochen hat? Geheimnisse und Lügen hatten ihre Sommerbeziehung definiert und die Entscheidung, die Erik getroffen hat, alles zu beenden, verfolgt ihn noch immer. Mitten in einer hässlichen Scheidung und mit einem Baby im Schlepptau, stellt Erik fest, dass er wieder in Stans Leben ist. Jetzt muss er nur der beste Dad sein, dem Team beweisen, dass er die Chance verdient, in der Aufstellung zu bleiben und alles versuchen, Stan dazu zu bringen, ihm zu vergeben. Ist es möglich, einen Mann, der dich hasst, zu überzeugen, der Liebe eine zweite Chance zu geben?

Blockwechsel (Harrisburg Railers Buch 1)

Kann Tennant Jared zeigen, dass Alter nur eine Zahl ist und dass nur die Liebe zählt?

Die Rowe Brüder sind berühmte Hockey Teufelskerle, aber als jüngster des Trios musste Tennant immer gegen den Ruf seiner Brüder anspielen. Um aus ihrem Schatten zu treten, und gegen ihren Rat, nimmt er einen Wechsel zu den Harrisburg Railers an, wo er Jared Madsen trifft. Mads ist ein alter Freund der Familie und der ehemalige Teamkollege seines Bruders. Mads ist Tennants neuer Coach. Und Mads ist der attraktivste Mann, den er je gesehen hat.

Jared Madsens Hockey-Karriere wurde von einem Herzfehler

frühzeitig beendet, aber durch die Arbeit als Coach bleibt er nahe am Spiel. Als Ten ins Team wechselt, wird seine akribisch geordnete Welt ins Chaos geworfen. Weil er neun Jahre jünger und der Bruder seines besten Freundes ist, weiß Mads, dass er unbedingt die Finger von Ten lassen muss, aber sobald er Tens Bewegungen sieht, auf dem Eis und im richtigen Leben, weiß er, dass sein Herz ihn wieder in Schwierigkeiten bringen könnte.

Harrisburg Railers Hockey

1. Blockwechsel
2. Erste Saison
3. Am tiefen Ende
4. Poke Check (Deutsche Ausgabe)
5. Letzte Verteidigung
6. Torlinie
7. Neutrale Zone
8. Hat Trick (Deutsche Ausgabe)
9. Save the Date (Deutsche Ausgabe)
10. Mit Baby sind es drei
11. *Rivalen*
12. *Perfekte Geschenke*

Ryker (Deutsche Ausgabe) (Owatonna U. Buch 1)

Lernt in dieser fesselnden Romanze die Männer des Hockeyteams der Owatonna University kennen!

Hockey liegt dem reichen Ryker im Blut – während der Junge vom Land, Jacob, nur versucht, durchs College zu kommen. Dennoch haben diese beiden absoluten Gegensätze bald Schwierigkeiten, an etwas anderes als einander zu denken.

Ryker ist Hockey-Adel, Jacob ist ein armer Junge vom Land. Können zwei vollkommen unterschiedliche Menschen eine gemeinsame Basis finden und zu den Männern werden, die sie sein möchten?

Ryker entstammt einer langen Reihe Championship-gewinnender Hockeyspieler. College-Hockey zu spielen, um sein Spiel zu entwickeln, ist sein einziger Fokus und nichts wird sich ihm in den Weg stellen, daran zu arbeiten, der beste Spieler zu werden, der er sein kann. Er hat keinen Platz für Beziehungen, Menschen, die seine Fehler sehen oder irgendjemanden, der ihn wegen seiner Träume anspricht. Er hat ganz sicher keinen Platz für die Liebe und Jacob kennenzulernen ist nichts als eine nützliche Ablenkung nebenher. Schließlich ist der Versuch, seinen Teamkollegen von den Owatonna Eagles ins Bett zu bekommen weniger Arbeit und mehr Spaß. Als seine Familie von einer Tragödie erschüttert wird, zerbricht sein zauberhaftes Leben und die einzige Person, an die er sich wenden kann, ist der Mann, der behauptet, ihn zu hassen.

Jacob Benson hat sein ganzes Leben lang nur harte Arbeit und erstickende konservative Werte gekannt. Geboren und aufgewachsen in der kleinen ländlichen Gemeinde Eden Crossing, Minnesota, ist er der einzige Sohn einer hart arbeitenden, aber in Geldnöten steckenden Familie, die eine Milchwirtschaft betreibt. Jacob nutzt sein Können im Hockey, um seinen Abschluss in Agrarwissenschaften zu finanzieren. Diese vier Jahre an der Owatonna U. werden wahrscheinlich die einzige Zeit sein, die er haben wird, um das Leben zu genießen, seine sexuelle Orientierung akzeptiert zu sehen und offen zu leben, ehe er unausweichlich auf die Farm zurückkehrt. Einen reichen hübschen Jungen wie Ryker Madsen zu treffen, dämpft seinen Genuss des Lebens weit weg von zu Hause. Rykers leichtfertige, sorgenfreie Einstellung geht Jacob auf die Nerven. Wenn Ryker also alles ist, was er nicht mag, warum will er dann nichts mehr, als die sündigen

Träume zu erkunden, in denen sein nerviger Teamkollege jede Nacht die Hauptrolle spielt?

Owatonna U. Hockey

1. Ryker
2. Scott
3. Benoit

Von Küste zu Küste (Arizona Raptors, Buch 1)

- *Gegensätze ziehen sich an*
- *Ein bissiger Team-Eigentümer, der von seiner Familie enterbt wurde*
- *Gefangen in einer Klausel in einem Testament*
- *Ein Coach, der sich nicht fürchtet, Dinge zu ändern*
- *Geheimer Motel-Sex*
- *Leidenschaftliche Diskussionen und sture Hitzköpfe*

Als Gegensätze sich anziehen, wird dieses Team von ganz unten in der Liga nie wieder so sein wie zuvor.

Eine Bedingung im Testament seines Vaters zwingt Mark zurück in die Arme einer Familie, die ihn verstoßen hat und macht ihn zu einem Drittel zum Eigentümer eines Hockeyteams, das kurz vor dem finanziellen Ruin steht. Er schaut sich Hockey nicht einmal an, mag es auch nicht und will nichts mehr, als wieder zurück nach New York zu gehen. Dann ist da noch der neue Coach, ein sturer, eigensinniger, irritierender Mann mit einem Überlegenheitskomplex und fragwürdigem Musikgeschmack. Sich mit Rowen anzulegen, wird zur neuen Normalität, aber dazu kommen auch leidenschaftliche Diskussionen und eine alles verschlingende Lust.

Als ihm angeboten wird, eines der schlechtesten Teams der Liga zu einem zukünftigen Mitbewerber um den Cup umzubauen, kann Rowen sich diese Gelegenheit nicht entgehen lassen. Noch nie in seinen zwanzig Jahren Hockey hat er ein Team gesehen, das so schlecht geführt wurde oder Spieler, die so voller Feindseligkeit und Engstirnigkeit sind. Aber etwas an diesem Team und dieser Stadt überzeugt ihn, seine Ärmel hochzukrempeln und anzufangen, alles auseinanderzunehmen. Wenn nur Mark, einer der drei Geschwister, denen die Raptors jetzt gehören, nicht so verdammt stur und doch so verdammt reizvoll wäre, könnte sein Job leichter sein. Es sieht nicht so aus, als ob einer von beiden nachgeben möchte, aber eine Nacht in einem dunklen, abseits gelegenen Hotel verändert alles.

Da viele LeserInnen wohl keine eingefleischten Hockey-Fans sind, habe ich hier eine kleine Sammlung der Hockey-Begriffe, die in diesem Buch vorkommen. Eventuelle Fehler oder Ungenauigkeiten bitte ich zu entschuldigen.

1. Von Küste zu Küste
2. *Über den Großen Teich*

Chesterford Coyotes YA Hockey

Abseits des Eises (Chesterford Coyotes Buch 1)

Eine Coming of Age Liebesgeschichte mit High School, Hockey-Rivalitäten, Freundschaft, Familie und Coming out.

Sorens Welt verändert sich auf einen Schlag, als er und sein jüngerer Bruder von Hockey-Adel adoptiert werden. Sein neues Leben zu begreifen, ist schwer genug, doch als er in einer Privatschule angemeldet wird, bedeutet das, dass er sich einer ganzen Reihe neuer Probleme stellen muss. Durch Freundschaften, Familie und Hockey zu navigieren ist eine Sache, aber sich zu dem Jungen hingezogen zu fühlen, der ihm auf die Nerven geht, ist eine ganz andere.

Felix muss einen Ruf schützen. Er ist der Junge, der alles zu haben scheint, aber Äußerlichkeiten können täuschen. Mit seinen Lügen über sein perfektes Leben hat er eine Fantasiewelt geschaffen, an die er mittlerweile sogar selbst glaubt. Nur, dass es nicht lange dauert, bis alles in sich zusammenfällt, all seine hübschen Lügen kommen ans Licht und nur sein größter Rivale sieht durch seinen Schmerz hindurch und steht zu ihm.

Kämpfen ist einfach, Freundschaft ist schwierig, aber Liebe ist alles.

Eine Coming of Age Liebesgeschichte mit High School, Hockey-Rivalitäten, Freundschaft, Familie und Coming out.

Sorens Welt verändert sich auf einen Schlag, als er und sein jüngerer Bruder von Hockey-Adel adoptiert werden. Sein neues Leben zu begreifen, ist schwer genug, doch als er in einer Privatschule angemeldet wird, bedeutet das, dass er sich einer ganzen Reihe neuer Probleme stellen muss. Durch Freundschaften, Familie und Hockey zu navigieren ist eine Sache, aber sich zu dem Jungen hingezogen zu fühlen, der ihm auf die Nerven geht, ist eine ganz andere.

Felix muss einen Ruf schützen. Er ist der Junge, der alles zu haben scheint, aber Äußerlichkeiten können täuschen. Mit seinen Lügen über sein perfektes Leben hat er eine Fantasiewelt geschaffen, an die er mittlerweile sogar selbst glaubt. Nur, dass es nicht lange dauert, bis alles in sich zusammenfällt, all seine hübschen Lügen kommen ans Licht und nur sein größter Rivale sieht durch seinen Schmerz hindurch und steht zu ihm.

Kämpfen ist einfach, Freundschaft ist schwierig, aber Liebe ist alles.

Weitere Bücher von RJ Scott

Für eine vollständige Liste der Ebooks und Links scanne bitte den Code oben oder besuche rjscott.co.uk/buchliste

Weitere Bücher von V.L. Locey

Für eine vollständige Liste der Ebooks und Links scanne bitte den Code oben oder besuche vllocey.com/deutsche

Lernt RJ Scott kennen

RJ Scott ist die Bestsellerautorin von über hundert Gay Romance Büchern. Sie schreibt emotionale Geschichten mit komplizierten Charakteren, Cowboys, alleinerziehenden Vätern, Hockeyspielern, Millionären, Prinzen und den Männern, die sie lieben.

Sie lebt etwas außerhalb von London und verbringt jede wache Minute, die sie nicht mit ihrer Familie zusammen ist, damit, zu lesen oder zu schreiben. Das letzte Mal, als sie eine Woche Pause vom Schreiben hatte, hat es ihr gar nicht gefallen. Und sie ist bis heute auf der Suche nach der Tafel Schokolade, der sie nicht gewachsen ist.

www.rjscott.co.uk / rj@rjscott.co.uk

Newsletter - rjscott.co.uk/de

instagram.com/rjscott_author
amazon.com/author/rj-scott
bookbub.com/authors/rj-scott
patreon.com/RJScott

Lernt V.L. Locey kennen

V.L. Locey liebt abgetragene Jeans, Yoga, aus vollem Herzen zu lachen, spazieren zu gehen, lesen und Geschichten voller Lust zu schreiben, griechische Mythologie, die New York Rangers, Comicbücher und Kaffee. (Nicht unbedingt in dieser Reihenfolge.) Sie lebt mit ihrem Ehemann, ihrer Tochter, einem Hund, zwei Katzen, einer Gruppe Hühner und zwei Jersey-Rindern zusammen.

Wenn sie keine peppigen Geschichten schreibt, genießt sie es, den Tag mit ihren Tieren in den sanft abfallenden Hügeln von Pennsylvania zu verbringen, mit einer frischen Tasse Kaffee in der Hand. Sie kann auch online auf Facebook, Twitter, Pinterest und Goodreads gefunden werden.

Webseite: vlloceyauthor.com

facebook.com/124405447678452

x.com/vllocey

instagram.com/vl_locey

bookbub.com/authors/v-l-locey

goodreads.com/vllocey

pinterest.com/vllocey

amazon.com/author/vllocey